JN167747

テロル
と
ゴジラ

笠井潔

作品社

第I部

第II部

第III部

第Ⅳ部

＊

第Ⅰ部

テロルとゴジラ

〈本土決戦〉の想像的回帰としての

1

この春、桐山襲の評伝『テロルの伝説』が刊行された。著者の陣野俊史は一九六一年生で、四九年生の桐山とは一廻り年齢が下になる。連合赤軍事件は小学生、桐山のデビュー作『パルチザン伝説』の刊行は大学三年のときだった。本稿では一九六〇年代後半の大衆的ラディカリズムを〈68年〉と表記するが、この作家が最後まで執着し続けた〈68年〉を陣野は体験していない。そのため『テロルの伝説』には、〈68年〉世代の読者には少し気になるような箇所が散見される。たとえば桐山襲の『「パルチザン伝説」事件』から、陣野は次のような箇所を引用している。

〔『パルチザン伝説』刊行中止という版元の「通告」を受け入れた理由としては〕状況からみてこれ以上河出に戦争を継続させるのは無理であると、判断したことがあります。特に私の作風として、戦線離脱者は自由に

去らせるということがあるんですね。（傍点陣野）

陣野は「最初、この箇所を読んだとき、『作風として』という文言は、間違いではないか、と感じ」た。「だが、おそらくそうではない。桐山はここで意図的に『作風』という言葉を用いている。自分の書いた小説が単行本化されえないという破局に突入しつつあるとき、桐山はそうした一連の出来事を、一種の『作品』と捉えていたのではないか」。

桐山の文章にある「作風」という言葉を、陣野は「芸術作品のスタイル」と理解しているが、見当違いである。中国語の「作風」には日本語の場合と違って、「仕事・行動・思想などの体質化された態度、方法」といった意味がある。毛沢東は「文章表現や認識や諸活動における無意識的なもの（文風、学風、党風）を反省的に再‐把握し」（『戦略とスタイル』）たと津村喬が書いたのは、一九七一年のことだ。党風とは党の作風である。学生ラディカリストとして〈68年〉を体験した者であれば、作風の意味を陣野のようには誤解しないだろう。

新左翼を含むボリシェヴィズム党派に一般的な、戦線離脱の禁止という「作風」や「党風」に桐山は異を唱えたのであって、『パルチザン伝説』の出版中止をめぐる「一連の出来事を、一種の『作品』として捉えていた」わけではない。このとき桐山の脳裏には、脱走者二名を処刑した京浜安保共闘の「作風」、「党風」が浮かんでいたのかもしれない。

こうした齟齬が散見されるにしても、ポスト〈68年〉世代で「学生運動と関わりに薄かった」論者が「桐山襲という作家の残した作品が、その重要性とは無関係に、忘れられようとしていることに強い反撥を覚え」、四五〇頁を超える作家論を上梓したことは評価できる。その上で『テロルの伝説』に不満があるとしたら、デビュー作の時点から鮮明だった桐山襲の思想を、われわれの現在に真正面から突きあわせようとしていない点だ。われわれの現在とは、３・11を画期とするポスト戦後の時代に他ならない。

「（政治と文学と）どちらか片方の活動を行っている個人もあれば、両方を行っている個人もあるでしょう。しかし、たとえ個人が両方の活動を行っていたとしても、政治的行為と作品の産出とを混同してはならないと思います。（略）政治的行為と混同されるような形では、文学は現実を変革するものではないと断言すべきでしょうね」（「想像力は何を変革しうるか？」、「インパクション」第36号）という発言を引用し、陣野は桐山襲が政治の領域と文学の領域を峻別していたと強調する。

また『テロルの伝説』あとがきでは、「桐山から送られた爆弾＝小説は、未来のテロルを準備するだろう」と記されている。しかし、ここでの「未来のテロル」はマラルメ的な「文学の革命」を意味するにすぎない。極限では即物的な爆弾にまで到達しうる政治行動の場に身を置いていたとしても、それは桐山の小説作品とは別次元の問題ということになる。

政治行動も文学表現も同じ人物による以上、両者を完全に切断することは不可能だ。日常生活と政治行動と文学表現のいずれもが、それぞれに桐山の思想を表現している。桐山作品に込められた〈68年〉の思想的意味が歴史的に失効すれば、文学的な「未来のテロル」など「準備」されようもない。

桐山襲という作家が忘却の淵に沈もうとしている事態に、陣野俊史は危機感を覚えた。死亡した作家や活動を終えた作家が忘れ去られるのは、さほど珍しいことではない。死後二〇年以上を経過してもなお、著作が新刊書で入手できる作家のほうが少数といえる。しかし桐山作品が蒙った〝忘却〟には、大多数の作家たちとは異なる独自の背景がある。桐山の小説作品と不可分である〈68年〉の体験と思考が、いまや陥っている忘却の危機とそれは無縁でない。とりわけ深刻なのは、新世代の政治的アクティヴ層に後継者を見出しえず、むしろ冷淡に見放されていることだ。たとえば奥田愛基は、高橋源一郎やSEALDsメンバーの座談会『民主主義ってなんだ?』で「六十年安保とべ平連についてはいいところを取ろうと思ってい」るが、「大学を占拠してた七十年安保の感覚が全く分からない」と語っている。

〈68年〉体験から抽出された桐山襲の思考は、一九八三年に河出書房新社の「文藝」に掲載され、八四年に作品社から刊行された『パルチザン伝説』で明確に語られている。「僕たちの世代は、そのほとんどが、あの十五年戦争に多かれ少なかれ責任をもった者を父とすることによって産まれてきたのだが、中枢においてであれ末端においてであれ、手を汚すことによって生きてきた〈父たちの体系〉ともいうべきものは、僕たちの出生によって打ち砕かれねばならないと、僕たちは幼い頃から考えつづけてきた」。

父たちは十五年戦争のただなかで、大陸の村々を焼きはらい、半島の女たちを強姦し、そして自分たちも数多く死んでいったのだが、戦争が終わってみれば、生き残った者たちはひとりひとりの持つ血の負債に支払いを付けることもせず、この国の〝復興〟の歩調に己れの人生を合わせていくことによって、死者たちの国に易々と別れを告げてしまったのだった。

こう語るのは「首都の真中にある奥深い森のなかに棲んでいるあの男への、大逆」を企てようとしている「反日であることを永遠の綱領とした」小グループの一員で、のちに爆弾製造の失敗のため片眼と片腕を失い《昭和の丹下左膳》となる青年だ。作中の小グループが、東アジア反日武装戦線〝狼〟をモデルとしていることは指摘するまでもない。「大逆」の計画とは、〝狼〟が決行直前に中止した荒川鉄橋での天皇暗殺計画（虹作戦）を下敷きにしている点も。

かくて、〈父たちの体系〉を全否定することは、僕たちの世代のまぎれもない義務であり、大人たちの偽善の世界をこなごなに打砕くことは、僕たちの世代のほとんど唯一の存在理由であるように思われた。戦前が許せない以上に、いつわりの自由といつわりの平和でみたされた戦後こそが、僕たちには耐えることができなかった。

だから「大逆」が実行されなければならない。「茶色い戦争の時代の大元帥から、戦後のものやさしげな家庭人へと、巧妙に退却していったあの男は、戦中と戦後を生きたすべての『大人たち』の最も見事なモデル」なのだ。

一九七〇年七月七日に日比谷野外音楽堂で開催された「盧溝橋事件三三周年、日帝のアジア再侵略阻止人民集会」で、華僑青年闘争委員会（華青闘）は中核派など日本の新左翼にも浸透している差別主義と排外主義、先進国革命主義による自己特権化を厳しく批判した。華青闘の告発によって日本の〈68年〉は、反差別闘争やマイノリティ解放運動の領域を新たに発見するが、それはまた血債主義という倫理主義的倒錯を生じさせもした。

7・7華青闘告発への応答として生じた「反日」思想の、作者による虚構的な理念化として、桐山による

〈父たちの体系〉批判を読むことができる。ただし「血の負債」という言葉こそ用いているが、主人公の青年に倫理主義的倒錯の気配は感じられない。自責や負い目という否定的感情を糧に増殖する倫理主義的観念は醜悪だ。そこには、常に正義の側に身を置いていたいという自堕落な欲望が淀んでいる。

六〇年安保以前から「反日帝」は、対米従属論の共産党に対抗して新左翼が掲げた綱領的主張だった。しかし「反日帝」の立場と「反日」の思想は質的に異なる。長いあいだ中国共産党は、一五年戦争期の中国侵略に責任があるのは日本帝国主義／日本軍国主義の支配層で、日本人民の責任追及はしないという立場だった。このように「反日帝」の立場は、戦争指導層や軍上層部や独占資本と一般民衆を質的に分割し、後者の戦争責任を免罪しうる。被害者意識を前提とした戦後平和主義も、〈父たちの体系〉を問わない点で同じような認識を共有していた。しかし「反日」は、「反日帝」のような支配層と民衆の分割と、後者の理念的救済を容認しない。民衆にも加害責任はあるという認識が、「反日」には込められていた。さらに東アジア民衆にたいする加害と侵略の責任は、戦前／戦中という過去の問題に限定されえない。それは戦後責任として、8・15以降の日本人にも及んでいる。

三菱重工本社ビルの爆破をめぐって〝狼〟は、丸の内を通行中に爆死した「彼らは、日帝中枢に寄生し、植民地主義に参画し、植民地人民の血で肥え太る植民者である」という声明文を公表した。多数の通行人を巻き添えに殺傷した予想外の結果を、この声明文によって〝狼〟は事後的に正当化したことになる。二一世紀のジハディストは反イスラム十字軍国家とその国民を、あるいは支配層と民衆を区別しない〝狼〟と同型的な論理で、アメリカ市民やフランス市民への無差別テロ作戦を展開している。

華青闘による新左翼の差別主義への批判は、セクト的な大衆運動支配と先進国革命主義／労働者本隊論にも及んでいた。マルクス主義の先進国革命主義は、先進諸国の革命こそが世界革命の基軸であり、植民地・従属国の解放は帝国主義本国の革命に依存するという観点から、第三世界の闘争を世界革命の従属的な一部にすぎないものと把握する。また帝国主義本国に流入した植民地出身者の闘争もまた、労働者本隊の解放闘争の下位に位置づけられた。日帝と闘う日本プロレタリアートの前衛の「指導」に、在日中国人の運動は従わなければならないというボリシェヴィキ的な前衛主義が、中核派の入管闘争と華青闘にたいするセクト主義的干渉や引きまわしを正当化していた。

7・7以降も中核派を含む新左翼党派のほとんどが、マルクス主義的な先進国革命主義／労働者本隊論やボリシェヴィズムの前衛主義への原理的批判を回避し続けた。せいぜいのところ、帝国主義への物理的打撃力としてのみ植民地・従属国の解放闘争を評価するコミンテルン第二回大会「民族・植民地問題についてのテーゼ」をもちだす程度で、こうした理論的貧困と思想的感度の致命的な鈍さが新左翼の歴史的限界をなしている。血債主義という倫理主義的倒錯は、こうした認識上の空隙から必然的に成長した。ちなみに中核派の血債主義の空虚な内実と観念的倒錯性は、水谷保孝・岸宏一『革共同政治局の敗北』、尾形史人『「革共同五〇年」私史』など元中核派活動家による総括書でも、自己批判的な要素を含んだスタンスで検証されている。

〝狼〟事件で袋小路に迷いこんだ「反日」思想は、その後も新左翼党派の血債主義として存続し、建前化されながらも命脈は細々と保たれてきた。ところで〝3・11後の叛乱〟の先導者の一人である野間易通は、筆者との交換エッセイで『「国民」をも自分たちの側に取り戻そうとする動きが、3・11以降のリベラル社会運動には確実に存在する」と主張している。

実際、「国民」という言葉に拒否反応を示す人々は単に多様性を重視するコスモポリタンであっただけではなく、同時にこの国民国家の枠組みのなかで「国民」としてどう主体的に振る舞うかという視点を欠く傾向が強いと思う。護憲を主張しながら、憲法に主権者として明記されている主体である「国民」であることを放棄して、実際には存在しない世界市民、地球市民のポジションにみずから身を置くことでその責任から逃れてきたのではないか。

（『3・11後の叛乱』）

東アジア反日武装戦線のメンバーは「『国民』であることを放棄して、実際には存在しない」東アジア民衆という観念の「ポジションにみずから身を置くことでその責任から逃れ」たのではないか。もちろん「『国民』であることを放棄」し、東アジア民衆という観念に同化するのは容易でない。逮捕、投獄、最終的には処刑という運命を意識しながら爆弾闘争を継続しなければならないのだから。〝狼〟に共有されていた侵略者の子孫であるという強烈な自罰意識と、それを原動力として極限まで突進したラディカリズムは、日本の政治思想では特筆されるべき強度を達成していた。新左翼党派の血債主義も護憲派やリベラルの「世界市民」主義も、〝狼〟の「反日」思想の微温的な頽落形態にすぎない。

二〇一五年夏の国会前で露呈されたのは、若者たちの「国民なめんな」と、微温化した血債主義や世界市民主義の原理的な対立だった。この対立は二〇一二年の反原発闘争を起点とする。金曜首相官邸前抗議行動を主催した反原連に、新左翼党派や化石化した〈68年〉世代の中高年が非難を浴びせた。それは二〇一三年の反排外主義運動に引き継がれ、新大久保に登場したレイシストをしばき隊やカウンター大衆に、やはり新左翼由来の反差別運動の活動家が対立した。国会前でのSEALDsや〝あざらし〟と中核派や文化左翼の対立劇は、第三幕ということになる。これらの対立の意味するところについては、先述の『3・11後の叛乱』を参照していただきたい。

3・11以降に顕在化した事態に桐山襲は、あるいは「父たちの体系」の爆破を企てた『パルチザン伝説』の主人公はどのように対しうるのか。高橋源一郎や坂本龍一に代表される〈68年〉世代の多数派と歩調を合わせて、《昭和の丹下左膳》もまたリベラルや戦後民主主義に回帰したろうか。あるいは還暦を超えた元新左翼や元全共闘の一部のように、「若者なら国会に突っこめ」という無責任な怒声を発したろうか。もしも桐山襲を論じるなら、今日では避けられない問いがある。『パルチザン伝説』に込められた「反日」の思想、あるいは「反日」にまで先鋭化した日本の〈68年〉の運命をめぐる問いだ。

3・11によって、桐山が執着したテロルのリアリティは最終的に失われ、その思考もまた失効を宣告されたのではないか。こうした問いを『テロルの伝説』は、自覚的に問おうとしていない。とはいえ、これは陣野のような後続世代ではなく、当事者である〈68年〉世代に課せられた作業だ。とりあえず〈68年〉の思考による戦後思想（戦後平和主義／戦後啓蒙主義／戦後民主主義）への批判を、簡単に振り返るところからはじめることにしよう。

戦争被害を国民の共同体験として一方的に強調し、戦争と軍国主義への「逆コース」反対運動に終始する社共総評など戦後革新勢力と進歩派知識人の戦後平和主義に、〈68年〉は戦争の加害責任を対置した。一九五〇年前後にはじまる「逆コース」反対運動は六〇年安保闘争で頂点にいたる。新安保条約を強行した岸内閣は総辞職に追いこまれ、自民党の主導権は所得倍増計画の池田内閣以降、軽武装・経済優先の吉田路線を継承する保守本流に移行した。

改憲再軍備派の「逆コース」路線が後退した一九六〇年代には、労働組合は春闘などの経済闘争に埋没し、戦後革新勢力の政治闘争は急速に形骸化していく。市民運動や学生運動を中心とするヴェトナム反戦闘争は、「戦争に巻きこまれる」危機意識を発条にしたところの、被害者意識による戦後平和主義とは次元の異なる認識に導かれていた。ヴェトナム戦争をめぐる対米軍事協力の数々が、日本人もまた戦禍に苦しむヴェトナム民衆の加害者だという事実を突きつけたからだ。この時期、小田実による「被害者＝加害者のメカニズム」論が反戦市民運動に多大の影響を与えた。

ヴェトナム反戦闘争の過程で自覚された日本人の加害者性は、一九七〇年の7・7華青闘の告発を転機として、旧日本帝国によるアジア侵略にまで遡って再把握されていく。「僕たちの世代の叛乱のその頂点において産み出された僕たちのグループ」の「反日」、〈父たちの体系〉を爆破しようとする子たちのテロルは、日本の〈68年〉が到達した思想的な極点だった。しかも復活した新日本帝国は入管体制など旧植民地出身者への差別構造を温存し、さらに強化しながらアジアへの経済侵略を進めている。旧日本帝国の侵略責任と加害責任の徹底追及は、新日本帝国としての戦後国家、平和と繁栄を謳歌する戦後社会の全面拒否にまでいった。

〈68年〉のヴェトナム反戦闘争は戦後平和主義と対決した。また全共闘運動は大学自治＝教授会自治を批判して、戦後啓蒙主義を疑おうとしない大学教員や戦後知識人を批判した。選挙と議会に民主主義を縮減し、大衆運動をその補完物に矮小化する戦後民主主義には街頭行動の直接民主主義が対置され、機動隊との実力対決が運動の尖端部を軍事闘争に向かわせた。類似の例として、西側先進諸国で都市ゲリラ闘争を展開したイタリアの赤い旅団や西ドイツ赤軍がある。このように〈68年〉の実践的な戦後思想批判は、戦後平和主義／戦後啓蒙主義／戦後民主主義の総体に及んでいた。これら三者を一括して「戦後民主主義批判」とする場合もある。

一九七一年の三里塚闘争と沖縄闘争を最後の頂点として、日本の〈68年〉は急速に退潮していく。それを加速したのが連合赤軍の連続〝総括〟死、〝狼〟による無差別爆弾テロ、革共同両派と革労協による内ゲバ戦争という、《昭和の丹下左膳》がめざしたテロルの陰惨な疎外形態だった。『パルチザン伝説』の主人公によれば、「一九六〇年代末期の街路という街路を乾いた風のように駆け抜けていった学生の社会的叛乱」は終息し、「この国はいっさいの戦後的なものを清算し終えて、すでに最悪の華やかさとでもいうべき所へと進み込んでいた」。こうした時代的必然に渾身の力で抗おうとした、「反逆者の極北たることを志して産まれた僕たち」の「大逆」は不発に終わる。現実世界でも東アジア反日武装戦線は、もろもろの計算違いのために無差別テロとなった三菱重工本社ビル爆破によって孤立し、公安警察の捜査網に包囲され壊滅していく。

『パルチザン伝説』の主人公が「僕たち」を主語として語るところの侵略責任や加害責任は、かつて〈68年〉の思想として青年ラディカリストに共有されていた。それを後追い的になぞったにすぎないなら、この小説は作品外の要素に依存しているといわざるをえない。しかし『パルチザン伝説』は東アジア反日武装戦線の意識的な認識や主張を超え、その無意識的領域にまで踏みこんでいる。作中の一九七四年の「大逆」は〝狼〟の〈虹作戦〉がモデルだが、さらに作者は一九四五年に企てられた架空の「大逆」を設定している。

『パルチザン伝説』の構成は以下のようだ。最初に一九七四年の「大逆」の顚末を語った「第一の手紙」が置かれる。続いて主人公の父親らしい穂積一作について語る「Sさんの手記」。二つの「大逆」の意味を問う「第二の手紙」が最後に位置する。ようするに、主人公の一人称である「第一の手紙」と「第二の手紙」という額縁に、穂積をめぐる「Sさんの手記」が嵌めこまれた構造だ。

「Sさんの手記」によれば対米戦争の末期に、パルチザンを自任する新聞記者の穂積がSを訪れてくる。穂積に説得されたSは破壊工作に必要な爆弾の製造を引き受ける。戦争体制を攻撃するために爆弾を仕掛けるのは、〈影男〉なる正体不明の盗賊だ。「穂積を情報部とし、〈影男〉を軍とし、私を兵器廠とする戦線がここに結成された。やがてそれは、ひとつの荒ぶる生きもののように頭をもたげ、立ち上がり、歩み出し、そして敗戦間近い日本の夜のなかを疾駆していくのである」。ソ連が参戦し原爆が投下される。日本政府がポツダム宣言を受諾するという情報を得た穂積は、「ヒットラーは滅んだ、ムッソリーニも滅んだ、だが日本は敗れても天皇は残る。何も変わらない。すべての大本が元のままだからだ」とSに告げる。「……せめて、本土決戦でも始まっていればな――」と。

私「本土決戦？」

彼「そうさ、本土決戦で国土が蹂躙され、そして国土と同じようにこの国の大本が蹂躙されたその上で敗けるのならば、少しは違ってくると思うがな」

私「少しおかしくないかな」

Sは穂積の発言が「まるで陸軍の連中の言うことと同じようだ」と思い、そして反論する。「日本の敗戦は一日でも早くなければならない。そのために我々は工作を始めたはずではないか。（略）それを、本土決戦が必要だと言い出すのは、飛躍が過ぎるね」。穂積は応じる。「なるほど、我々三人は、日本の一日も早い敗戦のために闘った。しかしそれは、日本の上から下までの支配秩序を倒すためであって、その支配秩序を残したまま単に戦争だけを終わらせるためではないはずじゃないか。そうではないかい?」。

しかし二人の議論は噛みあわない。《今日からは、俺ひとりがパルチザンだ》という言葉を残し、最後のひとつとなった爆弾を手にして穂積はSの前から立ち去る。「Sさんの手記」の終わりには、《一九四五年八月十四日の伝説》が挿入されている。Sが想像するところでは、天皇の詔勅による「終戦」を阻止するため、穂積は爆弾を携えて皇居に潜入した。「あと半年戦争が続けば、この国は第一次大戦後のドイツがそうであったような炎と可能性で彩られた日々を迎えることができるかも知れない」。

この小説が応募された文藝賞の選考委員として、「作者は戦争中の日本を、自己のものとしていず、そこからこの作品の破れ目があらわに見えてくる」と野間宏は評した。「暗い絵」や『青年の環』で描かれたような体験をもつ戦中派の野間には、穂積一作の人物像や戦時下でのパルチザン闘争という設定が、リアリティ皆無の幼稚な空想にすぎないと思われたのだろう。

篠田一士の書評で「劇画調」と評された作品のテイストからも想定できるように、設定や人物のリアリズム小説的なリアリティの希薄さに作者が無自覚だったとはいえない。リアリズム小説では、パルチザンが「大逆」を計画する架空の「戦争中の日本」は説得的に描きえない。寓話的ともパロディ的ともいえるテイストは、こうした認識を前提とした作者の自覚的な方法意識による。

丸山眞男のようなリベラリストから埴谷雄高や荒正人など戦前共産党の党員やシンパだった「国内亡命者」たちまで、日本の戦後知識人は〈本土決戦〉を渇望する穂積でなく、次のようなSの発言に賛同したろう。「ともかく日本は一両日中に降伏するという。この降伏を一番喜ぶのは東亜の人たちではないかな。そして日本の罪のないひとびとも第三の原子爆弾で死なずにすむ。これは連合国の勝利であると共に、我々の勝利でもあると思うね」。

戦時天皇制の侵略と抑圧に抵抗する側から〈本土決戦〉の要求が生じうることなど、日本の戦後思想には理解不能、想像不能だった。敗戦後に共産党に入党する野間宏にしても。戦時下の日本で破壊活動に挺身するパルチザン三人組という設定の空想性以上に、穂積が語るところの本土決戦主義への違和が、野間による『パルチザン伝説』評の背景にはあったのかもしれない。第一次大戦の渦中でレーニンが唱えた革命的祖国敗北主義や「帝国主義戦争を内乱へ」のスローガンを、コミュニスト野間が知らなかったわけはない。にもかかわらず穂積の主張に違和を覚えたのは、その本土決戦主義にレーニンの革命的祖国敗北主義から逸脱する過剰性が含まれているからではないか。

Sの側に立つことを自明としない稀有な思想家が、「戦旗」派のプロレタリア文学やスターリン主義芸術理論を徹底的に批判した吉本隆明だった。皇国青年として大東亜戦争を支持していた吉本は、戦中の転向は偽装だったと称して敗戦直後に大量復活したリベラリストやコミュニストを、「戦争傍観者」にすぎないと全面否定した。「思想的不毛の子」というエッセイで、吉本は自身の敗戦体験を語っている。

わたしは敗戦のとき、動員先からかえってくる列車のなかで、毛布や食糧を山のように背負いこんで復員してくる兵士たちと一緒になったときの気持ちを、いまでも忘れない。いったい、この兵士たちは何だろう？　どういう心事でいるのだろう？　この兵士たちは、天皇の命令一下、米軍に対する抵抗もやめて、武装を解除し、またみずから支配者に対して銃をむけることもせず、嬉々として（？）食糧や衣料を山分けして故郷にかえっていくのは何故だろう？　日本人というのはいったい何という人種なんだろう。

しかし「兵士たちをさげすむことは、自分をさげすむことであった」。熱烈な皇国青年で本土決戦派だった吉本自身が、占領軍を敵として民族解放のパルチザン戦争を開始するどころか、石ころひとつ、卵ひとつ投げることさえできないのだ。「このつきおとされた汚辱感のなかで、戦後がはじまった」。この「汚辱感」を戦後思想は共有することがない。泥のような無思想と無節操の沼地に沈んでいる大衆を、「啓蒙」の対象としか捉えようとしない。こうした戦後思想に吉本は強い口調で異を唱え、「嬉々とし」た復員兵士に体現される大衆の「自立」に、唯一の思想的活路を見出そうとした。

国内亡命者や戦争傍観者に主導された戦後思想の徹底的な批判者だった吉本隆明でさえ、穂積が語るような本土決戦主義は〈68年〉の時点でも拒否したろう。〈本土決戦〉から逃亡したという「汚辱感」こそ吉本の思想的出発点だった以上、それも当然のことだ。消費社会の到来を大衆の解放と見なした一九八〇年代や、憲法九条擁護の立場を打ちだした九〇年代以降は、戦後社会の「平和と繁栄」を全肯定する立場が明確になる。

戦後民主主義／戦後平和主義／戦後啓蒙主義を三位一体とする戦後思想からも、戦後思想の批判者である吉本隆明からも拒否される『パルチザン伝説』の本土決戦主義だが、これをレーニンの革命的祖国敗北主義に過不足なく還元できるだろうか。作中で穂積が語るように、革命的祖国敗北主義の典型的な事例として一九一八年ドイツの兵士叛乱がある。キール軍港の水兵叛乱にはじまるドイツ革命が、皇帝ヴィルヘルム二世を打倒して戦争を終結させた。第二次大戦でもドイツは首都陥落と最高戦争指導者ヒトラーの自殺まで徹底抗戦し、イタリアでは蜂起したパルチザンがムソリーニを処刑した。しかし日本では、吉本隆明が「日本人というのはいったい何という人種なんだろう」と自問せざるをえない事態が生じる。

革命的祖国敗北主義と『パルチザン伝説』の本土決戦主義は等置されえない。ドイツやイタリアとは事情が根本的に異なるからだ。自己保身のため徹底抗戦を放棄した支配層、それを革命的蜂起で打倒することのない民衆。支配層と民衆の無節操な共犯システムを根本から打ち砕かない限り、この国で革命的祖国敗北主義を提起しても実効性はない。穂積の本土決戦主義は、言葉の上では革命的祖国敗北主義を踏襲しているようだが、それには尽くされない過剰性がある。〈本土決戦〉は第二次大戦の戦争指導層の打倒を超えて、たとえば敗戦を「終戦」に変えてしまうような、日本に固有である精神的頽落との徹底的な闘争を意味するからだ。筆者は『8・15と3・11』で、この頽落した精神性をニッポン・イデオロギーとして論じた。

『堕落論』で語られているように文学的本土決戦派だった坂口安吾には、「続戦争と一人の女」という短篇小説がある。ヒロインは作品の最後で、「もう戦争がなくなったから、私がバクダンになるよりほかに手がないのよ」と叫ぶ。この言葉はヒロインの息子たち、娘たちの世代によって即物的に生きられた。「私がバクダンになる」という言葉に込められた衝動を無意識に抑圧することで戦後思想は成立しえたのだが、しかし抑圧されたものは必然的に回帰する。たとえば〈68年〉のテロルとして、あるいは一九五四年に日本を襲ったゴジラとして。

日本の〈68年〉が到達した「反日」の無意識を照射するため、桐山襲は一九七四年の「大逆」に先行する一九四五年の「大逆」を設定した。子の世代の「大逆」が無意識化していたのは、8・15を拒否し本土決戦に突入するという父の世代が封印した禍々しい可能性だった。〈68年〉の「反日」とは〈本土決戦〉から逃亡し、逃亡した事実さえも忘却し去った戦後日本への「反」に他ならない。〈68年〉が武装闘争や軍事闘争の領域に触れようとしたのは、〈本土決戦〉の遂行を無意識的に欲望していたからだ。これが「僕たち」のテロルの隠された意味だったことを、『パルチザン伝説』は虚構として説得的に提示しえている。とはいえ、本土決戦が放棄され曖昧きわまりない「終戦」が到来した根拠を、『パルチザン伝説』は充分には明らかになしえていない。連合赤軍事件をモデル化した第二作『スターバト・マーテル』で、この限界はさらに増幅されている。ここで『8・15と3・11』のニッポン・イデオロギー批判を、要約的に紹介しておこう。

一五年に及んだ対中戦争と対米戦争を歴史的に検証してみると、日本の戦争指導層の妄想的な自信と空想的な判断、裏づけのない希望的観測、無責任な不決断と混迷、その場しのぎの泥縄的な方針の乱発などが洗いだされてくる。たとえば日本の中国侵略は、満州事変にはじまり日中戦争で決定的に拡大し、対米関係の悪化を必然化した。この過程そのものが判断主体不在の無責任体制によるもので、しかも既成事実を拒否できない惰性に流されて対米開戦にいたる。

国力の圧倒的な差から敗北必至の戦争であることは容易に予見できた。「清水の舞台から飛び降りる」（東条英機）という「決断」の背景には、緒戦での軍事的勝利によって早期講和にもちこむ「計算」があった。しかしアメリカが講和を拒否したらどうなるのか。この可能性を事前に予測し検討した形跡はない。第一次大戦の結末からも明らかであるように、そもそも二〇世紀の世界戦争は一九世紀の国民戦争と違って、対戦国の壊滅と体制崩壊まで戦争は終わらない。アメリカによる早期講和の拒否は、可能性でなく必然性だった。

二〇世紀の世界戦争の質を洞察しえず、日露戦争の延長で日米戦争を捉えてしまう歴史意識の致命的な欠落もまた、ニッポン・イデオロギーの症状に他ならない。マルクスはドイツ以東の諸民族を「歴史なき民」と侮蔑し、先進国革命主義に帰結する西欧中心主義の本性を自己暴露しているが、「歴史なき民」との評言はロシア人より日本人にふさわしい。

ニッポン・イデオロギーの徒は、最悪の事態を想定し備えようとしない。考えたくないことは考えない、考えなくてもなんとかなるという惰性的無思考に流され、たんなる「空気」で後戻り不能の地平に踏みこんでしまう。その末の惨敗として8・15が到来した。

ポツダム宣言の受諾もまた「空気」で決定された。緒戦の勝利で高揚していた「空気」はガダルカナル戦の敗北以降しだいに失われ、原爆投下とソ連参戦で完全に抜けてしまう。沈滞した「空気」に流されて、最高戦争指導会議は八月一四日にポツダム宣言の受諾を決定する。この期に及んでも国体護持に拘泥するという迷妄をさらけ出しながら。世界戦争の敗北を受け入れるとは、戦勝国による自国の旧体制の破壊に合意することを意味する。法的形式がどうであろうと、降伏は本質的に無条件降伏以外のなにものでもない。天皇を主権者とする国家も、対米戦争を惹き起こした旧体制も継続など許されるわけがない。「空気」ではじまり「空気」で終わった戦争の結果が、アメリカの戦略爆撃で焼け野原と化した日本列島と、三〇〇万を超える膨大な戦争犠牲者だった。

八月九日の最高戦争指導会議の直後から、陸軍は鈴木内閣を打倒し本土決戦内閣を擁立するクーデタを画策していた。しかし、一四日の会議直前に梅津参謀総長と阿南陸相が中止を宣言し、クーデタ計画は土台から吹き飛んでしまう。陸軍省幕僚と近衛師団参謀がポツダム宣言受諾の玉音放送を阻止するため皇居制圧に動き、いわゆる宮城事件が勃発するが、本土決戦派による玉音盤の奪取は失敗に終わる。

ポツダム宣言を受諾して降伏すれば、国際社会のメタレヴェルに〈世界国家〉が析出され二〇世紀の世界戦争が終結するまで、半永久的にアメリカの属国になる。そのあとは〈世界国家〉に支配される地球上の一地域に。この運命に最後まで抵抗しようとするなら、中国共産党の抗日人民戦争のような、あるいは六〇年代後半にヴェトナムで戦われ、今日もアフガンで戦われているような反米パルチザン戦争を永続化するしかない。しかし惰性的無思考のぬるま湯に馴れきった日本人に、残酷で長期にわたるゲリラ的な抵抗戦という発想はそもそも存在しない。

ポツダム宣言の受諾は無条件降伏を意味する。しかし天皇が朗読した詔書に、「降伏」や「敗北」という言葉は見られない。「戦局必ずしも好転せず、世界の大勢また我に利あらず」、「而も尚交戦を継続せむか、終に我が民族の滅亡を招来するのみならず、延て人類の文明をも破却すべし」。このように天皇を含めた戦争指導層の、現実を直視しない自己欺瞞と責任回避、卑屈な弁解によって塗り潰されている。

無条件降伏による敗戦は、「終戦」という曖昧な言葉にすり替えられた。魯迅が描いた阿Qの奴隷根性そのものだが、少なくとも中国人は抗日戦争の道を選択し、日本軍を中国大陸から放逐するまで戦い抜いた。敗北を敗北として認めることから抵抗は開始されうる。8・15は敗戦でなく終戦だ、日本は負けていないと自分から信じこんでしまえば、そもそも抵抗する必要さえない。自己保身のためになされる姑息な自己欺瞞もまた、ニッポン・イデオロギーの必然的な産物といえる。

また終戦詔書には、「朕は帝國と共に終始東亞の解放に協力せる諸盟邦に對し遺憾の意を表さざるを得ず」とある。このように東亜解放という「聖戦」の理念は放棄されていない。戦後日本の右派潮流である改憲再軍備派は、天皇の終戦詔書をイデオロギー的な原点とする。三〇〇万の戦争犠牲者を裏切り、本土決戦に日和見を決めこんで姑息な延命をとげた戦争指導層から、岸信介などの改憲再軍備派は形成された。二一世紀に入って保守本流の追い落としに成功した改憲再軍備派は、岸の孫である安倍晋三首相のもと宿願の改憲に向かおうとしている。

徹底抗戦を回避して曖昧な「終戦」に流れこんだ日本人は、戦後復興と高度経済成長に邁進する。その時代に生まれ育った『パルチザン伝説』の主人公は、「戦前が許せない以上に、いつわりの自由といつわりの平和でみたされた戦後こそが、僕たちには耐えることができなかった」と戦後日本を糾弾する。

穂積一作が希求したのは、考えたくないことは考えない、考えなくてもなんとかなるという日本的無思考と、徹底的であることを自己保身的に回避する権力と民衆の共犯システム、ようするにニッポン・イデオロギーとの全面対決だった。〈本土決戦〉の業火のなかでしか、この闘争は実現されえない。穂積のような〈本土決戦〉の要求を戦後社会は無視し、あるいは欺瞞的に隠蔽してきた。この欺瞞を暴きだすために作者は、消去された可能性の歴史と、その人格化である可能性の父を描いた。ニッポン・イデオロギーと死活の闘争を演じる穂積とは、〈68年〉世代が切望した可能性の父に他ならない。

しかし「僕たちの世代のほとんど唯一の存在理由」だった「大人たちの偽善の世界をこなごなに打砕く」ための「大逆」としてのテロルは、現実世界でも『パルチザン伝説』の虚構世界でも未遂に終わった。〝狼〟の〈虹作戦〉だけでなく、この小説は連合赤軍事件にも言及している。

その「事件」は、自分たちの党の半ばを粛清してまでも銃撃戦を貫徹しようとする、そうした強固な党派がこの国に生まれ出たことによって、公安の犬どもを大いに震撼させたのだけれども、同時にまたその「事件」は、僕を含めて一九六〇年代からの闘いを闘ってきた者たちを、《党》に対する激甚な判断停止の状態に落し込んだ。

このように「銃撃戦」は「公安の犬どもを大いに震撼させた」として肯定され、「《党》に対する激甚な判断停止の状態に落し込んだ」として「粛清」には疑問が付されている。その上で両者は、「自分たちの党の半ばを粛清してまでも銃撃戦を貫徹しようとする（略）党派」として関係づけられてもいる。とはいえ「激甚な判断停止の状態」と弁明されているように、連合赤軍事件をめぐる思考は不徹底なまま放置されている。この不徹底性は、連続〝総括〟死を粛清と同一視している点にも見出される。連合赤軍事件の死者は、たとえばモスクワ裁判の被告たちのように「帝国主義のスパイ」や「反革命分子」として粛清されたわけではない。

『パルチザン伝説』の背後に東アジア反日武装戦線〝狼〟の〈虹作戦〉があるように、『スターバト・マーテル』には、連合赤軍の連続〝総括〟死が陰気な影を落としている。この作品に登場する銃砲店の主人は、兵士として大陸で戦った経験から「彼ら革命軍は、銃を手にすることによって世界が変革され得るという幻想によって滅んだのではなく、銃を手にすることによって自分たちが変革されう得るという幻想によって滅んだ」のだと思う。この言葉に込められた連合赤軍事件の総括視点は示唆的だ。しかし物語は、銃砲店の主人の言葉が暗示する方向に深められることなく、桐山襲という作家につきまとう叙情趣味に無力に沈んでしまう。銃撃戦の肯定と、連続〝総括〟死の犠牲者を救済したいという願望が先行し、主題は空転しているといわざるをえない。

『スターバト・マーテル』の冒頭で、銃撃戦の現場となる山荘に《黝い恋人たち》があらわれる。二人は山岳アジトで死亡した恋人たちの亡霊で、モデルは最初の犠牲者だった小嶋和子と加藤能敬だろう。あるいは一四人の犠牲者全員が、《黝い恋人たち》には託されている。銃撃戦を戦うために二人の、あるいは一四人全員の亡霊が山荘にあらわれたという設定は理解できる。としても銃撃戦に際して人質とされた管理人の女が一二年後に、屋根裏に棲みついた《黝い恋人たち》の子を受胎するという結末は感傷的にすぎる。

彼女は、既にしっかりとした母親の表情で、これからの歳月を生きて行く覚悟を固めていた。彼女は永く続くであろう暗闇と、聖母に加えられるであろう迫害にも耐えて、新しいいのちを生み出そうと考えているのだ。遠く焦がれるような思いが、柔らかい胸をみたす。どこからか、バラの花の匂いが匂ってくる。

(あなたがたのすこやかな子供の母になれますように。あなたがた十四人の、すこやかな子供の母になれますように)

この女にもモデル人物が存在する。その当時、山荘を占拠した連合赤軍の兵士たちに浅間山荘の女性管理人は多少とも好意的だった、少なくとも一方的に非難することはなかったと報道された。人民戦争を戦おうとしていた連合赤軍は、もちろん無頼漢の集団ではない。「不拿群衆一針一線（民衆の物は針一本、糸一筋も盗るな）」など労農紅軍の三大規律・八項注意を拳々服膺していた革命兵士志願の青年たちが、銃撃戦に巻きこんだ市民に丁寧な応対を心がけたのは事実だろう。それに人質のストックホルム症候群が重なれば、モデル女性が連合赤軍兵士たちに好意的だったとしても不思議ではない。

こうした事実を背景にしているとはいえ、作中の女性管理人を聖母マリアになぞらえ、「あなたがた十四人の、すこやかな子供の母になれますように」と祈らせるのはどうなのか。しかも「バラの花の匂い」まで添えて。連合赤軍事件を感傷の糖衣で包み、死者たちを叙情的に救済しようという桐山の作為は皮相でしかない。作者に体質化されている叙情趣味が『スターバト・マーテル』では、浅薄なセンチメンタリズムにまで頽落しているといわざるをえない。

『テロルの伝説』には、桐山襲による書評「〈雪穴〉の向こうに」からの引用がある。〈68年〉世代の多くは、連続〝総括〟死という出来事を「政治そのものを越えたような未踏の場所における行いであること、自分たちの保有している政治の言語によっては十分に解ききることのできない問題であることを、直観していた」。だから「『事件』を大きな契機として、多くの者の永い沈黙の過程が始まらざるを得なかったのだ」。事件から一二年が経過した時点で「政治の言語」ならぬ小説の言語を用いてさえ、作者は『スターバト・マーテル』の結末が示すように叙情に溺れ感傷に逃げこんで、問題の核心から遠ざかるばかりなのだ。

連合赤軍は、飛翔した党派だった。どの組織よりも飛翔した党派だった。だから（略）彼らは、雪と、警官隊の重包囲下の山岳地帯で、夥しい矛盾をそれぞれの個体へと集中させ、「主体の共産主義化」という方針の下に、個体の内面を一挙的に変革しようとしたために、数多くの兵士を死に至らしめていったのだった。それは「主体の共産主義化」という名前の死の舞踏——死に至る共同の自傷行為ともいうべきものだった。

連合赤軍が「飛翔した党派だった」という評価は間違っていない。正確には「飛翔しようとして失墜した党派」だが。「飛翔した党派だった」のは、父の世代が放棄した本土決戦を子の世代として完遂しようと決意したからだ。一九六九年に結成された赤軍派がすでに、「革命」でなく「革命戦争」を主張していた。ロシア革命の武装蜂起と内戦や中国革命の遊撃戦を下敷きにしていたとしても、提唱者の意図を超えて「革命戦争」という言葉は〈68年〉世代の無意識に絶妙に作用した。

本土決戦を放棄し延命した支配層と民衆による共犯システムを打ち破らない限り、「いつわりの自由といつわりの平和でみたされた戦後」からの解放はない。このことを〈68年〉世代は暗黙のうちに了解していたから、未遂の〈本土決戦〉の遂行を意味する「革命戦争」は肯定され、少なからぬ者の支持をえた。

いうまでもないだろうが、赤軍派の〈革命戦争＝本土決戦〉に無意識を刺激された若者たちと、宮城事件の首謀者など軍の本土決戦派に共通するところはない。爆弾を携えた穂積一作が、皇居内ですれ違うクーデタ部隊と立場としては対極的であるように。

ずるずると敗北を重ねてきた無能きわまりない戦争指導部を打倒し、GHQ改革よりも徹底した社会的平等を実現する。軍を解体し、民衆的なゲリラ部隊を創設する。効果のない水際作戦などは中止し、アメリカ軍を日本列島に引きこんでゲリラ的な攻撃を加える。数十年という時間的射程で持続される解放戦争の業火によってのみ、一木一草に宿る天皇制と、日本人の宿痾であるニッポン・イデオロギーを焼きつくすことができる。これが〈本土決戦〉の意味するところだ。しかし赤軍派は、一九六九年秋期に計画された前段階武装蜂起を前に大菩薩峠で壊滅し、革命戦争は開始されないまま終わる。

赤軍派の敗北を「銃をめぐる思想的な未決着」として総括したのが、赤軍派の残党と革命左派が結成した連合赤軍だった。「銃をめぐる思想的な未決着」とは革命兵士の「死をめぐる思想的な未決着」でもある。戦闘に際して銃を使用しうるには、敵を殺害し自分も殺害されうる思想性が前提だ。「主体の共産主義化」ようするに銃撃戦を遂行しうる主体に飛躍するための〝総括〟が山岳アジトではじまり、「死に至る共同の自傷行為ともいうべき」連続死が生じた。

しかし「主体の共産主義化」とは、『スターバト・マーテル』に登場する銃砲店の主人が語るように「銃を手にすることによって自分たちが変革されうる得るという幻想」の産物にすぎない。そもそも連合赤軍世代の父たちは、みずから三八銃を棄て、「嬉々として（？）食糧や衣料を山分けして」復員したのではなかったか。「銃を手にすること」は〈本土決戦〉や、パルチザン的な解放戦争の主体を自動的には産出しない。両者のあいだに口を開いた決定的な亀裂を人工的に埋めるために「主体の共産主義化」が、さらには死にいたる〝総括〟が必然化された。

小熊英二は『１９６８』で、「連合赤軍事件は、追いつめられた非合法集団のリーダーが下部メンバーに疑惑をかけて処分していたという点では、偶然でなく普遍的な現象である。（略）あのような状況と立場に置かれれば、その人間〔森恒夫や永田洋子〕のもっている特徴が醜悪な形態で露呈してしま」うのは当然だと語っている。しかし構成員の半分を「処分」するような「非合法集団」を、なんの疑問もなく「普遍的な現象」として一般化できるのは小熊くらいのものだ。連続〝総括〟死のように特異な出来事は、革命運動の長い歴史でも世界に類例がない。

小熊が語るように、もしも連合赤軍の犠牲者の死が「処刑」や「粛清」だったとすれば、〈68年〉世代が「保有している政治の言語」でも理解は可能だったろう。革命運動史のいたるところで「処刑」や「粛清」は繰り返されてきた。それをめぐる思想的な考察もドストエフスキイ『悪霊』、アーサー・ケストラー『真昼の暗黒』、アルベール・カミュ『正義の人々』、あるいはモーリス・メルロ＝ポンティ『ヒューマニズムとテロル』、埴谷雄高『幻視の中の政治』など、さまざまに試みられてきた。

しかし連続〝総括〟死は「処刑」でも「粛清」でもない。連合赤軍の一二人の死者のうち、自覚的に「処刑」されたのは二人にすぎない。残る一〇人は革命兵士への自己改造に失敗した「敗北死」、総括の援助（という暴行）に耐えられない結果の自然死として、死亡する直前の当事者を含め了解されていた。だから連続〈総括〉死は〈68年〉世代に、革命運動と殺人をめぐる二〇世紀の思想的考察の域を超えた出来事ではないかという疑惑を、否応なく突きつけることになる。それは異様に淀んだ、陰惨で不可解な印象を濃霧のように漂わせていた。この『事件』を大きな契機として、多くの者の永い沈黙の過程が始まらざるを得なかった」ゆえんだ。

『テロルの伝説』では連合赤軍の連続〝総括〟死を、モーリス・ブランショの『明かしえぬ共同体』のコミュノテに重ねようとしている。ブランショがジョルジュ・バタイユの秘儀結社アセファルを参照しながら論じた死をめぐるコミュノテは、しかし連合赤軍といかなる関係もない。革命戦士なら銃弾が当たっても死ぬことはない、そう信じていたとのちに永田洋子は『十六の墓標』で書いている。こうした非合理主義的迷妄、普通人を特製人間に改造するための〝総括〟、〝総括〟に励んでいたら当事者が死んでしまったという無責任きわまりない自己弁護。いずれもがニッポン・イデオロギーの徒にふさわしい。

連続〝総括〟死と「処刑」や「粛清」を安直に同一視する小熊英二はまた、「連合赤軍事件は、六〇年代末からの若者たちの叛乱に終止符を打っただけでなく、その後の日本において、すべての社会運動を沈滞させるという悪影響をもたらした」ともいう。このように『1968』では、七〇年代以降の脱政治化は過激派が六〇年代に無展望に暴れすぎたからだ、という公安史観が無批判に踏襲されている。しかし、七〇年代以降の「社会運動の沈滞」は連合赤軍の自壊的敗北の結果ではない。連合赤軍が突破しようとして自滅した壁、戦後社会の「平和と繁栄」という壁を、「社会運動」は別の仕方で越えることが求められていた。それに失敗した結果として、「沈滞」が生じたにすぎない。

戦後民主主義的な合法主義や議会主義の観点からは、連合赤軍は「銃を手にすることによって世界が変革され得るという幻想によって滅んだ」ことになる。警備警察幹部として浅間山荘銃撃戦に対処した佐々淳行は『連合赤軍「あさま山荘」事件』で、日本大学の不正経理や体育会の暴力的な学内支配に抗議した日大生の運動は理解できたが、警官の殺傷を目的化した東大安田講堂闘争以降の学生運動は根絶しなければならないと判断したと書いている。多数決と同義である「民主主義」の範囲内で、社会運動は合法的に行われなければならないことを連合赤軍事件は教訓化した。「暴力」も「軍事」も社会運動を孤立化させ、破滅に追いやる危険な罠だと警察官僚はもっともらしく語り、佐々の公安史観に小熊のような論者が唱和する。

東日本大震災と福島原発事故が起きるまで四〇年ものあいだ、日本は世界でも稀な「デモのない国」だった。西ドイツ赤軍やイタリアの赤い旅団は徹底性と残忍性という点で、連合赤軍の浅間山荘銃撃戦が子供の遊びに見えるような高度な軍事闘争、都市ゲリラ闘争を長期にわたって展開した。極左派の軍事闘争が権力の弾圧を招き、その巻き添えで〈68年〉の大衆的闘争が打撃を蒙った事実は否定できないが、だからといってドイツやイタリアが日本のような「デモのない国」になった事実はない。〈68年〉以降も、緑の党が政権参加したドイツは「新しい社会運動」の、ジェノヴァ・サミット闘争のイタリアは反グローバリズム運動の中心地だった。

インドシナ人民戦争を頂点として〈68年〉には、第三世界の各地で人民解放のゲリラ戦争が戦われていた。ゲバラによる「第二、第三のヴェトナムを」という呼びかけに応じて、西側先進諸国でも都市ゲリラ闘争が開始される。先進国内で独立闘争を展開していたのがアイルランド共和国軍（IRA）やバスク「祖国と自由（ETA）」、プロレタリア革命をめざす新左翼の軍事闘争派が西ドイツ赤軍や赤い旅団だった。しかし先進諸国の軍事闘争派は、二大潮流のいずれもが社会的に孤立し公安権力との闘争に敗れ、最終的には都市ゲリラ路線の放棄にいたる。

インドシナでは人民戦争が勝利した直後から、ヴェトナムのボートピープル問題、カンボジア虐殺事件、ヴェトナム軍のカンボジア侵攻、中越戦争などの否定的帰結が露呈されはじめた。またフィリピン、ネパール、ペルーなど世界各地の山岳ゲリラ闘争も終息していく。第三世界でも革命戦争路線の失効は、いまや疑うことができない。二一世紀では先進諸国でも新興国や発展途上国でも、都市ゲリラや軍事闘争の敗北という〈68年〉の教訓を学んだ大衆蜂起の形態が模索されてきたし、今後もさまざまに試みられていくだろう。

しかし連合赤軍事件には、こうした合理的な反省や教訓化で割りきることのできない特殊な過剰性がある。西ドイツ赤軍や赤い旅団はいわば、「銃を手にすることによって世界が変革され得るという幻想によって滅んだ」。であれば市民社会での都市ゲリラは有効でないと総括し、違う戦術や闘争方式に向かえばいい。しかし「銃を手にすることによって自分たちが変革され得るという幻想によって滅んだ」連合赤軍の場合、問題はそれほど簡単ではない。西ドイツ赤軍や赤い旅団の場合のように、先進諸国における軍事闘争や都市ゲリラの無効性を教訓化して問題を終わらせるわけにはいかない。連合赤軍の困難な挑戦と無残な自壊的敗北は、われわれがニッポン・イデオロギーを超えるために繰り返し立ち戻らなければならない経験だ。

西ドイツ赤軍や赤い旅団の構成員たちは、日本と比較すれば易々と銃を手にし、易々と死を超えたように見える。少なくとも連合赤軍兵士のように、殺し殺されうる主体に飛躍するための〝総括〟や、それに類するイニシエーションを必要とした様子はない。第二次大戦の敗戦国であるドイツやイタリアにも欺瞞的な〈父たちの体系〉は存在したろうが、この〈父たち〉は少なくとも本土決戦を戦った。あるいはパルチザン戦争で戦争体制に抵抗し、独裁者を処刑した。

たとえばアントニオ・ネグリは、次のように語っている。「イタリアでは、一九四三年から四五年にかけて、たいへん強力な抵抗戦争が行われました。二十五年経った一九六八年にも、その記憶はまだ生きていました。というのは、反ファシズムの闘いは階級闘争と結びついていたからです」（『ネグリ　生政治的自伝――帰還』）。四半世紀前に戦われたパルチザン戦争の民衆的な「記憶」が、赤い旅団による軍事闘争を思想的に支えていた。

八〇年代、それから一九九七年にイタリアに帰還してから、私が監獄生活をともにした「赤い旅団」の囚人たちは、みな庶民階層の出身者です。彼らは本当に革命をしようと思ったのです。

権力のフレームアップで赤い旅団の指導者に仕立てあげられ逮捕投獄された、いわば赤い旅団のテロリズムに巻きこまれた被害者のネグリでさえ、「彼らは本当に革命をしようと思ったのです」と証言している。もちろん『赤い旅団』のことを、われわれを活性化した反逆の運動の全体を体現するものと勘違いしないように注意しなければなりませんね」と留保したうえでだが。

パルチザン戦争を戦った父の子であれば、「銃を手にすること」自体に過大な意味付与をする必要はない。誤りは「銃を手にすることによって世界が変革され得るという」発想に、いい替えれば先進諸国でも軍事闘争が有効だという戦略的判断にあった。他方、本土決戦から逃亡した父の子は、欺瞞的に延命した父を「銃を手にすることによって」超えられると信じた。未遂の〈本土決戦〉を完遂するものとしての革命戦争の主体に、「自分たちが変革され得るという幻想に」足を取られ、惨憺たる自壊的敗北に追いつめられたのだ。「銃を手にすること」は、銃を持つ私と銃で闘う私の二重化をもたらす。二人の私を分かつ深淵は、「主体の共産主義化」によって埋められなければならない。

「主体の共産主義化」を実現するための〝総括〟は、革命兵士の思想性を身体化するために反復された。しかし暴力による規範の受肉という儀式は、ニッポン・イデオロギーの産物である教育的リンチに無限接近していく。本土決戦の回避が欺瞞的な戦後をもたらした以上、〈本土決戦〉の遂行だけが戦後社会を根底から変革するだろう。新たな〈本土決戦〉として革命戦争を戦う主体を生みだそうとして、しかし連合赤軍は曖昧な「終戦」に帰結したのと同じ無思考の罠に落ちてしまう。

問題はウロボロスのように循環している。本土決戦から自己保身的に逃亡した父の子が、欺瞞的な〈父たちの体系〉を打ち倒すため〈革命戦争＝本土決戦〉を開始しようとして連続〝総括〟死の沼地に追いつめられた。だが『スターバト・マーテル』の桐山襲は、連合赤軍事件が露呈したウロボロス的な難題に直面してはいない。『パルチザン伝説』では、パルチザン戦争を戦った理想的な父が仮構された。このような父の子であれば「銃を手にすること」に躊躇はなく、「主体の共産主義化」のための〃総括〃も不要だったろう。革命的祖国敗北主義に導かれて都市ゲリラ活動を展開し、欺瞞的な「終戦」を阻止するため「大逆」のテロルを企てた穂積一作は、しかし虚構の存在にすぎない。

軟弱な父の子が父を超えようと決意し、苦闘を重ねた。しかし真摯な努力は空転し、つまるところ軟弱な父の子はやはり軟弱であることを自己証明して終わる。軟弱をニッポン・イデオロギーに置き換えれば、問題は明白だろう。ニッポン・イデオロギーによって本土決戦から逃亡した父を批判し、新たな〈本土決戦〉として革命戦争を開始しようと決意した子たちは、自身もまぬがれていないニッポン・イデオロギーのため自己崩壊に追いこまれた。

連合赤軍の自壊と東アジア反日武装戦線の壊滅のあと、「平和と繁栄」の戦後社会は一九八〇年代後半のバブル的繁栄に登りつめていく。「小説においてもそうだが、桐山の内側には、一九八〇年代への深い絶望がある」(『テロルの伝説』)。その「絶望」は、第三作『風のクロニクル』に登場する人物の独白にも込められている。「わたしたちの敗北は、次の高揚期を簡単に手繰り寄せることが出来るほど、ささやかなものではありませんでした。やがて冬の中で、人と人とは、その紐帯を失ってばらばらになって行きました」。

私たちの叛乱の余波が、この社会の表面から失われていくにつれて、この国の社会そのもの、この国の人間の在り方そのものが、その根底から変っていきました。一九七〇年代という時間が、これほど不愉快なものになるとは、このときには、まだ誰にも予測できなかったのです。

桐山襲にとって不愉快な時代は、一九八〇年代後半に絶頂をきわめたろう。昭和天皇の死、社会主義の崩壊、バブル経済の破裂、湾岸戦争。世界と日本の双方にわたる一九九〇年前後の激変を目撃してじきに、この作家は四三歳で世を去った。二〇一〇年代まで生きたとしても、桐山の不愉快は少しも解消されなかったはずだ。日本の〈68年〉の底部に木霊していた、〈本土決戦〉を革命戦争として遂行することで戦後社会の欺瞞を破砕しようとする意志は、この国から完全に失われたようにさえ見える。

『パルチザン伝説』の「僕」に託されたところの、自身の戦後責任を含め日本帝国の侵略責任を追及する思想は、新左翼セクトの形骸化した血債主義や文化左翼の応答責任論に頽落した。〈68年〉世代の大半は微温的にリベラル化し、「平和と繁栄」に異を唱えた戦後社会批判も、あるいは戦後平和主義／戦後啓蒙主義／戦後民主主義への批判も、いまや忘却の淵に半ば以上も沈んでしまったようだ。たとえばSEALDsのオピニオンには、次のような箇所がある。

私たちは、対話と協調に基づく平和的な外交・安全保障政策を求めます。現在、日本と近隣諸国との領土問題・歴史認識問題が深刻化しています。平和憲法を持ち、唯一の被爆国でもある日本は、その平和の理念を現実的なヴィジョンとともに発信し、北東アジアの協調的安全保障体制の構築へ向けてイニシアティブを発揮するべきです。私たちは、こうした国際社会への貢献こそが、最も日本の安全に寄与すると考えています。

この箇所だけ読めば、〈68年〉の思考では許容しがたい戦後平和主義的欺瞞への退行といわざるをえない。実際、〈68年〉を継承すると称するセクトや文化左翼が、そうした批判をSEALDsに浴びせていた。いずれにしても「戦前が許せない以上に、いつわりの自由といつわりの平和でみたされた戦後こそが、僕たちには耐えることができなかった」〈68年〉世代と政治的にアクティヴな新世代との、思想感性から世界認識にいたる相違は歴然としている。「〈父たちの体系〉を全否定することは、僕たちの世代のまぎれもない義務であり、大人たちの偽善の世界をこなごなに打砕くことは、僕たちの世代のほとんど唯一の存在理由であるように思われた」と語られたように、〈68年〉世代の戦後批判には教養小説的な父子対立という面が見られた。父の世代の世俗的な価値観に理想主義的な子の世代が反抗する。

しかし二一世紀の若者にしてみれば、戦中派と〈68年〉世代の父子対立になど関心のもちようもないだろう。世代対立が再生産されているなら話は別だが、すでに教養小説的な予定調和は失効している。父になった〈68年〉世代に反抗する理想主義的な子の世代など、いまやどこにも存在しない。

『パルチザン伝説』によれば、侵略戦争に動員された「者たちはひとりひとりの持つ血の負債に支払いを付けることもせず」に戦後を生き延びてきた。戦争末期に穂積一作は、「支配秩序を残したまま単に戦争だけを終わらせ」てはならないと語った。しかし「大陸の村々を焼きはらい、半島の女たちを強姦し」た戦中世代はすでに平均寿命を超え、じきに死に絶えるだろう。

「失われた二〇年」に自己形成した世代には、見える光景が〈68年〉世代とは根本的に異なる。戦後の「平和と繁栄」はすでに失われ、目に入るのは「戦争と衰退」の光景なのだ。〈本土決戦〉を戦うまでもなく、すでに日本列島は廃墟と化している。

労働人口の四割が非正規・不安定労働者で、経済的理由から結婚も出産も断念する若者が少なくない。子供の六人に一人は貧困家庭で食事も満足にできない状態だ。「失われた二〇年」の過程で進行した経済的衰退は、シャッター通り商店街の光景に象徴されている。〈68年〉が闘いを挑んだ空疎に繁栄する高度成長の戦後社会は、すでに形骸化し、あるいは事実として消滅した。

日米戦争を「終戦」にもちこんで延命した支配層は、念願の改憲再軍備と、戦時天皇制国家をモデルとした権威主義的国家再編を推進している。戦後の「繁栄」と同じように戦後の「平和」もまた、すでに失われている。北朝鮮と中国の軍事的圧力や泥沼化した世界内戦の脅威に対抗すると称し、特定秘密情報保護法や解釈改憲による集団的自衛権の行使容認、それに見合う戦争法案などが次々に強行されてきた。

一九五〇年前後に危機感を込めて語られた「逆コース」や「戦争と軍国主義への道」は、六〇年以上の時間が経過した今日、急速に現実化してきた。進行する戦後「平和」国家の解体と二一世紀的な世界内戦国家の確立に抵抗しているのは、反原連／しばき隊／SEALDsなど3・11後の新しい政治勢力だ。これと共闘しているのは、〈68年〉が敵とした戦後民主主義勢力である。〈68年〉に由来する運動は、限界集落化した新左翼党派をはじめ政治勢力としては消滅寸前といわざるをえない。

桐山襲が死の直前に目撃した内外の新事態、ソ連崩壊と湾岸戦争、昭和天皇の死とバブル崩壊などは二〇世紀の終焉を予示していた。そして四半世紀後、ようやく輪郭が見えてきた二一世紀という時代に、かつて未遂の〈本土決戦〉の遂行にまで先鋭化した〈68年〉の戦後社会批判や戦後思想批判は有効性を失ったように見える。

欺瞞的な「平和と繁栄」への批判は、欺瞞的であるにしろないにしろ「平和と繁栄」がそれ自体として失われるのに応じて、しだいに無効化されてきた。その決定的なメルクマールが東日本大震災と福島原発事故だ。〈68年〉の戦後批判は3・11をもって最終的に失効し、もはや歴史的な遺物と化したというべきだろうか。

爆弾製造に失敗して《昭和の丹下左膳》となった「僕」は、公安警察の追跡を逃れて沖縄に潜伏中であることが「第一の手紙」では語られている。『パルチザン伝説』でも点描された沖縄は、一九八六年に発表された長篇『聖なる夜　聖なる穴』で正面から主題化される。また八七年には、沖縄の離島を想像的な舞台とした長篇『亜熱帯の涙』も雑誌掲載された。その後も沖縄は、作家活動の最後まで桐山の特権的なモチーフとなる。

琉球処分以来、沖縄は日本に喰いこんだ刺だった。沖縄は北海道と並んで、もっとも早い時期に日本帝国が併合した新領土だが、沖縄「県」や北海「道」など日本国内の行政単位として位置づけられた点で、その後の台湾や朝鮮などの海外植民地とは性格が異なる。植民地でありながら、日本の内側に存在するという二重性が沖縄には刻まれていた。日米戦争の末期に沖縄「県」では、住民の四人に一人が死亡するという苛酷な地上戦が戦われたが、それを本土決戦とはいわない。

サンフランシスコ条約による日本の独立後も、沖縄ではアメリカによる占領が続いた。沖縄の本土復帰は一九七二年だが、それ以降も本土からの移設で米軍基地は拡大し続けた。日本の内にあり、また外にある沖縄は本土ならぬ〈本土決戦〉が行われた点でも、いまなお在日米軍基地の大半が集中している点でも、日本に喰いこんだ刺であることをやめていない。戦後も、そして本土復帰後も沖縄は、アメリカの属国という戦後日本の素顔をくっきりと映しだす鏡だった。

戦後平和主義も戦後民主主義も沖縄に犠牲を押しつけ、沖縄を排除することで成立しえた。日本の〈68年〉では、沖縄の本土復帰をめぐる政治闘争が最後の頂点をなしたが、その後も沖縄は戦後社会の欺瞞性を告発し続けている。3・11以前であろうと以降であろうと、沖縄が置かれた苛酷な条件に変わりはない。むしろ3・11以降の福島が、ある意味で沖縄化したともいえる。日本には沖縄に続いて、福島の原発被災地域という第二の刺が新たに喰いこんだ。

米軍基地の重圧に押し潰された沖縄に本土並みの平和はない。反対の民意が民主的な選挙で幾度となく表明されても、辺野古の基地建設や高江のヘリパット移設工事は強行され続ける。沖縄に本土並みの民主主義はない。この点で謝花昇をモデルとした人物が登場する『聖なる夜　聖なる穴』は、二一世紀の今日もリアリティを失ってはいない。

――わたしの肉体が土の穴の中に埋められるとき、わたしは地の底の霊となって生きはじめるであろう。そして、やがて、わたしの狂気を引き継ぐ者が現れて来るであろう。沖縄の暗い地の底から、第一の敵を倒すために、わたしの狂気の名前を名のる者たちが、幾人も幾人も現れて来るであろう……

『スターバト・マーテル』の〝聖母〟が宿した《勁い恋人たち》の子供は、流産なのか死産なのか生まれる前に死んでしまったようだ。連合赤軍の〈革命戦争＝本土決戦〉を継承する若者は、二一世紀の日本に一人として見つけることができない。しかし本土決戦と呼ばれない〈本土決戦〉が戦われた地には、いまもジャハナの狂気を引き継ぐ者たちが無数にいる。

2

桐山襲が固執し続けたテロルとは、〈68年〉世代のうちに想像的に回帰した〈本土決戦〉だった。戦後社会はまた、無意識に抑圧された戦争をめぐる外傷体験を、ゴジラとして、テロルとは違う形でも反復してきた。一九五四年一一月に公開された映画『ゴジラ』と、『ゴジラ』の初心に立ち戻って新たに製作された二〇一六年の『シン・ゴジラ』。この二作を比較検討することで、前節の議論はより深められるのではないか。

『ゴジラ』の製作者である田中友幸は一九五四年三月の第五福竜丸事件に触発され、この作品を企画したといわれる。また監督の本多猪四郎は、復員途上に広島の原爆被災地を通過したという体験をもつ。電車のなかで登場人物の女が「あたし、長崎の原爆でも生き延びたのに、こんどはこれだわ」と述懐するシーンが『ゴジラ』にはある。この女は「原子マグロ」云々とも口にしていた。被曝した第五福竜丸への直接の言及はないが、ビキニ岩礁での水爆実験による被害がゴジラの上陸以前から日本に及んでいたことは暗示されている。

このように巨大怪獣ゴジラは、広島と長崎に投下された原子爆弾、あるいは第五福竜丸の被曝事故を惹き起こした水素爆弾を虚構的に変容して創造された。東京を蹂躙する「ゴジラこそ、われわれ日本人にとって水爆そのものだ」と作中人物が語るシーンからも、製作側が「核爆弾の化身＝ゴジラ」の等式を作品に埋めこんだ事実は疑いがたい。

しかし、これに川本三郎は異説を唱えた。「〝海へ消えていった〟ゴジラは、戦没兵士たちの象徴ではないか。ゆっくりと海へ沈んでゆくゴジラは、沈んでいく戦艦大和の姿さえ思い出させないか。東京の人間たちがあれほどゴジラを恐怖したのは、単にゴジラが怪獣であるからという以上に、ゴジラが〝海からよみがえってきた〟戦死者の亡霊だったからではないか」（『今ひとたびの戦後日本映画』）。

東京湾に上陸したゴジラは、銀座方面から都心に向かい国会議事堂を倒壊させてから東に進路を変える。これについて川本三郎は、戦没兵士の怨霊といえども皇居を破壊することは躊躇したからだ解釈した。赤坂憲雄は「ゴジラは、なぜ皇居を踏めないか？」（『別冊宝島　怪獣学・入門！』所収）で、川本とは異なる解釈を提示している。

天皇に拝謁するため戦死者の亡霊は、水漬く屍、草むす屍をさらした南海の果てからゴジラとなって祖国に帰還した。しかし自分たちを戦地に赴かせた神としての天皇、大元帥としての天皇はもはや存在しない。皇居に住んでいるのは、人間であることを宣言した象徴天皇にすぎない。それを知って失望したゴジラは、皇居に背を向けたのではないかと赤坂は語った。

『ゴジラ』の観客の大半は、あとに続く者を信じて先に逝った同胞を裏切り、本土決戦に日和見を決めこんで生き延びた戦前派、戦中派だった。焼け跡からの復興を遂げた東京を猛然と破壊するゴジラの心象は、朝鮮特需という「神風」に浮かれて戦死者の記憶さえ忘れかけていた戦後日本人の多くに、無意識の底に沈んでいた宗教観念を甦らせた。怨みを抱いて死んだ者が、怨霊となって加害者に祟るという御霊信仰だ。

ポツダム宣言を受諾した戦争指導層は、五五年体制では岸派＝自民党右派として延命した。今日にいたるまで、この勢力が靖国神社への戦犯合祀や首相の公式参拝に執着するのは、妄想的な神国思想からだけではない。戦争犠牲者が怨霊となって祟るだろう最大の裏切り者は、保身のため本土決戦を放棄して延命した戦争指導層である。自民党右派に代表される保守勢力は、靖国神社に祀り上げることで戦没兵士の怨念を封じなければならない。

映画『ゴジラ』では太平洋の戦場に斃れた日本兵をはじめ、三〇〇万人を超える膨大な戦死者や戦災死者が怨霊・御霊となって一九五四年の日本を襲う。ゴジラ襲来の光景は観客に、本土決戦が行われた場合の惨禍を想像的に突きつけたことだろう。第二次大戦のアメリカ軍とは違って、ゴジラは日本本土に上陸して破壊の限りを尽くし、高熱の霧を吐いて東京を火の海に変える。まさに実現された〈本土決戦〉の光景ではないか。

ゴジラの象徴的解釈で主流をなしてきたのは、もちろん「核爆弾の化身＝ゴジラ」であって、「戦死者の御霊＝ゴジラ」は傍流といわなければならない。映画作品が前者を明示しているとすれば、後者は暗示されているにすぎない。製作側は前者を意識して主題化し、観客は無意識に後者を連想したともいえる。

前者は「敵国アメリカ＝ゴジラ」に転移しうる。広島に投下された原爆も、第五福竜丸を被曝させた水爆もアメリカの兵器だ。実際、映画ではゴジラ襲来を知らせる防空警報のサイレンが鳴り響き、人々は「また疎開かよ」とうんざりした表情で口にする。中央区に上陸し千代田区を経由して隅田川方向に向かうゴジラの進路は、東京大空襲の際にアメリカの爆撃機が飛行したコースを反復している。ゴジラから逃げまどう人々は、あたかも第二次大戦末期の空襲被災者のようだ。こうした点からも「敵国アメリカ＝ゴジラ」という象徴的等式は成立しうる。

しかし、サンフランシスコ条約と抱き合わせで日米安保条約を成立させた直後の「同盟国」アメリカが、映画の象徴空間の出来事とはいえ、どうして日本列島をまたしても攻撃するのか。ここには激化する米ソ冷戦や際限ない核軍拡競争という時代背景と、それをめぐる日本人の深刻な恐怖や危機意識が影を落としていた。

アメリカが「同盟国」だというのは名目にすぎない。日米安保体制の成立はアメリカによる軍事占領の永続化を意味した。将来にわたってアメリカの属国であることを日本に認めさせる儀式が、サンフランシスコ条約の調印式だった。冷戦という国際条件のもとでは、日本がアメリカから真に独立できる条件は皆無で、東西対立が激化すれば日本はアメリカの戦争に巻きこまれ、アメリカを防衛する衝立として使い捨てられる。そのとき、またしても日本列島は廃墟と化すのではないか。

かつての敵国は、日本を属国として支配する宗主国に変わった。とはいえ、日本を壊滅させうる巨大な破壊力の源であることに少しの変わりもない。属国日本を核戦争に巻きこみかねないアメリカが、象徴空間でゴジラとして表象されたのには根拠がある。映画『ゴジラ』には、8・15以前の「敵国アメリカ＝ゴジラ」と、8・15以降の「宗主国アメリカ＝ゴジラ」という二つの等式が絡みあいながら埋めこまれている。それは「戦死者の御霊＝ゴジラ」説とも無関係ではない。復興を謳歌しはじめた戦後市民をゴジラが脅かすのは、あとに続く者を信じて先に逝った死者を、自己保身のために裏切ったからだ。あるいは兵士たちが死ぬまで戦いぬいた敵国を新たな主人と仰ぎ、隷属の境遇に抗議さえしないからでもある。

二〇世紀の世界戦争は、諸国家のメタレヴェルに立つ〈世界国家〉の地位の争奪戦だった。もちろん日米戦争も例外ではない。〈世界国家〉をめぐる戦争とは世界理念と世界理念の戦争だ。アメリカの自由と民主主義による国際秩序の理念と、東亜解放という理念の戦争。無条件降伏とは、戦死者の死を肯定し正当化する戦争理念を放棄し、自己保身のため足蹴にすることだ。戦死者は生命を失ったばかりか、死の意味さえも奪われたことになる。死の意味を奪って戦死者を足蹴にしたのは、帝国主義的なアジア侵略を東亜解放の理念で覆い隠そうとした戦争指導層であり、どんな理想もおためごかしだとうそぶきながら、生き延びるため対米降伏の詔勅に唯々諾々と従った民衆でもある。

戦後憲法が国会で採択され、日本は「戦争と軍国主義」から「平和と民主主義」の国に変貌した。ゴジラに踏み潰されるのは、戦死者の死を「戦争と軍国主義」の産物として否定し不可視化した戦後社会だ。戦死者の犠牲を礎として戦後の平和は築かれたという類の詭弁など、「戦死者の御霊＝ゴジラ」には通用しない。「戦死者の犠牲」を肯定するなら、「戦後の平和」は否定される。「戦後の平和」に意味があるなら、「戦死者の犠牲」は無意味だとしなければならない。こうした二者択一を詭弁的に隠蔽することで、戦後社会の「平和と繁栄」は維持されてきた。

戦後平和主義の観点では、戦争責任を負うべきは政治家や軍や財閥など戦時天皇制国家の支配層であって、戦争に駆りだされた兵士を含め一般国民は被害者である。また「平和と民主主義」を国是とする戦後国家は欽定憲法の明治国家や、「戦争と軍国主義」の戦時天皇制国家よりも進歩的と評価できる。憲法を改悪して日本を過去に引き戻そうとする反動勢力から、戦後国家は防衛されなければならない。

「戦死者の御霊＝ゴジラ」が皇居や靖国神社や保守政党本部を襲うなら理解できるが、一般国民を踏み潰すのは不当だと戦後平和主義は非難することだろう。また改憲再軍備路線の反動勢力と、護憲平和路線の進歩勢力を無差別に攻撃するのも。戦後社会の支配層も民衆も、反動派も民主派も区別なく踏み潰して東京を火の海にする一九五四年のゴジラは、その二〇年後に戦後社会を震撼させた〈68年〉のテロル、連合赤軍や東アジア反日武装戦線の都市ゲリラ闘争を予示していた。

古生物学者の山根博士やオキシジェン・デストロイヤーを発明した芹沢博士、山根の娘の恵美子、その恋人でサルベージ業者の緒方などが登場する映画『ゴジラ』にも、戦後平和主義の精神は反映されている。いや、物語の動因として効果的に機能している。

日本政府はゴジラを問答無用で攻撃し、抹殺しようとする。こうした政府の態度は、水爆実験が生みだした生物を、今度は一方的に抹殺するという人類のエゴイズムそのものではないか。政府のゴジラ攻撃に批判的な山根は、戦後平和主義の側に位置する人物だ。戦後平和主義を内面化している点では、恵美子と緒方青年のカップルも山根と変わらない。ただし戦争で片目を失い、世捨て人のように研究室に閉じこもっている変人の芹沢は、第二次大戦の記憶に呪縛されている点で他の登場人物とは異質だ。戦争の記憶を忘却した戦後社会を、この人物はどうしても受け入れることができない。芹沢が恵美子との婚約を破棄したのは、婚約者が戦後社会の平和に順応していたからだ。

軍事利用すれば「水爆と同じように世界を破滅に導く」だろうオキシジェン・デストロイヤーを極秘のうちに開発したのは、科学的真理の究明に憑かれた自然科学者だからではない。片目を奪った戦争を憎みながらも、芹沢は戦争の暴力と破壊に圧倒され、それに魅せられてもいる。このように映画『ゴジラ』には、精神分析的な死の欲動が影を落としている。ゴジラとは戦死者を裏切った日本人を残酷に罰する超自我の化身であり、またラカンのいわゆる対象a、現実界に通じる禍々しい裂け目でもある。

絶滅兵器オキシジェン・デストロイヤーの研究は、芹沢にとって暴力や破壊や死との恐怖と恍惚に満ちた戯れ、享楽の体験に他ならない。研究室を訪れた恵美子に、芹沢はオキシジェン・デストロイヤーの実験を見せる。戦争を憎みながら破壊に魅せられてしまう苦悩を、いまだに愛している元婚約者に理解されたいと望んだからか。同時に芹沢は、死にいたる享楽の淵に恵美子を誘惑し、引きずりこんでしまうことを欲望したのかもしれない。

死者や負傷者、親を失って泣き叫ぶ子供たちを避難所で目撃した恵美子は、これ以上の悲劇を避けるためにゴジラを倒さなければならないと思いつめ、平和主義者の父親と対立する。ゴジラがもたらした多数の犠牲者は、軍事力の行使を忌避する平和主義が、圧倒的な暴力と破壊の前では無力である現実を突きつけた。研究所を再訪した恵美子は必死で芹沢を説得する。新たな犠牲を出さないためにはゴジラを倒すしかない。戦車も戦闘機も効果がない以上、オキシジェン・デストロイヤーが最後の手段だと。

婚約者だった若い女の訴えに、それでも芹沢は頷こうとしない。オキシジェン・デストロイヤーの存在が世界に知られたら、軍事利用を企む国があらわれるに違いない。実験設備や資料や設計図を破棄しても無駄だ。水爆に匹敵する究極兵器を手に入れようとする国家は、芹沢を拉致監禁し拷問してでもオキシジェン・デストロイヤーの秘密を得ようとする。作中で明示されているわけではないが、芹沢が警戒している国とはいうまでもなくアメリカだ。

元婚約者の懇願に負けて、芹沢もオキシジェン・デストロイヤーをゴジラに使用することを認める。ただし、自分が海底で起爆することを条件として。ゴジラを倒した芹沢は、みずから潜水服の気送管を切断し溺死する。オキシジェン・デストロイヤーが人類の脅威にならないように、自身の命を犠牲にして秘密を守ろうとしたのだ。オッペンハイマーをはじめマンハッタン計画に参加した科学者の自責や反省を参照しながら、芹沢という科学者のキャラクターは造形されたに違いない。

このような物語の構造は「敵国アメリカ＝ゴジラ」の象徴的等式では了解困難だ。対米戦争の記憶に呪われた男が、ゴジラとして襲ってきたアメリカと〈本土決戦〉を戦って勝利する物語であれば、結末で自殺する必要はない。オキシジェン・デストロイヤーの秘密を守るために死を選ぶという設定も、この場合には不自然といわざるをえない。映画『ゴジラ』に含まれる齟齬は、「戦死者の御霊＝ゴジラ」説によってのみ解消されうる。芹沢は戦傷者なのか戦災被害者なのか映画では明らかにされないが、兵士として復員したのであれば、ゴジラは死んだ戦友たちということになる。戦災で片目を失った場合も事情は基本的に変わらない。

戦後社会の平和に適応した登場人物のなかで、例外的に戦争の記憶に呪縛された芹沢だけがゴジラを倒しうるのは、この人物と「戦死者の御霊＝ゴジラ」が分身関係にあるからだ。欺瞞と保身が横行する戦後社会を、裏切られた「戦死者の御霊＝ゴジラ」が襲う。ゴジラによる破壊を阻止するためオキシジェン・デストロイヤーを使用すれば、かつて裏切った戦死者をまたしても裏切ることになる。とはいえ芹沢の理性は、ゴジラによる戦後市民の大量殺戮を黙視することも許さない。

オキシジェン・デストロイヤーの秘密を守り、軍事利用を阻止するために発明者は死を選んだという解釈は表面的にすぎる。両者が分身関係にある以上、ゴジラを消滅させた芹沢も同様に消滅しなければならない。映画の結末が暗示しているのは、ゴジラとオキシジェン・デストロイヤーの発明者が対消滅した事態である。

ただし、映画『ゴジラ』が不可視化した領域も無視はできない。『パルチザン伝説』で描かれたような〈68年〉世代による戦後批判が歴史的に失効しても、依然として未解決の領域が存在する。沖縄の基地問題として露呈され続けている、永続的なアメリカ占領下の日本、属国日本をめぐる問題領域だ。『ゴジラ』という映画作品から、アメリカの存在は意図的に秘匿されている。日本人の発明になるオキシジェン・デストロイヤーを悪用しうる国は、アメリカ以外に想定しえない。それが映画のなかで明示されないのは一例にすぎない。高濃度の放射能を帯びたゴジラが核爆弾を象徴していることは明白だが、二つの原爆を日本に投下し、ビキニ岩礁の水爆実験で第五福竜丸事件を惹き起こしたアメリカの存在が、作中でじかに言及されることは一度もない。

水爆実験が生んだゴジラの存在を公表すれば「国際問題」が生じかねないとの理由で、政府は情報の秘匿を企てる。対米関係の悪化を怖れているわけだが、対象がアメリカであることは語られないし、それ以上の具体的な説明もなされない。ゴジラの調査のため、科学者を乗せた各国の旅客機が空港に到着するシーンがある。パンナム機が含まれていることから、アメリカも日本に調査団を派遣したらしいことがわかる。作中でアメリカの存在が具体的に描かれるのは、この一場面にとどまる。『ゴジラ』の作品空間でアメリカは可視的な実体でなく、巨大な影としてのみ存在している。

ゴジラが上陸すれば、在日米軍という日本列島で最大の軍事力が対処するのは当然だ。しかし映画では、在日米軍として日本に影を落としているアメリカは、あたかも存在しないかのようだ。これらは瑣事ではない。作品の主題構成の核心にかかわる問題だ。通説に従って、『ゴジラ』の主題が核兵器の恐怖にあるとしよう。核兵器とその開発国／保有国／唯一の使用国であるアメリカ国家を切り離し、後者を不可視の領域に押しこんだことで、作品の主題は意味不明の領域に漂流していく。「安らかに眠って下さい　過ちは繰返しませぬから」という広島の原爆慰霊碑の碑文さながらに。

怨霊・御霊としてのゴジラであれば、死後の菅原道真が醍醐天皇を祟り殺したと伝えられるように、昭和天皇が住まう皇居を蹂躙しなければならない。もちろん怨霊を祀り上げ、その威力を封じるための宗教施設である靖国神社も。東京湾に侵入したゴジラは横須賀の第七艦隊も、当時は横浜にあった米軍基地も襲うことがない。「核爆弾の化身＝ゴジラ」説でなく「戦死者の御霊＝ゴジラ」説に立つ場合でも、こうしたアメリカの不在は不自然きわまりない。

『ゴジラ』は観客動員数九六一万人という成功を収め、翌年には第二作『ゴジラの逆襲』が公開される。第二作も八三四万人の観客を集めたが、ここでゴジラ映画の製作はいったん中絶する。とはいえ『ゴジラ』を起点とする東宝の怪獣映画は、『空の大怪獣ラドン』（一九五七年）、『大怪獣バラン』（一九五八年）、『日本誕生』（一九五九年）、『モスラ』（一九六一年）など継続的に製作されていく。『ゴジラ』シリーズ第三作の『キングコング対ゴジラ』が『ゴジラ』第一作と同じ本多猪四郎監督、円谷英二特技監督のコンビで製作されるのは一九六二年のことだ。

一九五四年から六二年までの八年間、日本は戦後復興と高度経済成長に邁進した。六四年の東京オリンピックを目前に控え、戦後社会の「平和と繁栄」は頂点に達しようとしていた。六年後の六八年には、日本が西ドイツを抜いてGNP西側第二位を達成する。こうした時代にハリウッドからキングコングを招聘し、ゴジラと競わせる企画が立案された理由は明らかだ。一九六〇年の安保改定による日米新時代の到来、あるいは西側有数の経済大国への躍進が、八年ぶりに新たなゴジラ映画を企画させた。

もちろん〝キングコング対ゴジラ〟は〝アメリカ対日本〟を寓意している。『キングコング対ゴジラ』ではキングコングがアメリカを象徴することで、ゴジラは「敵国／宗主国アメリカ」さらには「核爆弾の化身」という役割から解放される。アメリカ代表のキングコングという怪獣界の世界チャンピオンに、日本代表の挑戦者という新たな意味がゴジラには与えられた。

対米戦争の敗北はニッポン・イデオロギーの敗北だった。しかし日本人の大多数は、こうした反省を致命的に欠いたまま「再建の槌音高く」戦後復興の道をやみくもに走りだした。対米戦争の敗北を科学技術や経済力の敗北、「前近代的・半封建的」な日本の敗北として捉えた点は保守も革新も基本的に変わらない。たとえば丸山眞男の「超国家主義の論理と心理」や「軍国支配者の精神形態」は、ニッポン・イデオロギーの一面を批判的に捉えてはいた。しかし、その克服を日本社会の欧米並の近代化に求めた丸山の空想性は、もはや誰の目にも明らかだろう。日本の市民社会的成熟なるものは七〇年の歳月を費やしても、いまだに実現されていない。

アメリカの卓越した経済力と豊かな大衆消費社会に憧れ、なんとしてもアメリカに追いつきたいと念じる日本人は、『キングコング対ゴジラ』に引きよせられた。この映画が高度成長期の大衆的欲望を絶妙に捉え、観客動員数一二五五万人という空前の大ヒットを記録したのも不思議ではない。第二八作の『ゴジラ FINAL WARS』まで、この記録を抜いたゴジラ映画は存在しない。

『ゴジラ』では核兵器や「敵国／宗主国アメリカ」、あるいは戦死者の怨霊・御霊という象徴性を禍々しく刻まれた否定性の化身ゴジラだったが、『キングコング対ゴジラ』では「平和と繁栄」の戦後日本を体現する肯定的存在に変貌している。一九五四年の〝暗い〟ゴジラから六二年の〝明るい〟ゴジラへの決定的な転換は、以降のゴジラ映画でも踏襲されていくだろう。東京オリンピックの年に公開された第五作『三大怪獣地球最大の決戦』では人類の味方として、ゴジラがラドンやキングギドラと闘うことになる。ちなみに作中のキングギドラは、『日本誕生』のために作られた八岐大蛇の使い廻しといわれる。

『キングコング対ゴジラ』のクライマックスは、富士山頂で行われるキングコングとゴジラの格闘シーンだ。富士山頂に逃げまどう被災者は存在しない。一九五四年の『ゴジラ』では、もっぱらゴジラを下から斜め上に見上げていたカメラの視線が、ここでは怪獣同士の格闘を横から眺める方向に変化している。怪獣に追われて地上を必死で逃げまどう被災者の視点から、距離を置いて安全に眺める観客のそれへの変化。怪獣に追われて逃げまどい、あるいは踏み潰されるしかない被災者の下からの視線を映像として徹底化したのは、ハリウッド製怪獣映画『クローバーフィールド／HAKAISHA』だろう。映画の全篇が、登場人物によって小型のビデオカメラで撮影された未編集の映像という設定の疑似ドキュメンタリー作品で、『エイリアン』第一作と同じように観客は怪物の全体像をはっきりと捉えることができない。

『ゴジラの逆襲』にはじまる複数怪獣ものは、『キングコング対ゴジラ』の成功で定番化され、以降のゴジラ映画はこの設定を反復し続ける。『ゴジラ』では怪獣の破壊力は人間に向けられたが、『キングコング対ゴジラ』以降の複数怪獣ものでは怪獣の敵は怪獣だ。不可解でおぞましい恐怖の対象から、人間にとって親和的な存在にゴジラは変貌していく。

その後もゴジラ映画は製作され続けるが、一九八四年の『ゴジラ』を出発点として平成シリーズやミレニアム・シリーズでは、第一作以降のゴジラは存在しなかったという前提が共通する。ミレニアム・シリーズで無視できないのが第二五作『ゴジラ・モスラ・キングギドラ　大怪獣総攻撃』（二〇〇一年）だ。平成ガメラ三部作の金子修介が監督し、ミレニアム・シリーズでは最大の成功を収めた本作の設定でも、一九五四年に日本を襲ったゴジラはその後一度も出現していない。『キングコング対ゴジラ』にはじまる〝明るい〟ゴジラは、平成大不況下の『ゴジラ・モスラ・キングギドラ　大怪獣総攻撃』という〝暗い〟ゴジラの世界から抹消されている。

第一作をダイレクトに引き継ぐ製作側の意図が、第二五作には歴然としている。この作品に登場するゴジラの正体は戦死者の怨霊が凝固したモノであり、戦後日本の「平和と繁栄」に馴致され無害化されたゴジラではない。第一作の観客の無意識を脅かした「戦死者の御霊＝ゴジラ」が、平成に入ってようやく製作側に意識化されたともいえる。

しかし、戦争の暴力と破壊の体現者としての〝暗い〟ゴジラ、禍々しい恐怖の対象としてゴジラが復活したのは本作のみで、三年後には観客動員数の激減のためミレニアム・シリーズは終結する。作品の無意識だった「戦死者の御霊＝ゴジラ」が作品として意識化されたとき、ゴジラの象徴的威力もまた失われたのかもしれない。〈本土決戦〉の想像的回帰としてのテロルに、あるいは敗戦と対米従属の事実を忘却しえない沖縄に執着し続けた作家、桐山襲の死の二二年後に『ゴジラ　FINAL WARS』をもって、ゴジラもまた日本から姿を消した。

しかしゴジラは二〇一一年三月一一日、圧倒的な破壊力を誇示しながら現実世界に復活したのではないか。東日本大震災や東北地方の太平洋岸を壊滅させた巨大津波と、第二次大戦の戦死者とに物理的な因果関係はもちろん存在しないが、国民意識の象徴的次元では両者が二重化しうる。無害化され消滅したはずのゴジラは日本海溝の底に潜んで、すでに傾きかけた「平和と繁栄」の戦後日本を蹂躙し倒壊させる機会を窺っていた。敗北した戦争も戦死者の存在も忘れはてた日本人の前に、またしてもゴジラは復活し日本に上陸したのではないか。しかもスクリーンの上にではなく、われわれが生きる現実の日本列島に。

巨大地震は巨大津波を生じさせ、それが福島第一原子力発電所の全電源喪失、原子炉の冷却不能化、炉心溶融、水素爆発による放射能汚染という破局的な巨大事故をもたらした。地震を前触れに津波として福島海岸に侵入したゴジラは、放射能を吐き散らす制御不能の破壊された原子炉に変態をとげる。

3・11とゴジラの象徴的二重化にかんしては、本書に収録した「3・11とゴジラ／ヤマト」や『8・15と3・11』で論じた。「核爆弾の化身＝ゴジラ」と「事故原発の化身＝ゴジラ」は核／原子力の産物という点で共通する。軍事利用の場合は「核」、平和利用の場合は「原子力」と日本では言葉が使い分けられるが、核エネルギーを利用する点で両者とも原理は変わらない。

一九四五年に人類史上初の核実験に成功し、広島と長崎で原子爆弾を実戦に使用したアメリカは世界で唯一の核保有国だった。ドイツと日本への無条件降伏要求、ひいては連合国＝国際連合の中軸として諸国家のメタレヴェルに立つというアメリカの第二次大戦後構想は、核戦力によって軍事的に支えられていた。唯一の核保有国に戦争を挑むような国家は存在しえない。

しかしアメリカの核独占は、一九四九年に早くも崩れ去る。原水爆実験に続いてソ連は一九五七年、人工衛星スプートニクの打ちあげにも成功した。一九五〇年代末から六〇年代を通じて米ソの核弾頭と長距離弾道ミサイルの開発競争、核軍拡競争は加速され、全人類を何十回も皆殺しにできる膨大な核兵器が備蓄されていく。一九五四年のビキニ水爆実験と第五福竜丸の被曝事故は、米ソ冷戦という第三の世界大戦の初期に生じた事件だった。

一九五三年、アイゼンハワー大統領は国連で「アトムズ・フォア・ピース」演説を行う。この時点での、アメリカによる「原子力の平和利用」提案には二重の意味が込められていた。ソ連に続いて有力国が核武装する可能性は、アメリカにとって望ましいものではない。だからアイゼンハワーは、アメリカが実質的に支配する国際機関で、新たに生産される核物質を管理するという提案をした。露骨きわまりない国家エゴを粉飾するため、「原子力の平和利用」は題目としてもちだされたにすぎない。

これを第一とすれば第二は、完全に非生産的な軍事テクノロジーである核技術から、原子力エネルギーの民生利用という可能性を引きだすことにあった。対ソ核軍拡競争のために急増する軍事費の負担を、少しでも軽減したいとアメリカは望んでいた。もともと原子炉は、原爆の材料になるプルトニウム生産のため設計された。その過程で発生する熱エネルギーは環境に廃棄されていた。この順序を逆にすれば民需用の原子炉になる。原子力発電システムは、アメリカの新たな輸出産業として期待できるだろう。また管理された輸出によって、輸入国の核技術や核物質をアメリカが独占的にコントロールすることも可能となる。

原子力の平和利用は軍事利用の効率化のため、その補完物として発案され推進されていく。アメリカの「平和利用」提案に、即座に反応したのが日本だった。CIAの協力者を務めていた正力松太郎は、読売新聞の影響力を利用して原子力平和利用博覧会の開催などの原発キャンペーンを精力的に展開した。保守三党が提出した原子炉建造予算は、一九五五年に国会を通過する。津波によって破壊された福島第一原発は、もともとアメリカの原子力政策に従属するものとして建設された。ゴジラは「核爆弾の化身」であると同時に、「敵国／宗主国アメリカ」でもある。放射能を撒き散らす事故原発も、起源を辿ればアメリカによる日本支配の産物といえる。

3・11に触発されたゴジラの復活は、ギャレス・エドワーズ監督のハリウッド大作『GODZILLA ゴジラ』ではたされた。この映画は『ゴジラ』第一作を意識しながら、しかも随所でオリジナルを意図してずらした設定が目についた。渡辺謙が演じる日本人科学者は芹沢猪四郎で、姓はシリーズ第一作に登場したオキシジェン・デストロイヤーの発明者、名は監督の本多猪四郎からとられている。

シリーズ第二作『ゴジラの逆襲』にはじまる怪獣と怪獣の闘いという設定を引き継いで、『GODZIL

LA　ゴジラ』にはゴジラとムートーの二大怪獣が登場する。フィリピンから日本に運ばれたムートーの蛹は日本で原発事故を惹き起こし、放射能汚染で海岸の都市を壊滅させた。物語は無人になった廃墟の都市からはじまる。原発事故から一五年が経過し、羽化したムートーは東に飛びたつ。ハワイのオアフ島を襲ったのち、さらに東に向かう。ゴジラも天敵ムートーを倒すために姿をあらわし、サンフランシスコを舞台に両怪獣が激突する。

二種類の巨大怪獣が日本、あるいは南太平洋から東進してアメリカを襲う点で『ゴジラ』の設定はずらされている。ずらしのもうひとつの例として、ゴジラは水爆実験から生まれたのではないという設定がある。一九五〇年代に原潜ノーチラス号が発見した怪獣を攻撃するため、水爆実験と称して核兵器が使用された。しかも日本で原発事故を惹き起こしたムートーのエネルギー源は核燃料で、その復活に誘われてゴジラはサンフランシスコに上陸する。一九五四年の日本を襲った「核爆弾の化身＝ゴジラ」は、二〇一四年のアメリカで「事故原発の化身＝ゴジラ」として復活した。

アメリカの水爆実験がゴジラを生んだのではなく、ゴジラを抹殺するために実験と称して核攻撃が行われていたという設定は、最大のずらしに帰結する。日本を飛びたったムートーはハワイのオアフ島に上陸し、日本軍による真珠湾攻撃以来はじめてホノルルは炎上する。しかも雌雄のムートーとゴジラが激突するサンフランシスコは、一九五二年に連合国と日本の平和条約が締結された地だ。作中でゴジラは日本と関係づけられていないが、ゴジラが日本産であることを観客は知っている。日本から来たムートーが真珠湾のあるオアフ島を攻撃し、日本産のゴジラがサンフランシスコでムートーを撃退する。このように一九四五年以前の「敵国としての日本」をムートーが、一九五二年以降の「属国としての日本」をゴジラが象徴する。主人であるアメリカを守って献身的に闘う「属国としての日本」は、日本の巨大ロボットアニメを下敷きにしたハリウッド大作『パシフィック・リム』にも描かれていた。

日本に上陸した怪物から、巨大戦闘ロボットを操縦するアメリカ兵が日本人の少女を救う。命の恩人であるアメリカ兵を日本人少女は父のように慕い、父親／アメリカのために勇敢に戦う女性兵士に成長する。この映画では男に都合のいい女と、アメリカに都合のいい日本が絶妙に二重化されている。敗戦時に一二歳だった日本人が成長し、父と仰ぐアメリカの盾となって敵と戦うわけだ。占領によって敵国を従順な属国に変えたアメリカの自己中心的な願望が、ここでは臆面もない露骨さで表出されている。

『GODZILLA　ゴジラ』のゴジラはオリジナルと違って「核爆弾の化身」ではないが、それでも核爆弾は作中に登場する。太平洋を渡ってきた雄ムートー、ラスベガスを襲った雌ムートー、そしてゴジラという三頭の怪獣を殲滅するため、アメリカ軍は核弾頭をサンフランシスコに輸送するが、一発は途中で雌ムートーに呑まれてしまう。サンフランシスコまで届いた二発目も雄ムートーに奪われて時限装置が起動し、放置すればサンフランシスコが核爆発で壊滅しかねない。核弾頭は主人公のアメリカ海軍士官によって奪い返され、核爆発は洋上で起こる。このように『GODZILLA　ゴジラ』に登場する核爆弾にはムートーの「餌」、またムートーやゴジラを殲滅する「武器」という矛盾した二面性がある。

ハリウッド製の『GODZILLA　ゴジラ』に刺激され、日本でも『ゴジラ　FINAL WARS』以来という新作『シン・ゴジラ』が二〇一六年に公開された。一九五四年の『ゴジラ』を直截に継承している、あるいはそこに回帰していると評された『シン・ゴジラ』だが、とりあえず両者の共通点を三つあげておこう。第一点は、ゴジラが最初に登場したという設定だ。一九五四年のゴジラだけが存在した一九八四年の『ゴジラ』をさらに徹底化し、『シン・ゴジラ』のゴジラはかつて一度も目撃されたことのない謎の存在として設定されている。二〇一六年のシン・ゴジラは一九五四年のゴジラと同様、はじめて日本人の前に登場し日本列島に上陸する。東京湾に浮上した巨大不明生物にゴジラの名称が与えられるのは、かなり物語が進行してからだ。

『キングコング対ゴジラ』以降のゴジラは、アメリカに政治的・軍事的に従属しながら経済成長を追い求める戦後社会の国民的ヒーローだった。国民映画『ゴジラ』シリーズで描かれ続けてきた、ゴジラに襲われる日本、ゴジラが存在する日本。それを抹消することで『シン・ゴジラ』は、戦後の「平和と繁栄」に同化した〝明るい〟ゴジラとは異質の、第一作に匹敵する〝暗い〟ゴジラを描くことに成功した。

第二点は、ゴジラが単独で登場する点だ。高度成長期や安定成長期に製作された第二作から第一五作までのゴジラ映画では、〝明るい〟ゴジラが主役だった。〝明るい〟ゴジラが闘うのは人類ではなく、人類に襲いかかる別種の怪獣である。新作のゴジラ映画が先行するゴジラ映画を前提として製作された点と、複数怪獣設定は表裏の関係にある。複数怪獣設定をキャンセルしたのは第一六作の『ゴジラ』(一九八四年)だが、平成シリーズもミレニアム・シリーズも敵役の怪獣を復活させた。一九八四年の『ゴジラ』を挟んで『シン・ゴジラ』は、ゴジラしか登場しないゴジラ映画という点で一九五四年の『ゴジラ』を継承している。

「核爆弾の化身」だった一九五四年のゴジラにたいし、二〇一六年のシン・ゴジラは「事故原発の化身」である。これが第三点だ。広島と長崎の原爆被災、そして第五福竜丸事件。ゴジラは核爆弾の恐怖を喚起したが、シン・ゴジラは同じ喚起力で3・11と福島原発事故の衝撃を観客に想起させる。軍事利用と平和利用の違いはあっても、核=原子力をめぐる恐怖と衝撃をゴジラとして描いた点で両作は共通する。

共通性が無視できないとはいえ、『ゴジラ』と『シン・ゴジラ』には著しい相違点もある。比較的短いゴジラ登場のシーン以外、この映画の大半は政府内の会議や対策実務や交渉の場面に当てられている。この点ではSF映画というよりPF映画の色合いが濃厚だ。一九五四年のゴジラでも国会の場面をはじめ、類似のシーンはいろいろと挟まれていたが、物語の中心は山根博士と恵美子、尾形、芹沢などの日常生活や人間関係を描くところにあった。しかし『シン・ゴジラ』ではPFとしての主題性が優先され、余分な恋愛ドラマや人間ドラマの要素が意図的に削除されている。登場人物は会議室やオペレーションルームで活動する職業人としてのみ描かれ、家庭生活や日常生活など存在しないかのようだ。わざとらしい人間ドラマを排除した点で『シン・ゴジラ』を評価する声が多いようだが、問題は少し違うところにある。

恵美子と尾形、恵美子と芹沢の恋愛ドラマや山根親子の人間ドラマを削除しても『ゴジラ』という作品は可能だろうが、たとえば恵美子がボランティアとして負傷者を看護するシーンを外しては、この映画は成立しえない。救護所で死んでいく悲惨な被災者を目撃して、恵美子は芹沢にオキシジェン・デストロイヤーの使用を懇願する。恵美子が目にした負傷者や死者の背後には、もちろん膨大な数の被災者、犠牲者が存在する。印象に残るのは、ゴジラに追われて物陰に蹲った母親が「いっしょにお父ちゃまのところに行きましょうね」と、抱きしめた二人の子供に語りかけるシーンだ。その父親は戦争で死んだのではないかと、当時の観客の多くが想像したに違いない。

怪獣映画としては異例なまでに、『シン・ゴジラ』は〝人命尊重〟の精神を発揮している。ゴジラの被害で負傷した者や死亡した者が描写されることは一切ない。ゴジラの破壊力でマンションが倒れ、部屋が横転するシーンはあるが、瓦礫に押し潰されて死亡したはずの家族は描かれない。ゴジラに追われて逃げまどう人々がいる一方で、ゴジラを携帯電話で撮影している人々もいて、こちらのほうに観客はリアリティを覚える。ようするに『ゴジラ』を特徴づけていた下からの視線、逃げまどう人々がゴジラを斜めに見上げる視線にたいし、『シン・ゴジラ』では横からの視線、距離をおいてゴジラを眺める視線が優位なのだ。

政治家や官僚など政府関係者がゴジラに向ける視線こそ、距離をおいて観察する横からの視線そのものだろう。会議室に置かれたテレビやオペレーションルームに並ぶモニター、巨大スクリーンなどでゴジラを見ていた登場人物が、恐慌状態に陥った人々と一緒にゴジラを見上げて戦慄するシーンが一度だけある。都心に侵入したゴジラの脅威から逃れるため、政府機関の建物を出た主人公の矢口蘭堂が、渋滞で動かない車を棄てたときのことだ。直後にゴジラは都心を火の海に変える。

エネルギー切れで活動を停止したゴジラにたいして、矢口たちの立案になるヤシオリ作戦が実施される。ゴジラ凍結作戦の前線基地が設置されるのは、北の丸公園にある科学技術館の屋上だ。作戦を指揮する政府関係者や自衛隊幹部らは、ゴジラを横から遠望する。さらに結末でも矢口は、凝固したゴジラをビル屋上から遠く眺める。映画前半の横からの視線は、米軍機の爆撃に反撃したゴジラの威力でいったん地上まで引きずり下ろされ、一瞬だけ下からの視線に置き換えられるが、映画後半では横からの視線がまたしても支配的になる。横からの視線という点で『シン・ゴジラ』は、『ゴジラ』でなく『キングコング対ゴジラ』を模倣している。映像における横からの視線の優位とPF的なドラマツルギーは、『シン・ゴジラ』では相補的な関係にある。

『シン・ゴジラ』では福島原発事故のモチーフが歴然としている。これを見落とすほど注意力の鈍い日本人観客は、まず存在しないだろう。たとえばゴジラの巨体のため蒲田の呑川が氾濫し船や人々が押し流される映像は、3・11の津波被害を下敷きにしたものだ。ヤシオリ作戦が実施される光景は、福島の事故原発を冷却するために行われた放水を思わせるし、使用されるコンクリートポンプ車まで同じだ。血液凝固剤を注入されて冷温停止し、凝固したように動かない終幕のゴジラは、廃墟と化して海岸に聳える原子炉建屋を思わせる。

こうしたもろもろのディテールにとどまらず、巨大不明生物をめぐる政府中枢や現場の対応過程の全体が福島原発事故を参照しながら描かれている。長山靖生は、「『ゴジラ』の第一作が観る者に核と戦争を連想させたのは（略）当時の観客が核兵器や核実験、あるいは空襲や戦地での苛酷な記憶を持っていたためだ」（「『シン・ゴジラ』と私達の危機」、「新潮45」二〇一六年一〇月号）と指摘する。

一方、シン・ゴジラは、震災や津波といった天災と、原発事故のような人災が複合した現代型の災厄を彷彿とさせる。形態を変化させながら、その都度、より強大な不幸を撒き散らすゴジラのありようは、災害の質的変化を寓意している。

『ゴジラ』と『シン・ゴジラ』の第三の共通点とも関係するが、一九五四年のゴジラは「核爆弾の化身」で二〇一六年のゴジラは「事故原発の化身」だと単純に振り分けるわけにはいかない。核の軍事利用（核兵器）と平和利用（原発）は表裏一体で、ゴジラとシン・ゴジラに存在上の区別はないという理由からではない。『シン・ゴジラ』は戦後社会のヒーローとしての〝明るい〟ゴジラ像を一掃し、『ゴジラ』の初心に戻ろうとした。高度成長日本で忘却された『ゴジラ』の初心とは、いうまでもなく「戦死者の御霊＝ゴジラ」だ。

「核爆弾の化身＝ゴジラ」と「事故原発の化身＝ゴジラ」に「戦死者の御霊＝ゴジラ」という第三の項を新たに加えることで、これまで不可視だった光景が見えはじめる。

『8・15と3・11』で論じたように、対米戦争の開戦からポツダム宣言の受諾にいたるまで、戦争指導層の妄想的な自信と空想的な判断、裏づけのない希望的観測、無責任な不決断と混迷、その場しのぎの泥縄的な方針の乱発、などなどがいたるところに見出される。沖縄戦も原爆の被災も最高戦争指導会議の「無責任な不決断」の結果だし、戦死者の六割以上が餓死者だという暗澹たる事実は参謀本部や師団中央の「妄想的な自信と空想的な判断」から必然的に生じた。考えたくないことは考えない、考えなくてもなんとかなるというニッポン・イデオロギーが、対米戦争の過程で膨大な数の兵士と民間人を死の淵に追いやったのだが、この慄然とする光景は福島原発事故で克明に反復された。

ニッポン・イデオロギーに特有である既成事実への屈服と不決断、あとは野となれ式の無責任の結果として、日本は破滅的な対米戦争という蟻地獄の底にずり落ちていった。その犠牲である「戦死者の御霊＝ゴジラ」が3・11に日本を襲い、致命的な原発事故を生じさせる。巨大地震が惹き起した巨大津波としての「戦死者の御霊＝ゴジラ」は、事故原発に姿態を変換して放射能を撒き散らしはじめる。巨大怪獣にも匹敵する脅威を前に日本政府、そして対米戦争時の軍に相当する東京電力はニッポン・イデオロギーの徒として醜態をさらし、危機と例外状態に直面した際の致命的な無能をさらけだした。

3・11の地震／津波／原発事故が日本人の象徴空間で、日本海溝の底に潜んでいたゴジラの襲来として捉えられるとき、そこには重大な齟齬が生じざるをえない。「戦死者の御霊＝ゴジラ」が戦後日本を襲うのは理解できる。しかしその場合は、戦争の記憶を忘却して「平和と繁栄」に酔い痴れてきた首都東京を襲うべきではないのか。

巨大津波に襲われて多数の犠牲者を出したのは、戦後の経済的繁栄から取り残された東北地方の小都市や漁村だった。東京の膨大な電力消費を支えるため原発を押しつけられてきた人々が、福島原発事故では故郷を奪われた。不当といわざるをえない。この齟齬を解消するためにも、「事故原発の化身＝ゴジラ」は東京に向かわなければならない。『シン・ゴジラ』の興行的な大成功は、象徴空間に生じた歪みが是正されることを望んでいた日本人の無意識を、絶妙に捉えたからでもあるだろう。「事故原発の化身＝ゴジラ」は多量の放射能を撒き散らしながら蒲田に上陸し、いったん海に消えたのち鎌倉に再上陸して首都中心部をめざす。

ゴジラの出現という例外状態に直面しても、前例に拘泥する政治家や高級官僚は「想定外」を連発し、瑣末な法解釈談議と小田原評定を延々と続けるしかない。縄張り根性が染みついた役所は一方で仕事を奪いあい、他方で責任を押しつけあう。政府高官の無定見な右往左往は、ポツダム宣言の受諾をめぐる最高戦争指導会議そのままだ。広島と長崎への原爆投下は当時の戦争指導部に、ゴジラの出現にも等しい衝撃を与えたろう。ゴジラ対策会議の混迷を『シン・ゴジラ』は、8・15を前にした最高戦争指導会議のそれに重ねあわせて描いている。このことを暗示するように、半藤一利のノンフィクション『日本のいちばん長い日』を映画化した岡本喜八の写真が、ゴジラの生誕に関与したらしい牧悟郎の顔として用いられている。

ゴジラが成体で出現した第一作と違うのは、『シン・ゴジラ』のゴジラが急速な成長過程で幾度も形態変化する点だ。海に投棄された核廃棄物を摂取していた魚類的な幼生形態（第一形態）は、海底を震源地とする巨大地震に対応する。蒲田に上陸する、鰐に似た両生類的な形態（第二形態）は津波を連想させる。第三形態を挟んで第四形態として完成する二足歩行の爬虫類的形態は、津波に破壊され放射能を撒き散らす事故原発そのものだ。このように系統発生を反復する個体発生はゴジラの場合にも見出され、しかも魚類／両生類／爬虫類の変態過程は地震／津波／原発事故の災害過程と象徴的に二重化されている。

広島と長崎の原爆犠牲者を含む「戦死者の御霊＝ゴジラ」を生んだ責任はニッポン・イデオロギーにあるが、同じニッポン・イデオロギーの徒が「事故原発の化身＝ゴジラ」を前に右往左往する。「核爆弾の化身＝ゴジラ」と「事故原発の化身＝ゴジラ」のあいだに「戦死者の御霊＝ゴジラ」の項を置くことで見えてくるのは、核の軍事利用と平和利用をめぐるニッポン・イデオロギーの問題性だ。核の軍事利用は「核の傘」として日米安保条約に、その平和利用は戦後日本のエネルギー政策に関係する。前者は戦後日本の「平和」を、後者は「繁栄」を支えてきた。事故原発に化身した「戦死者の御霊＝ゴジラ」は、今日も日本と日本人を呪縛しているニッポン・イデオロギーの抑圧性を、逃れようのないかたちで真正面から突きつけている。

戦争と原発事故の元凶であるニッポン・イデオロギーを、どのように『シン・ゴジラ』は描いているだろうか。政府高官たちは、会議室のテレビに映しだされるまで巨大不明生物の存在を信じようとしない。ようやく「駆除」の方針が決定されると、根拠のない希望的観測が無節操に語られはじめる。攻撃型ヘリによるゴジラ攻撃は、逃げ遅れた市民のために中止される。ようやく迎撃の体制が整えられ、タバ作戦のもと多摩川を阻止線として、東京側の河川敷に陸上自衛隊の戦闘部隊が布陣する。アパッチ搭載の機関砲とミサイル、戦車と自走砲、航空自衛隊の戦闘機搭載ミサイルによる総攻撃が加えられるが、ゴジラの東京侵攻は阻止できない。

政府は日米安保条約による軍事支援をアメリカに要請する。グァム基地から飛来したB‐2ステルス爆撃機による地中貫通爆弾は、戦車の砲弾や攻撃型ヘリの機関砲弾をはじいてきた頑強な皮膚を貫き、はじめてゴジラに傷を与える。反撃するゴジラは蒼白い高温ビームと火焰放射で都心を火の海に変え、背からも複数のビームを放って飛行中の航空機を残らず破壊する。高温ビームで一瞬のうちに撃墜されたのは、ゴジラを攻撃中の米軍機に限らない。立川の防災基地に向けて避難中だった総理大臣や閣僚が搭乗するヘリコプターも、撃墜された機には含まれていた。「戦死者の御霊＝ゴジラ」はニッポン・イデオロギーのシステム中枢として、かつての最高戦争指導会議メンバーに対応する政治家たちを一瞬にして抹殺した。内閣のほとんどを失って、日本の政治中枢は機能麻痺の状態に陥る。

一九五四年のゴジラは東京湾から皇居に向かい、そして引き返した。しかし二〇一六年のシン・ゴジラは傷ついて血を流しながらも、アメリカの最新鋭ステルス爆撃機を撃墜するため、闇を貫く無数の蒼白いビームを全身から放射する。ゴジラと化して日本に帰還した「戦死者の御霊」は、果たされなかった〈本土決戦〉を首都東京で開始した。このシーンで流れる鷺巣詩郎作曲の輪唱曲「Who will know (24_bigslow)／悲劇」では、「私が死んだとき、誰がわたしを知るだろう。わたしは失われ、誰も知ることなく、願いの跡さえない」と歌われる。戦争を忘却し、戦死者を裏切って「平和と繁栄」を謳歌してきた戦後日本は限りなく荘厳なゴジラの巨軀に圧倒され、打ちのめされる。停電の暗闇で蒼白いビームを無数に放つゴジラは崇高でさえある。このゴジラは日米戦争の戦死者、戦災死者であると同時に3・11の犠牲者でもあるだろう。

ゴジラが活動を開始した当初の大河内首相は、東官房長官に「総理、ご決断を」と迫られては困惑の表情で、自信なさそうに頷いてばかりいる。不決断と問題の先送り、見たくないものは見ない、見なくてもなんとかなるという駝鳥の習性を学んだニッポン・イデオロギーの徒そのものだ。アメリカ大統領特使のカヨコ・アン・パタースンに「わたしの国では大統領が決める、あなたの国では誰が決めるの」と問われ、総理大臣だといえない主人公は絶句せざるをえない。

しかし、例外状態の到来を自覚して以降の大河内は、急速に責任感に目覚め、指導者としての決断を躊躇しないようになる。攻撃型ヘリによるゴジラへの最初の銃撃の際、逃げ遅れた住民が発見されると、「自衛隊の弾を国民に向けるわけにはいかない」と確信ある口調で作戦中止を命じる。日米安保条約の適用と米軍への援助要請を決断した直後に立川の防災基地への避難を進言されるが、都民を放置して総理の自分だけ安全圏に逃げられるかと反論する。

事なかれ主義の日本型指導者から例外状態に際して決断する主権者、正確にいえば主権者としての国民の最高代理者に成長してきた大河内なのに、どうして物語の山場で退場しなければならないのか。こうしたキャラクター設定は、3・11以降マスコミや世論が声高に要求してきた「決められる政治」や、その声に応えるものとして高い内閣支持率を誇る安倍長期政権の存在にも反するのではないか。

戦闘のためエネルギーを使いはたしたゴジラは、東京駅前で佇立したまま活動を停止する。巨大不明生物の細胞を分析したアメリカは、ゴジラが無性生殖で増殖し、あるいは飛翔体に進化して全世界に広がりかねないと予測する。この研究結果に危機感を覚える日本近隣のロシアと中国を引きこんだアメリカは、二週間後と想定される活動再開に備えた核攻撃計画を国連安保理で決議する。アメリカが計画した核攻撃の真の目的は、ゴジラの生誕に関与した事実を隠蔽し、驚異的な超生物をめぐる研究成果を独占するところにある。

もしもゴジラが出現すれば、たとえニューヨークでも核兵器の使用を躊躇しないのがアメリカの決意だと、登場人物の一人は語る。『クローバーフィールド／HAKAISHA』では、どうやらマンハッタンで核攻撃が行われたようだ。怪獣を洋上に誘いだしてからにしても、『GODZILLA　ゴジラ』ではサンフランシスコで核兵器が使用される予定だった。

アメリカにとってもゴジラは脅威かもしれないが、攻撃地点が東京であることは核爆弾による駆除の決定を容易にしたろう。核攻撃に巻きこまれて被害を蒙るのはアメリカ人ではない、属国日本の国民にすぎない。とはいえ象徴空間での真実は別にある。東京の壊滅と引き替えのゴジラ殲滅作戦をアメリカが強行しようとするのは、日本側から〈本土決戦〉の戦端が開かれたからだ。B−2撃墜など「戦死者の御霊＝ゴジラ」によるアメリカ軍への攻撃は、日本による解放戦争の開始を意味する。だからアメリカはゴジラの存在を絶対に許容できない。またゴジラとアメリカ軍が真正面から戦う結果として、このゴジラから「敵国／宗主国アメリカ」という象徴的刻印は消去される。

政府機能は立川に移転し、外国訪問中だった里見農水大臣が内閣総理大臣臨時代理に就任する。里見首相代理は「かの国」という言葉で婉曲に表現しながら、ゴジラの核攻撃に無条件で合意しろという、アメリカの理不尽で高圧的な要求を嘆く。しかし同時に、ゴジラを無力化し核攻撃と東京の壊滅を回避できるプランが提案されると、決断というほどの緊張感も見せることなくなし崩しに承認する。

アメリカに面従腹背しながら日本の国益を最大化するという里見の姿勢は、かつての自民党保守本流そのものだ。吉田茂の軽武装・経済再建路線を継承した保守本流は、憲法九条を口実にアメリカの再軍備要求をはぐらかしながら、日米安保体制下の「平和」と高度経済成長による「繁栄」を追い求めてきた。決断力に富んだ頭脳明晰な指導者にはとても見えない、いかにも頼りなさそうな外見の里見は、かなりの狸なのだ。吉田茂をはじめ保守本流の有力政治家はいずれも、したたかな面従腹背戦略でアメリカの要求を値切り、彼らが想定するところの日本の国益を守ろうとしてきた。

例外状態の決断者として成長してきた大河内首相の退場と、古いタイプの保守本流政治家の季節外れともいえる再登場は物語的な要請による。9・11という攻撃に「果断」に対処し、アフガン・イラク戦争を「決断」したブッシュ大統領のような「決められる政治家」は、『シン・ゴジラ』の世界には必要ない。

この映画の主人公は、政府内で巨大不明生物の出現を最初に察知した官房副長官の矢口蘭堂だ。スティーヴン・スピルバーグの映画『ジョーズ』の警察署長ブロディもそうだが、切迫した危機を事前に察知して警鐘を鳴らし、常識にとらわれた人々から無視される主人公の設定はパニック映画の常道である。類似のキャラクターに見えるが、ブロディと違って矢口は人々を危機から救うヒーローではないし、『シン・ゴジラ』はヒーローが活躍する『ジョーズ』のようなパニック映画ではない。

血液凝固剤と元素変換抑制剤の注入によってゴジラの活動停止を達成し、東京を核攻撃の悪夢から守りぬいたのは、矢口が事務局長を務める巨大不明生物特設災害対策本部（巨災対）の面々だ。巨災対によるゴジラ対策プランを矢口は、八岐大蛇をめぐる神話からヤシオリ作戦と命名する。献上された八塩折の酒に酔い、眠りこけた八岐大蛇はスサノオに退治される。

矢口が率いる巨災対は「出世に無縁な霞ヶ関のはぐれ者、一匹狼、変わり者、オタク、問題児、鼻つまみ者、厄介者、学会の異端児」の集団だ。映画後半の主人公となる巨災対に自由に活動できる環境を提供しなければならない物語的要請によって、決断者としての首相は退場させられた。例外状態で決断しうる主権者の存在は、ニッポン・イデオロギーと非和解的に対立する。決断者に成長しはじめた大河内首相の退場は、「決められる政治」とは異なる方向でニッポン・イデオロギーが克服される展開を予感させる。

巨災対の意味するところは、第一に中央にたいする現場だろう。矢口は「わが国の最大の力は、この現場にある」と確信を込めて語る。徹夜残業など過重労働に黙々と耐える巨災対スタッフを目にして「この国はまだまだやれる」と感動し、「最後まで諦めず、この国を見捨てずにやろう」と決意を新たにする。国が滅ぶかもしれないという緊急事態だから、ゴジラ対策の頭脳である巨災対スタッフが過重労働に耐えるのは当然としても、矢口の台詞は日本の有能な現場を支えてきたとされる、「二四時間戦えますか」の精神主義のようにも聞こえる。

福島原発事故でいえば東京の首相官邸と東電本社が中央、吉田所長を中心に事故の収拾に当たった福島第一原発が現場になる。フィクションとして現場の活躍を描くのなら、中央は無能であるほうが効果的だ。頂点に位置する指導者が的確な指示を連発していれば、現場は命令通りに動けばいい末端にすぎない。

しかし無能な中央と有能な現場という対比関係もまた、日本では見慣れた光景といわなければならない。事実として中央が無能だから、あるいは中央が無能だという口実のもとに、有能優秀を自負する現場が独断専行する。緊急事態を口実に中央の指示や意向を無視した規則違反が現場では重ねられ、勝手な判断で積みあげられた既成事実を中央は結果的に容認する。綿密な計画性や自覚的な意識性を欠いたまま方針は変更され、混乱は拡大していく。このようにして満州事変や日中戦争は開始され、現場である軍の突きあげのため引くに引けない政府という中央は、あとは野となれ式の無責任と無定見で対米戦争に引きこまれていった。

無能な中央と有能な現場の擬似的な対立、相互依存と相互補完もまたニッポン・イデオロギーの必然的な産物といえる。有能な現場が無能な中央と二人三脚で第一の敗戦をもたらしたように、NHKの「プロジェクトX」で賞讃されたところの、有能きわまりない日本の産業現場は空洞化して第二の敗戦を招いた。サンヨー、シャープ、東芝など世界最強の競争力を誇った日本の家電産業の惨状を一瞥すれば、この事実は明白だろう。とすれば、巨災対によるヤシオリ作戦は空中楼閣ではないか。

ニッポン・イデオロギーによる日本型組織論が有効に見えた時期、ようするにバブル崩壊までの戦後期が背景であれば、巨災対の活躍にもリアリティがあったかもしれない。しかし経済大国日本の時代は終わり、「戦争と衰退」の危機感に苛まれた国民は、非効率な日本型組織を排した「決められる政治」を声高に要求している。無能な中央を不可欠の前提とする、巨災対という有能な現場が活躍できる余地はすでにない。

巨災対の第二の意味は正規にたいする非正規、軍隊で比喩すれば正規軍にたいするゲリラ隊だろう。いうまでもなく巨災対は臨時の組織であり、正規の官僚組織とは異なる非正規性を特徴としている。総監督の庵野秀明は『シン・ゴジラ』を構想するに際し、岡本喜八の『日本のいちばん長い日』を参照したという。あるいは巨災対には、岡本が創造した独立愚連隊が影を落としているのかもしれない。岡本の初期傑作『独立愚連隊西へ』の左文字小隊（独立愚連隊）に配属された兵士は、全員が誤って戦死者として処理された生存者だ。軍という硬直した官僚組織は、書類を修正して戦死者を生者に戻そうとはしない。独立愚連隊の兵士は死んでいながら生きている点で、存在性格はリヴィングデッドと共通する。

ゴジラが戦死者の御霊＝亡霊であれば、いったんは死者として葬られた左文字小隊の兵士たちも半分はゴジラといえる。一九五四年の『ゴジラ』の登場人物、オキシジェン・デストロイヤーの発明者である芹沢も戦争の暴力と死に憑かれた点で、半分の死者である左文字小隊の兵士に似ている。

失った片目と顔の傷痕は、生者の世界から半ば追放された芹沢のスティグマだ。だからこそ「戦死者の御霊＝ゴジラ」に致命的な効果がある新兵器、オキシジェン・デストロイヤーを創造しえたのではないか。死者は死者か、半ば死んでいる者のみを対等の敵とする。亡霊は亡霊か、ほとんど亡霊のような存在にしか封じこめない。

独立愚連隊という通称にも示されるように、左文字小隊は正規軍というよりも非正規軍、ゲリラ隊に近い。フランキー堺が演じる八路軍の梁隊長とよろしくやれるのは、独立愚連隊の存在性格が八路軍のゲリラ隊と共通するからだ。「はぐれ者、一匹狼、変わり者、オタク、問題児、鼻つまみ者、厄介者、学会の異端児」のうち「オタク」と「学会の異端児」以外は、左文字小隊の兵士にも問題なく該当する。しかし半分の死者である左文字小隊の兵士にたいし、巨災対のスタッフは平凡な生者にすぎない。「戦死者の御霊＝ゴジラ」を倒しうるのは半ば死んでいる者だとすれば、リヴィングデッドのいない巨災対の勝利は幻にすぎない。

巨災対のメンバーのうちオタクと名指されているのは一人だけだが、大半がオタク的な性格類型に分類できそうだ。オタク的な立場からする『シン・ゴジラ』礼讃の声が、インターネットには溢れている。庵野総監督自身が日本を代表するオタク的クリエーターだし、巨災対は庵野秀明のアニメ・映画製作チームをモデルにしているとも考えられる。『シン・ゴジラ』の成功が証明したように、優秀なオタク集団である庵野チームは日本映画を救うかもしれない。矢口の「この国はまだまだやれる」という言葉は凡庸だと批判されがちだが、「この国（の映画）はまだまだやれる」という庵野本人の自負を語った台詞であれば、観客も納得できないではない。

巨災対のオタク性は、石原さとみが演じるカヨコ・アン・パタースンなる人物を作中に導入する通路としても効果を発揮している。ただしカヨコの原型はオタク大嫌い少女で、本人がオタクというわけではない。カヨコなる弾けすぎたキャラの原型は「新世紀エヴァンゲリオン」に登場するＥＶＡ弐号機の操縦者、セカンド・チルドレンの惣流・アスカ・ラングレーだ。カヨコのキャラクターは周囲から不自然に浮きあがっていて、観客には評判があまりよくない。アニメ世界の住人としても個性的すぎて言動が極端なキャラを実写映画にもちこめば、リアルな人間を演じる俳優たちから浮きあがるのは当然だ。

監督・特技監督を務めた樋口真嗣の前作『進撃の巨人 ATTACK ON TITAN』にも石原はハンジ役で出演している。弾け気味の演技が目立ったが、『シン・ゴジラ』のカヨコ役はさらに人工的な、過剰にわざとらしい演技で際立っている。『探偵小説は「セカイ」と遭遇した』で主題的に検討したように、少年と少女の小さな閉じられたセカイが人類や宇宙の運命と直結しているような設定の物語は、二〇〇〇年代のオタクカルチャーでは「セカイ系」と呼ばれた。一九九五年にTV放映された「新世紀エヴァンゲリオン」には、のちのセカイ系に通じる要素が認められる。ミサトに保護されたシンジ、レイ、アスカの小さなセカイは、それぞれがEVAに搭乗し使徒と戦わなければならないことで、人類の破滅と進化をめぐる大問題に直結してしまう。

アスカを原型とするようなキャラは登場しても、『シン・ゴジラ』にシンジやレイは不在だ。公人の職業生活しか描かない『シン・ゴジラ』から、少年と少女の内密なセカイは完璧に消されている。そもそも役名を与えられた登場人物には少年も少女も、未成年者は一人としていない。

どうして庵野秀明は、アニメ的なキャラを実写映画に登場させたのか。『シン・ゴジラ』の世界に召喚されたアスカ／カヨコは、少年と少女の内密なセカイを形成しえない。たった一人でリアルな登場人物のあいだに放りだされ、適切なポジションを見出すことができない。ところが、ここで奇妙な効果が生じる。周囲から浮きあがるカヨコの存在は、『シン・ゴジラ』の世界から私的空間が消去されていることを観客に暗示する。セカイ系的なキミとボクの私的空間とは、いうまでもなく対幻想の空間だ。家族や生活の場も対幻想空間だから、シンジやレイを失ったアスカがカヨコであるように、カヨコと同じ場を共有する他の登場人物から私的空間が消去されているのは当然だろう。そのように観客は自分から納得してしまう。

『シン・ゴジラ』をPFとして特化した結果、登場人物の私生活や人間ドラマ、恋愛ドラマの要素が削除されたわけではない。矢口蘭堂の私生活が描かれないのは、このキャラクターが私生活をもたないからだ。比喩的に忙しすぎて私生活がないというのではなく、文字通り存在しない。巨災対のメンバーは非在の場所から出勤してきて、職場に泊まりこむのでなければ非在の場所に帰っていく。

アスカ／カヨコがアニメの作品空間という現実には存在しない場所からやって来たように、登場人物の全員が非在の場所からスクリーン上に連れだされている。リアルな登場人物のあいだで虚構的なキャラのカヨコが浮いているように見えたが、結果として生じたのは矢口など他のキャラクターのカヨコ化だった。

実際の官僚も『シン・ゴジラ』の登場人物のように、早口で無表情に喋るのかもしれない。しかしカヨコという触媒を投入された結果、リアルに描写された官僚的な特性や態度は化学変化を起こし、矢口や巨災対スタッフが人間ならぬロボットのように見えはじめる。見られているときだけ人間を真似てそれらしく動いているが、視界から外れるとたちまち動かなくなるロボット。このようにアニメ的なキャラの導入によってもたらされたのは、たんなる虚構ではなく虚構の虚構、二重化された虚構という特異な世界だった。

二重化された虚構という問題は、『ゴジラ』と『シン・ゴジラ』に共通する第一の点とも関係する。はじめて日本を襲うゴジラを描いた点で両作は共通するが、しかし核心のところで質的に相違している。共通性が不徹底だからではなく、充分に共通している結果として生じざるをえない質的相違だ。

架空の怪獣が登場する『ゴジラ』の世界は虚構だが、ゴジラ映画は現実の日本に存在した。かつての『ゴジラ』と同じように、これまでゴジラが出現したことのない世界を描いた『シン・ゴジラ』は、毎年のようにゴジラ映画が製作され上映されてきた現実の日本を虚構化している。ゴジラを見ても「巨大不明生物」としかいえない人々がいる世界は、たんなる虚構ではなく虚構の虚構、二重化された虚構である。『シン・ゴジラ』の虚構的な虚構性は、アニメキャラが登場する実写映画という特異性を通路として、二一世紀的にスーパーフラットな世界を可能とした。スーパーフラットな世界の住人には不可視の深層など存在しない。映像の外部あるいは空隙を観客が自動的に想像して埋めてしまう物語的必然性を、モンタージュ理論は前提にしている。しかし、矢口も他の登場人物も私生活は描かれていないのではなく、そもそも存在しないのだ。『シン・ゴジラ』の世界では、モンタージュ理論の前提が半ば失効している。

怪獣に向けられた『シン・ゴジラ』のカメラは横からの視線を多用し、地上で怪獣に踏み潰される人々に観客が感情移入しないように誘導している。その結果でもあるが、この映画では人間の死の描写が徹底的に排除される。しかし、この点は『シン・ゴジラ』の過剰な〝人命尊重〟の核心問題ではない。この映画が人間の死を描かないのは、壊れやすい表層的世界を細心の注意で維持し続けるためだ。生々しい暴力と死は、世界を映した泡のような表層性を一瞬で吹き飛ばしかねない。同じことを反対側からいえば、生活をもたないロボットのような登場人物は死ぬことができない。たんに壊れるにすぎないからだ。

危機管理能力を欠如した日本型システムの病理と、その限界を日本人が超えていく可能性を描くところに『シン・ゴジラ』のテーマがある。ようするにニッポン・イデオロギーの抑圧性と、それからの解放をめぐる主題。「失われた二〇年」に苦悩し「戦争と衰退」の危機に怯える日本人であれば、決して無関心ではいられない今日的なテーマだろう。『シン・ゴジラ』の世界が二重に虚構的でスーパーフラットだから、露骨な政治的主題性を無理なく盛りこむことも可能だった。登場人物に生活的な実質がある立体的なリアリズム空間に、極大化された主題性という過剰な負荷をかければ、その重圧に耐えきれず作品は歪んでしまいかねない。

巨大不明生物の襲来という国家的危機が設定された『シン・ゴジラ』前半では、危機管理能力を欠如した政治家や高級官僚の右往左往が執拗に描かれる。危機に際してどれほどの無能をさらそうと、政治家や官僚の一人一人には「人間」的な生活が、家庭生活や愛情生活がある。それらを作品にもちこんでしまえば、日本型システムの機能不全と失調を冷徹に描くという演出が空転しかねない。多かれ少なかれニッポン・イデオロギーの徒である日本人観客は、無能なりに懸命に生きている平凡な登場人物に感情移入し、感動しかねないからだ。このようにしてニッポン・イデオロギーは、善意の日本人によって免罪され続けてきた。

登場人物の私生活を描かないという演出を超え、そもそも私生活などもたない紙細工の人形にも似たキャラクターを登場させることで、『シン・ゴジラ』が意図した日本型システム批判は不純物なく実現されえた。奥行きを欠いたスーパーフラットな世界でなければ、映画前半に見られる徹底的な日本型システム批判は不可能だったろう。

庵野作品の観客は、観賞した作品について語りたいという欲望にとり憑かれてしまうようだ。実写映画『シン・ゴジラ』はＴＶアニメ「新世界エヴァンゲリオン」やその後の劇場版に匹敵する量の感想や意見や注釈の大山を築いた。インターネット上だけでなく、『シン・ゴジラ』を主題にした雑誌や書籍も刊行されている。膨大な引用と暗号の織物である庵野作品は、観客に調査や解読という労役を要求する。監督の挑発に引っかかった人々は、作品をめぐる言説を山のように紡いでしまう。『シン・ゴジラ』の露骨ともいえる主題性から、作品に込められた政治的メッセージの解釈をめぐる対立も生じた。

たとえば、国民に銃を向けない自衛隊を肯定し、アメリカの強制にも屈することなく日本を核攻撃から守る過程を描いた戦後民主主義的立場の映画だという見方がある。他方には、危機管理能力がない戦後国家を批判し自衛隊を礼讃し、改憲と緊急事態条項の必要を訴える右傾化映画だという批判もある。他にもさまざまな見解が語られてきたが、『シン・ゴジラ』の政治的メッセージに唯一の正しい解釈なるものは見当たらない。ようするに、作者の真意を読もうとしても無駄なのだ。真意とは深さだろう。しかし、無数の引用と謎めいた暗号に彩られた表層が覆っている深層、作者の真意が秘匿されている深層など『シン・ゴジラ』のスーパーフラットな世界には存在しない。この映画にかんする限り、どのような解釈も可能であり、あらゆる解釈は等価である。

では、作品後半で描かれる日本型システムの克服の展望はどうだろう。この課題に『シン・ゴジラ』は、どのように応えているのか。七〇年後の〈本土決戦〉に突入した「戦死者の御霊＝ゴジラ」を、アメリカは核攻撃で殲滅しようとする。一九五四年のゴジラには部分的に含まれていた「敵国アメリカ＝ゴジラ」に加えて「核爆弾の化身＝ゴジラ」もまた二〇一六年のシン・ゴジラからは消えている。核爆弾はゴジラではなく、ゴジラ殲滅のためにアメリカが使用する最終兵器なのだ。

ここで新たに浮かんでくるのは「戦死者の御霊＝ゴジラ」、怨霊・御霊としてのゴジラをより一般化したカミとしてのゴジラだろう。森羅万象に宿るアニミズムの精霊や、自然力を擬人化した多神教的な神々の日本に固有の形態を、とりあえずカミとしておく。

怨霊・御霊はタタリガミだが、たとえば八岐大蛇のように人々に災いをもたらすカミ、荒ぶる神はさまざまに存在する。『ゴジラ』では大戸島の漁夫が呉爾羅《ゴジラ》をめぐる伝承を語る。島に襲来しては人間を喰らう呉爾羅を鎮めるため、昔は若い娘を生贄として海に流していたという。ようするに呉爾羅は八岐大蛇と類似のカミだ。

ユダヤ・キリスト教の唯一神とは違って、人間はカミと取引できる。生贄を捧げれば人間を襲わないというのは、人間とカミが取引関係にあることを示している。大戸島の住人と呉爾羅は、生贄と安全を交換したともいえる。カミとコミュニケートし、カミと取引するための技術が呪術だ。ユダヤ・キリスト教の唯一神、超越神の場合は取引など思いもよらない。取引や交換が可能である神は人間と基本的に同格で、絶対的な超越神ではない。神に貢ぎ物を提供して人間が望むように操ろうとする呪術を、旧約聖書の預言者は痛罵している。

大戸島の呉爾羅伝説は『シン・ゴジラ』でも言及される。「戦死者の御霊＝ゴジラ」の象徴性はかならずしも明示的でないが、荒ぶる神としてのゴジラは観客も見違えようがない。ゴジラがカミであるなら、当然にも呪術の効果が期待できる。ゴジラを冷温停止させるためのヤシオリ作戦は、スサノオの八岐大蛇退治をモデルにしている。ゴジラの口に注がれる血液凝固剤は八岐大蛇に供された八塩折の酒であり、ヤシオリ作戦とは荒ぶる神ゴジラを眠らせるための呪術的な儀式なのだ。

古代ギリシアのテクネーは、覆いを取り除いて隠されたものを引きだすための技術だった。しかし呪術としての技術では役に立つこと、有効であることが優先される。ようするに呪術は近代テクノロジーの原型でもある。ただしテクノロジーは体系的で秩序だったエンジニアリングだが、呪術を典型とするアニミズム的な技術は器用仕事としてのブリコラージュだ。

放射能汚染水の流出をとめようとして、東電の現場技術者は水槽に木屑や新聞紙を投げこんでいた。ありあわせの材料を活用して、試行錯誤しながら目標を達成しようとするブリコラージュが、日本の現場では二一世紀の今日も生きている。アニミズム的技術の発想で対処され、かろうじて冷温停止にもちこめた事故原発だが、これが偶然と幸運の結果にすぎないことは検証された通りだ。逆の偶然が重なればチェルノブイリ事故を超える核災害になり、東日本の広域が居住不能になる最悪の事態も生じえた。

同様にヤシオリ作戦の成功もまた、信じられない幸運が続きに続いた結果だ。不馴れな外交工作に成功し、安保理常任理事国フランスの協力を得て、核攻撃のカウントダウンをかろうじて一時停止させる。ヤシオリ作戦のため、ドイツからはスーパーコンピュータの使用許可を取りつける。キャリアを賭けたカヨコの決断もあって、作戦はアメリカとの連携のもとに実施される運びとなる。

このようにヤシオリ作戦のお膳立ては快調に進んでいくが、たったひとつの不運でも作戦を頓挫させるには充分だったろう。米軍が投入可能な数のドローン爆撃機で、ゴジラをエネルギー切れに追いこめるとは限らない。列車爆弾や周辺ビルの爆破によって、血液凝固剤を注入できる絶妙の姿勢をゴジラに取らせうる可能性は、どれほどあったのか。倒れた位置が少しずれていれば、作戦中止に追いこまれたろう。テンポの速い軽快な音楽とともにヤシオリ作戦は開始されるが、これは幸運が幸運を呼んで最終的成功にいたる経過を、音響効果として適切に表現している。

ヤシオリ作戦の成功後、ゴジラが撒き散らした放射性物質は半減期が二〇日で、じきに影響は消えることが判明する。ここまでくると幸運の連続は、フィクションであることを恣意的に利用した製作側の御都合主義に思われてくる。しかしヤシオリ作戦が降魔の儀式と同じような呪術であれば、どれほど幸運が連続しようとも不自然ではない。ヤシオリ作戦のモデルとされた原発事故の短期的な収拾もまた、東電技術者のブリコラージュと数々の幸運の結果にすぎない。ただし問題は、巨災対の面々が呪術師としての適格性を備えているかどうかにある。

　ゴジラを核攻撃するアメリカの意志は、いわば一神教的である。これにたいし日本は呪術的に、荒ぶる神ゴジラを八塩折の酒で眠らせようとした。ゴジラの殲滅を戦略化するアメリカの対応は絶対的であり、その無力化をはかろうとする日本の対応は相対的、いい替えれば微温的だ。

『シン・ゴジラ』の前半は、危機に際して絶望的に無気力で無能力な日本を描き、それを超克する希望の日本が後半で描かれる。もちろん前半が現実の日本、後半は虚構の日本だ。『シン・ゴジラ』の宣伝ポスターには「現実《ニッポン》対虚構《ゴジラ》」とある。ゴジラの上陸という例外状態に陥っても、惰性的な対応を続けるしかない「現《ニッ》実《ポン》」を描いた前半。ゴジラと真正面から闘って無力化に成功し、東京への核攻撃を回避する後半を一言で表現した「虚構《ゴジラ》」。「現実《ニッポン》対虚構《ゴジラ》」のキャッチコピーを、このように理解することもできそうだ。

　映画の結末でビルの屋上から矢口は、東京駅の横で佇む不吉なモニュメントさながらのゴジラを遠望する。しかし冷温停止状態が、このまま続く保証はない。もしもゴジラが活動を再開すれば、三五二六秒後には核攻撃が実施される。官房長官代理の赤坂は「スクラップ・アンド・ビルドでこの国はのし上がってきた。今度も立ち直れる」、「せっかく崩壊した首都と政府だ。まともに機能する形に創り変える」と口にするが、日本が置かれた状況を考えれば根拠のない希望的観測、空疎な決意表明にしか聞こえない。

　ゴジラが動きだせば核爆弾で廃墟になる東京に、あるいは東京を産業的な心臓とする日本に新規投資する資本など、どの国にあるだろうか。こうした状態に直面しても、赤坂はニッポン・イデオロギーの徒であり続ける。ゴジラが活動を再開することなど考えない、考えなくてもなんとかなるというわけだ。

後半で描かれるところの、希望の日本の縮図は巨災対であり、ヤシオリ作戦である。繰り返すが、現場としての巨災対は伝統的な日本型組織の末端であり、その破綻は家電を典型とする産業空洞化によって明確に示されている。また有能な現場と無能な中央は補完的で、巨災対の自由な活動を保証するのは古いタイプの政治家だが、すでに保守本流は崩壊し自民党内からも消滅した。有能な現場(巨災対)も、無能を演じる狸の保守政治家(里見首相代理)も、二一世紀の日本では時代錯誤としかいえない。

『シン・ゴジラ』の後半で描かれる希望の日本は、すでに失われた高度成長期の日本を美化しているにすぎない。その希望は空手形だ。かつての有能な現場がオタク化しても、さして事情は変わらないだろう。オタクが日本を救うというメッセージを、この映画から読みとる観客も少なくないようだが、見当違いである。庵野秀明が伝説的なオタク・クリエーターだとしても。

正規軍にたいしてゲリラ的な巨災対には、独立愚連隊と違って死をめぐる想像力が欠けている。「戦死者の御霊=ゴジラ」とは、リヴィングデッドと存在性格を共有するような規格外の人間しか交渉できない。シャーマンがカミに憑依される能力を得るには、死にも等しい苦痛に満ちた訓練が不可欠とされる。

呪術としてのヤシオリ作戦であるのに、芹沢として『ゴジラ』に登場したようなリヴィングデッドの同類は一人も見当たらない。『シン・ゴジラ』で芹沢に対応する存在は、東京湾のプレジャーボートから姿を消した牧悟郎だろう。牧の残した暗号的な資料の解読が、ヤシオリ作戦を可能ならしめた。とすれば、牧もまた巨災対の一員といえるかもしれない。

ゴジラのエネルギーシステムを解明する資料の提供者とはいえ、やはり牧は人類サイドでなく、ゴジラのサイドに位置する人物のようだ。ゴジラの生誕に関与したのは間違いないようだし、牧がゴジラに変身したという解釈さえ語られている。「私は好きにした、君らも好きにしろ」という牧の言葉は、「私は好きに（ゴジラが誕生するように）した、君らも好きに（ゴジラを退治するか、ゴジラによって滅びるか）しろ」と読むこともできる。

このように『シン・ゴジラ』に込められた希望の日本に、現実的な根拠は認められない。二〇世紀後半の「平和と繁栄」から、「戦争と衰退」に転じた二一世紀の日本に巨災対やヤシオリ作戦が、虚構的にしても有効な展望を提起しているとはいえない。映画後半の希望の日本は、戦後日本を美化した幻影にすぎない。

戦後日本のシステムを虚構的に再現しているのは、「繁栄」をめぐる国内問題に限らない。「平和」をめぐる国際問題、ようするに日米関係にも同じことがいえる。『シン・ゴジラ』によれば「この国」は「かの国」にたいして、かつての保守政治家を手本に面従腹背の姿勢で臨まなければならない。いかに無能で卑屈に見えようと、「この国」の国益を守るにはそれしかない。日本の頭越しに決定された核攻撃計画に一言の抗議さえ挟むことなく、対米従属を不動の大前提として、その枠内で東京の壊滅を回避するため地味な努力を重ねること。

こうした構図それ自体が、たとえば一九八〇年代の対米貿易摩擦とプラザ合意による円高容認の忠実な再現である。一九八四年の『ゴジラ』にもゴジラ／日本への核攻撃計画が描かれていて、この設定を『シン・ゴジラ』は引き継いでいる。八四年の『ゴジラ』は翌年のプラザ合意、アメリカによる円高の強要を予見していたようで興味深い。

ゴジラ／東京への核攻撃という架空の設定は、日米関係の実質をこれ以上にない挑発的な形で突きつける。

『シン・ゴジラ』の観客が、日本はアメリカと対等の独立国だという常識を疑わないでいられるだろうか。しかし巨災対とヤシオリ作戦を描いた映画後半も、対米従属の枠内で国益を最大化するという卑屈な知恵から、たった一歩さえも出ようとしない。

トランプ大統領の誕生によって対米自立と自主防衛が実現できるという保守派は、無根拠な希望的観測と空虚な願望を吐露しているにすぎない。トランプが選挙中の断片的な発言をどこまで本気で実行するかは不明にしても、アメリカが一九世紀のモンロー主義的な孤立主義に単純に戻るわけはない。そもそも、そんなことは不可能だ。覇権国として世界秩序を安定的に維持する役割は放棄しても、覇権国としての既得権にはしがみつき続ける。世界秩序の維持という規範は失われ、世界最大の大国としての利害貫徹だけが外交政策の公準となる。東側世界の秩序維持という必要から解放されたロシアや中国と同じように行動するというのが、トランプのアメリカ・ファースト路線だ。

ロシアがウクライナを、中国がチベットを絶対に手放さないように、覇権国の地位を放棄した「普通の大国」アメリカも日本が真に自立することなど許さない。あらゆる領域で日本を抑圧し自由を制限し、あらゆる手段を使って経済的な収奪をはかるだろう。対米従属は日本の国益でもあるという糖衣は剝げ落ち、アメリカ・ファーストの露骨な要求が全面化する。かつて自己保身のために本土決戦を回避した日本は、プラザ合意を超える厚顔きわまりない要求を突きつけられても抵抗できない。そんなアメリカにまっ先に投降するのは、かつて戦争指導層だった祖父をもつ安倍晋三だ。

ニッポン・イデオロギーによって大量死を強いられた兵士の怨霊・御霊が、ゴジラと化して一九五四年の東京に上陸した。二〇一一年に「戦死者の御霊＝ゴジラ」は、地震／津波／原発事故として現実の日本を襲う。福島の事故原発に変身したシン・ゴジラは、虚構空間で東京に移動し、首都の中心部を火の海に変えた。

二〇一六年のゴジラから「核爆弾の化身」という要素は削除されている。それが連想させる「敵国アメリカ」も。シン・ゴジラが「事故原発の化身」であるのは明白だとしても、「戦死者の御霊＝ゴジラ」を初代ゴジラから自覚的に継承しているといえるだろうか。『シン・ゴジラ』で第二次大戦の日本人被害者について語るのはカヨコだ。カヨコの祖母は日本人で、しかも原爆被災者らしい。矢口にヤシオリ作戦への協力を懇請され、「祖母を不幸にした原爆を、この国に三度も落とす行為を私の祖国にさせたくないから」とカヨコは応じる。

かろうじて生き延びた祖母の背後には、膨大な原爆犠牲者が存在する。原爆を含む空襲の戦災死者は無数の戦死者に通じる。『シン・ゴジラ』で戦争の被害者を深く想起するのは、米国大統領特使のカヨコ・アン・パタースン一人だ。「戦死者の御霊＝ゴジラ」は、カヨコという特異なキャラを鏡として作中に鮮明な像を結んでいる。「平和と繁栄」の戦後日本で戦争犠牲者は忘却され、その記憶は架空の場所にしか残されていない。カヨコが語る「私の祖国」とは、もちろんアメリカを意味する。現実のアメリカに日本の戦争犠牲者の記憶が、日本以上に残されているわけはない。カヨコはアメリカから日本を訪れたという設定だが、同時にアニメの世界という架空の場所から連れだされたキャラでもある。架空の場所ではあらゆることが可能だ。だからカヨコは「祖母を不幸にした原爆」を想起できた。

核爆弾を「この国に三度も落とす行為」を阻止しようという計画に協力することしか、アメリカを祖国とするカヨコには許されていない。日系三世であろうとアメリカ人には違いない、しかも将来は大統領の座を狙っている女性政治家には、「戦死者の御霊＝ゴジラ」とコミュニケートすることなど想像を絶している。

巨災対のスタッフが、ゴジラは歩いているだけだと口にする。いくら巨大でも、ゴジラが歩いているだけで破壊される範囲は限られているし、被害もさほどではないはずだ。日本には上陸したゴジラを放置し、歩き廻るにまかせるという選択もありえた。

ゴジラが歩いている以上の破壊をもたらしたのは、ステルス爆撃機の攻撃によって地中貫通爆弾を被弾した直後のことだ。防衛のために反撃したとも、日本でなくアメリカを敵として戦ったともいえる。もしも巨災対スタッフが独立愚連隊の兵士のように半分の死者、あるいはリヴィングデッドと存在形態を共有するような特異な存在であったなら、「戦死者の御霊＝ゴジラ」とコミュニケートすることも可能だったろう。一方的に核攻撃を決定したアメリカと、ともに闘うことさえも。

映画では首相官邸内にデモ隊の声が聞こえてくる。〝ゴジラを守れ〟と〝ゴジラを倒せ〟の両方を混ぜた声だという。〝ゴジラを倒せ〟は日本政府とアメリカ政府の立場であり、戦後日本の「平和と繁栄」を肯定する国民の声だ。〝ゴジラを守れ〟のほうは『ゴジラ』に登場する古生物学者、山根博士の主張に共鳴するような立場かもしれない。山根は自然保護の観点から政府のゴジラ駆除に反対する。しかし観客は、このシーンで第三の声を幻聴しないだろうか。〝ゴジラとともに〟である。「戦死者の御霊＝ゴジラ」とともに、東京を核爆弾で壊滅させようともくろむアメリカと決戦すること。それはまた、8・15と3・11で歴史的に露呈された、ニッポン・イデオロギーを克服するための闘いでもある。

桐山襲が描き続けたテロルとは、未遂の〈本土決戦〉の遂行を意味していた。本土決戦を回避して延命した日本人は、先に逝った者たちを裏切って対米従属下の「平和と繁栄」を追い求めた。戦死者のことさえ忘れはてた戦後日本人の前に怨霊・御霊として出現したゴジラもまた、〈本土決戦〉の虚構的な再来だった。

テロルが先進国革命における都市ゲリラ路線を意味するなら、それが過去のものであることは疑いない。一九六八年に続く二〇一一年の世界同時的な大衆蜂起は、少なくとも先進諸国にかんする限り軍事闘争の失効を共通了解として、多様な抗議形態や闘争形態を模索してきた。なかでも注目されるのは、都市の中心部に位置する広場や街路の占拠闘争だ。

都市ゲリラとしてのテロルが失効しても日本の対米従属が続く限り、8・15と3・11の破局をもたらしたニッポン・イデオロギーが存続する限り、〈本土決戦〉の思想的な意味は失われない。かつての戦争指導層を継承し戦時天皇制の総動員国家を理想とする安倍自民党は、トランプのアメリカによる略奪的要求を拒否できない。トランプのアメリカと安倍自民党に屈従し続けるのでなければ、われわれは未遂の〈本土決戦〉を闘い直すしかない。そう、〝ゴジラとともに〟。

3・11とゴジラ／大和／原子力

映画「ゴジラ」に触れて、川本三郎は次のように述べている。「〝海へ消えていった〟ゴジラは、戦没兵士たちの象徴ではないか。ゆっくりと海へ沈んでゆくゴジラは、沈んでいく戦艦大和の姿さえ思い出させないか。東京の人間たちがあれほどゴジラを恐怖したのは、単にゴジラが怪獣であるからという以上に、ゴジラが〝海からよみがえってきた〟戦死者の亡霊だったからではないか」（『今ひとたびの戦後日本映画』）。

製作者の田中友幸が「ゴジラ」の構想を得たのは、アメリカによるビキニ環礁での水爆実験と第五福竜丸の被曝事件からだといわれる。また監督の本多猪四郎は、「出征先からの帰還の途上で、原爆で荒野と化した広島を見ており、その経験から水爆怪獣の映画を撮らなければならないという思いを持っていたのではないかと推測されている」（武田徹『私たちはこうして「原発大国」を選んだ』）。上陸したゴジラから逃げまどう人々を、本多は東京大空襲の被災者のように描いた。武田は次のように指摘している。

ゴジラは水爆実験によって被曝して巨大化したため、同じく核によって被爆した日本を目指すのだと説明されていた。そして上陸を果たしたゴジラによって破壊され、焦土と化した東京で女性が「あたし、長崎の原爆でも生き延びたのに、こんどはこれだわ！」とセリフを呟くシーンが登場。ゴジラはヒロシマ・ナガサキの二度の被爆に次ぐ災厄という位置づけになっている。映画の中では第五福竜丸事件の代わりにゴジラ来襲があるのだ。

以上を前提とすれば、川本三郎の「ゴジラ＝戦死者の亡霊」説は牽強付会ということになる。とはいえ作品は作者の意図に尽きるものではない。書こうとしたものとは別のものを書いてしまうところから、作品のテクスト性が生じる。むろん映像作品にしても同様だ。製作者や監督の意図とは違うところで「ゴジラ」は作られ、多数の観客を集めたのではないか。このように問うことには根拠がある。

たとえば東京湾に上陸したゴジラは、銀座方面から都心に向かい国会議事堂を踏み潰したあと、隅田川方向に進路を変える。戦死者の怨霊といえども皇居を破壊することは躊躇した、戦後になっても日本人は天皇制に呪縛されていた。これがゴジラの方向転換の意味だという川本解釈にたいし、赤坂憲雄は「ゴジラは、なぜ皇居を踏めないか？」（『別冊宝島　怪獣学・入門！』所収）で異説を唱えている。

天皇に会おうとして、戦死者の亡霊であるゴジラは祖国に帰還した。しかし自分たちを戦地に赴かせた大元帥としての天皇はもう存在しない、皇居に住んでいるのは現人神ならぬ人間天皇にすぎない。失望したゴジラは踵を返したのだろうと赤坂は解釈する。『さようなら、ゴジラたち』で「ゴジラ＝戦死者の亡霊」説を詳細に検証した加藤典洋は、この点にかんして川本説でなく赤坂説を支持している。

ちなみに二〇〇一年のシリーズ第二五作「ゴジラ・モスラ・キングギドラ大怪獣総攻撃」は、川本説を追認するような映画だ。この作品でゴジラは、戦死者の怨霊が凝固したものとして設定されている。加藤は「なぜ『ゴジラ』がその後、五〇年にもわたって、二八回も作られつづけなければならなかったか」と問い、「いったん、『ゴジラ』が『不気味なもの』として存在してしまった上は、これを衛生化、無菌化、無害化し、戦後の社会に馴致しなければならな」かったからだと答えている。不気味なもの revenant とは亡霊であり、また「再来するもの」でもある。

この点からいえば第一作から四七年後、二一世紀に入ってようやく「ゴジラ」の制作側もわれわれ観客側も、それまで無意識に抑圧されていたゴジラの正体を意識化しえたことになる。意識化しうる程度まで「戦死者の亡霊」という脅威は「馴致」され、「衛生化、無菌化、無害化」されたともいえる。

海中に没するゴジラが沈没する戦艦大和を思わせるとしたら、大和で戦死した将兵こそ「戦死者の亡霊」の象徴的事例だろう。吉田満『戦艦大和ノ最期』には、「世界海戦史上、空前絶後ノ特攻作戦ナラン」という類の「美辞麗句ノ命令ノ背後ニアル『真ノ作戦目的』」を伊藤誠一第二艦隊司令長官に問われた海軍首脳が、「一億玉砕ニ先ガケテ立派ニ死ンデモラヒタシ」と回答したとある。伊藤長官は、この「最後的通告ヲ得テ、ヤウヤク納得サレタリ」。

また、「一億玉砕ニ先ガケテ立派ニ死ンデモラヒタシ」と伊藤に回答した、連合艦隊司令長官の豊田副武ら海軍首脳への「特攻艦隊総員ノ衷情」を代弁し、「若手艦長ガ特使一行」に「ナニ故ニ豊田長官ハミヅカラ日吉の防空壕ヲ捨テテ陣頭指揮ヲトラザルヤ」と詰問したという。

豊田副武は極東裁判で不起訴、一九五七年に七二歳で死亡している。「一億玉砕」や「本土決戦」という死者たちとの契約は、このように一方的に廃棄された。後に続く者を信じ先に逝った者たちを、豊田のようなオポチュニストを典型として酷薄に、あるいは無節操に裏切ることで日本人の大多数は第二次大戦を生き延びた。二七〇〇名を超える大和の戦死者（大和を旗艦とする第二艦隊全体の戦死者は三七二一名）を先頭に三〇〇万人という戦死者、戦災死者が怨霊、御霊と化し、復興した平和国家日本に襲いかかるのではないかという恐怖を、戦後日本人は意識的・無意識的に抱えこんでいた。だからゴジラは一九五四年の東京を想像のなかで廃墟に変えたのだし、ゴジラという御霊を鎮めるためゴジラ映画は製作され続けた。

戦死者を裏切り忘却することで達成された戦後日本の「平和と繁栄」だが、意識化できる程度に「ゴジラ＝戦死者の亡霊」の禍々しい脅威を「衛生化、無菌化、無害化」しえた二〇〇一年には、すでに限界に突きあたり空洞化を深めていた。バブル崩壊以降の「失われた二〇年」は、戦後日本の「平和と繁栄」が終焉した事実を示している。日本の二一世紀は、軍事衝突を含む対外的緊張と経済的衰退の時代になるだろう。「平和と繁栄」ならぬ「戦争と衰退」の近未来は、たとえば二〇一〇年の二つの出来事、第一に尖閣諸島での衝突事件、第二にGDP第二位の座を中国に奪われた事実からも窺われる。

3・11の地震、津波、原発事故という巨大複合災害は、すでに方向づけられていた「戦争と衰退」への道を決定的に加速するだろう。地震や津波と第二次大戦の死者たちに物理的な因果関係はないとしても、国民意識の想像的次元でいえば話は別である。「衛生化、無菌化、無害化」されたはずのゴジラは、南海ならぬ日本海溝の底に六六年ものあいだ潜んで、「平和と繁栄」の戦後日本を蹂躙し倒壊させる機会を窺っていた。かつて裏切った戦死者をゴジラという形で想像的に呼びだし、ゴジラ映画を作り観ることで怨霊を鎮めようという努力さえ忘れ去られた二〇一一年三月一一日、ついにゴジラは日本列島に上陸した。

他方、「ゴジラ＝御霊」となるだろう軍人のほうは、おのれの死についてどんなふうに考えていたのか。天号作戦（沖縄特攻作戦）を目前にした大和の下級将校室《ガンルーム》では、兵学校出身と学徒兵出身の青年士官のあいだで連夜のように激論が闘わされたという。『戦艦大和ノ最期』によれば、「出撃気配ノ濃密化トトモニ、青年士官ニ瀰漫セル煩悶、苦悩ハ、夥シキ論争ヲ惹キ起サズンバヤマズ／艦隊敗残ノ状スデニ蔽ヒ難ク、決定的敗北ハ単ナル時間ノ問題ナリ」という認識を前提に、「――何ノ故ノ敗戦ゾ　如何ナレバ日本ハ敗ルルカ／マタ第一線配置タル我ラガ命、旦夕ニ迫ル――何ノ故ノ死カ　何ヲアガナヒ、如何ニ報イラルベキ死カ」を主題として議論は進行する。

兵学校出身ノ中尉、少尉、口ヲ揃ヘテ言フ　「国ノタメ　君ノタメニ死ヌ　ソレデイイヂヤナイカ　ソレ以上ニ何ガ必要ナノダ　モツテ瞑スベキヂヤナイカ」

学徒出身士官、色ヲナシテ反問ス　「君国ノタメニ散ル　ソレハ分ル　ダガ一体ソレハ、ドウイフコトトツナガツテヰルノダ　俺ノ死、俺ノ生命、マタ日本全体ノ敗北、ソレヲ更ニ一般的ナ、普遍的ナ、何カ価値トイフヤウナモノニ結ビ附ケタイノダ　コレラ一切ノコトハ、一体何ノタメニアルノダ」

そもそも日本人は議論を好まない。生死をめぐる難問に直面しても、言葉の無力を噛みしめながら黙って死ぬしかないと考える。桜の美学は後づけで、経済効率からして時間の無駄だと判断するからだろう。出撃直前の大和艦内という特殊な環境が一種の観念的加圧装置として機能し、日本人には珍しい徹底的な議論を生じさせた。兵学校出身士官と学徒出身士官は対立し、連夜のように「遂ニハ鉄拳ノ雨　乱闘ノ修羅場トナル」。吉田満によれば、この論戦に第三の立場を提起したのが臼淵大尉だった。

痛烈ナル必敗論議の傍ラニ、哨戒長臼淵大尉（一次室長、ケップガン）、薄暮ノ洋上ニ眼鏡ヲ向ケシママ低ク囁ク如ク言フ　「進歩ノナイ者ハ決シテ勝タナイ　負ケテ目ザメルコトガ最上ノ道ダ　日本ハ進歩トイフコトヲ軽ンジ過ギタ　私的ナ潔癖ヤ徳義ニコダハツテ、本当ノ進歩ヲ忘レテヰタ　敗レテ目覚メル、ソレ以外ニドウシテ日本ガ救ハレルカ　今目覚メズシテイツ救ハレルカ　俺タチハソノ先導ニナルノダ　日本ノ新生ニサキガケテ散ル　マサニ本望ヂヤナイカ」

以上の言葉は「彼、臼淵大尉ノ持論ニシテ、マタ連日『ガンルーム』ニ沸騰セル死生談議ノ一応ノ結論ナリ　敢ヘテコレニ反駁ヲ加ヘ得ル者ナシ」。学徒兵出身士官と兵学校出身士官の論争に臼淵大尉が第三の立場を提起し、とりあえず両者の対立は収拾される。

「進歩ノナイ者ハ決シテ勝タナイ」という臼淵の言葉に導かれ、戦後日本は驚異の復興をとげたように見える。蒙昧な「神洲不敗」の幻想に駆られ日本を破滅させた元凶として、日露戦争の装備で対米戦争に勝利できると思いこんだ軍部や、竹槍でB‐29に対抗しようという愚昧な精神主義者や皇国史観の信奉者など「進歩ノナイ者」は全面否定された。

アメリカの「物量」に敗北したという総括から、戦後日本は右も左も科学技術立国を唱え、経済成長による「平和と繁栄」のほうに一丸となって走りはじめる。その成果が一九六四年の東京オリンピック、六八年のGNP世界第二位達成、七〇年大阪万博だった。八〇年代後半には未曽有のバブル的繁栄が到来し、日本人は経済的対米戦争の勝利と「ジャパン・アズ・ナンバーワン」の掛け声に酔いしれた。「平和と繁栄」を国民的スローガンとした高度成長日本に、吉田満はいささか複雑な表情を見せている。「戦中世代の生き残りは、かくして死者と沈黙を共有して生きてきたが、全く無為に過ごしたわけではない。われわれはそれぞれの選んだ場所で、戦後日本の復興と発展という労役に服してきた。（略）高度成長から派生した諸悪をめぐって、その行き過ぎを攻撃するのが昨今の風潮である。大きな影響を伴う社会現象で、プラスのみあってマイナスのないものはありえない。高度成長それ自体が悪なのではなく、高度成長した力を、何のために活用するかの目標意識を持たぬ日本人の愚かさが、悪なのである」（「死者の身代わりの世代」、『「戦艦大和」と戦後』所収）。特攻作戦から生還していれば臼淵も、吉田と同じような感慨を洩らしたかもしれない。

臼淵大尉のいわゆる「進歩」には、科学技術や生産力の発展が中心に置かれていたにしろ、それに尽くされないものも含まれていたろう。たとえば社会的な「進歩」、精神的な「進歩」である。経済成長による「繁栄」の面を保守政治家や経済官僚や企業人が担ったとすれば、社会的・精神的な「進歩」は知識人による戦後啓蒙主義に領導された。これはまた「平和と繁栄」のうち「平和」の面を重視する立場でもあり、戦後平和主義・戦後民主主義と戦後啓蒙主義は理念的な三位一体をなした。

戦後知識人の啓蒙主義／平和主義／民主主義もまた、当然ながら臼淵大尉の「進歩」と無関係ではない。啓蒙された近代的主体による自立的な市民社会の形成こそ、科学技術や生産力の発展を支えると戦後知識人は主張した。モデルが西欧の市民社会である以上、啓蒙主義は同時に戦後版の欧化主義でもある。遅れた日本社会は西欧社会をモデルとして「進歩」しなければならない。

ただし、戦後知識人の覇権は一九六〇年安保闘争が頂点だった。その中心を占めた大学人は、六〇年代後半の全共闘運動で権威を失墜する。「平和と繁栄」を否定し、親世代の戦争責任を追及した全共闘運動も、戦後日本に襲来した小型のゴジラだった。急進化した新左翼による革命戦争の呼号は、戦中派の親たちが延命のため放棄した〈本土決戦〉を今度こそ実行しなければならない、でなければ戦後日本を精神的に立て直すことはできないという無意識的な衝迫に由来していた。しかし青年たちによる革命戦争は、高度消費社会に向かう日本社会のリアリティに包囲され、連合赤軍事件を典型として自壊的敗北に追いこまれ消滅する。

戦後、吉田満はキリスト教を信仰するようになる。「平和と繁栄」のため、ビジネスマンとして「戦後日本の復興と発展という労役に服」するだけでは満足できない自分を感じたのだろう。こうした二重性を吉田は、最後まで抱えこんでいたように思われる。

「進歩」、進むことには二つの面がある。未来の最終目標に向けて「進む」面と、昨日に比較して今日は「進んだ」とする面と。前者を絶対的な進歩、後者を相対的な進歩としよう。絶対的な進歩の典型例はキリスト教的な目的論だ。歴史は最後の審判と救済に向けて「進む」。その近代的・世俗的な完成形態がヘーゲル哲学だった。しかし後者に未来の最終目標は存在しない。昨日よりも前に「進み」続ける運動が無限に続くにすぎない。いまよりも「豊かな生活」を求める「進歩」は、いうまでもなく後者に属する。

吉田満が戦後知識人の社会的「進歩」でなく、キリスト教を選んだのには根拠がある。戦後啓蒙主義は西欧並の近代化をめざした。最終目標が近代的な市民社会の実現である限りでは、前者の面をもつ。しかし手本になる西欧社会は、すでに後者に移行していた。戦後知識人が目標を達した瞬間、悪無限的な未来への突進がはじまる。こうした背理が見えていたから、吉田は戦後啓蒙主義でなくキリスト教を選んだのだろう。

この背理は吉田の回心と同時代的に、たとえば一九六〇年前後には戦後啓蒙主義にも突きつけられていた。戦後日本人の大多数は「進歩」を生活水準の向上として、いまよりも「豊かな生活」として理解した。アジア的貧困の克服と近代的理念の実現は一体であると主張する知識人に、大多数の日本人は二面的な態度で臨むことになる。貧困からの解放という点で戦後知識人と立場を共有した大衆は、その実現のため戦後知識人の理念に反する方向をしばしば選択した。

たとえば知識人の憲法平和主義や国連平和主義という空論を拒否し、日本人の多数派は対米従属と日米安保体制を支持し続けた。戦後日本人が求めた「平和」とは、二度と戦争に巻きこまれないことにすぎず、日本の「繁栄」に有益であれば隣国の戦争被害も黙視する、内心では歓迎するというのが朝鮮特需からヴェトナム特需にいたる暗黙の合意だった。

憲法九条に普遍的な理想を読もうとする戦後知識人にたいし、日本人の多数派はそれに実利を託した。軽武装による経済成長という保守本流路線が、吉田首相から田中首相の時代まで、あるいは二〇一〇年の政権交代まで支持され続ける。自民党が政権を失ったのは、新しい路線が国民的に合意された結果ではない。路線なき無原則な漂流状態が到来したにすぎず、この絶妙の時期を選んでゴジラは日本列島に上陸する。「進歩ノナイ者ハ決シテ勝タナイ」という臼淵大尉の言葉に導かれるように、戦後日本は「進歩」をめざしてきた。しかし日本人は、本当に「負ケテ目ザメ」たのだろうか。未曽有の経済的「繁栄」は反転して衰退の坂道を転げ落ちはじめ、日米安保体制による擬制的な「平和」もまた危機に瀕している。

3・11の巨大地震と巨大津波は、チェルノブイリ級の致命的な原発事故に帰結した。水爆実験から誕生したゴジラが放射性火焔を吐くように、福島第一原発の廃墟からは放射性物質が東日本全域に撒き散らされている。この点でも3・11はゴジラの上陸だった。

原爆の被災国でありながら、いや、であるがゆえに原子力の平和利用は国民的な悲願となる。武谷三男のような戦後知識人でさえ一九五〇年代には、科学者の立場から原子力の平和利用を肯定していた。しかも原子力発電所は、日本の経済成長をエネルギー供給の面で支える不可欠の装置として、一九七〇年代の初頭から日本各地で建設が進められ、全発電量の三分の一を占めるにいたる。このように原発は、「平和と繁栄」の両極から推進されてきた。しかし「進歩ノナイ者ハ決シテ勝タナイ」という戦後日本の理念は、今回の巨大事故によって命脈を断たれようとしている。科学技術の「進歩」を追求した果ての原発事故は、日本人が本当に「負ケテ目ザメ」たのではない事実を明るみにだした。

臼淵大尉の言葉は、「連日『ガンルーム』ニ沸騰セル死生談議ノ一応ノ結論」だったにすぎない。「一応ノ結論」に満足することなく、死を前にした青年士官たちの「死生談議」に立ち戻ってみよう。兵学校出身士官による第一の立場「国ノタメ　君ノタメニ死ヌ　ソレデイイヂヤナイカ」は、日本の伝統性に依拠したものだろう。第一の立場を選んだ青年士官も、『万葉集』や伊藤静雄の詩を愛読していたのかもしれない。伝統的な情感は吉田嘉七の「妹に告ぐ」（『ガダルカナル戦詩集』所収）で、次のように高度な表現を与えられている。

汝が兄はここを墓として定むれば、
はろばろと離れたる国なれど
妹よ、遠しとは汝は思ふまじ。

さらば告げむ、この島は海のはて
極れば燃ゆべき花も無し。
山青くよみのいろ、海青くよみのいろ。
火を噴けど、しかすがに青褪めし、
ここにして秘められし憤り。
のちの世に掘り出なば、汝は知らん、
あざやかに紅の血のいろを。
妹よ、汝が兄の胸の血のいろを。

無名詩人だった吉田嘉七はガダルカナルの地を踏んで、死を予感しながら「山青くよみのいろ、海青くよみのいろ」と詠った。ここにあるのは仏教渡来以前、古代天皇制以前の縄文期にまで遡るだろう、日本列島原住民のアニミズム的心性である。「国（郷土）ノタメ」と「君（天皇制国家）ノタメ」が直結してしまうところに、第一の立場の脆弱性がある。とはいえ北畠《きたばたけ》親房《ちかふさ》の皇国思想やウルトラ天皇主義にしても、非農耕民のアニミズム的基層と不可分だった。両者の錯綜した関係をSF的に描いたのが半村良『産霊山《むすびのやま》秘録』であり、それを網野善彦は中世史研究の中心的主題とした。

「俺ノ死、俺ノ生命、マタ日本全体ノ敗北、ソレヲ更ニ一般的ナ、普遍的ナ、何カ価値トイフヤウナモノニ結ビ附ケタイ」と、兵学校出身士官に反論する学徒兵出身士官の立場が第二である。蒼古からのアニミズム的心性にたいし、これを普遍的価値に通じる絶対観念の要求としよう。平安末期から鎌倉時代にかけて、はじめて日本人は普遍思想や絶対観念に目覚める。土着的なアニミズム的心性では耐えられないほど、末法と乱世の苛酷性は人々を押し潰した。こうして浄土宗や日蓮宗のような新仏教が誕生する。

絶対観念を確立するための試みとしては、他に北畠親房の皇国思想、水戸学、明治以降の国家神道などの流れ、あるいは江戸期の儒教もあげられるが、いずれの場合もアニミズム的基層から理念的に自立しえないままに習合していく。西欧近代を普遍的価値とする明治以降の近代化主義《モダニゼーショナリズム》も、福沢諭吉から丸山眞男にいたるまで、その一例として分類できる。さらに近代化主義の左翼的形態だったコミュニズム＝ボリシェヴィズムも。

日本列島に棲まう太古からの精霊《カミ》たちは、海を渡ってきた世界宗教や絶対観念の暴威に敗北し、いったんは征服される。しかし長い年月をかけて、仏教や儒教からキリスト教やマルクス主義にいたる普遍的で絶対的な輸入観念を骨絡みにし、最終的には消化し吸収してきた。だから日本に存在するのは、征服され頽落したアニミズム的心性と、原型をとどめないまでに変形された輸入観念の異様な癒着形態である。切迫した死の重圧が大和のガンルームを、精神的な遠心分離器に変えたのかもしれない。ニッポン・イデオロギーとしかいえないこの奇妙なアマルガムは、一瞬だけ本来の二つの成分に分離され、第一の立場と第二の立場が析出された。とすると臼淵大尉による第三の立場は、頽落したアニミズム的心性と中途半端な輸入観念を新たな次元で統一する試みだったのかもしれない。

デビュー作「地には平和を」で絶望的な本土決戦を戦う少年兵を描いた小松左京だが、ちなみに代表作『果しなき流れの果に』では、大和のガンルームで析出されたのに類比的な三つの立場を描いている。第一は、田舎家の縁先に坐った老人と老婆の懐かしい姿に明らかだろう。第二として、ルキッフという「あらゆる変化のベクトルに対する抵抗力」がある。ルキッフの同志Nは、「俺ノ死、俺ノ生命」を絶対的に基礎づけようと絶望的な抗戦を続ける。時空の一切を隙間なく支配し統御する「宇宙自体の意識」が第三だ。その奉仕者アイは宇宙的な「進歩」のため、必要な「労役に服」し続ける。

アニミズム的な世界観では、環境世界の森羅万象に霊《アニマ》が宿っている。山や海、動物や植物など自然物が普通だが、針供養の習俗に見られるように日本では人工物にも霊が籠もる。アニミズムでは、個々の存在者は物質性と精神性の混合体である。総じて環境世界もまた、物質性と精神性が複雑に交錯し混濁している。個々の存在者から霊的なものを引き抜いてしまえば、あとに残るのはたんなる物質の構造にすぎない。世界は物質と精神に分離され、精神は物質的世界の外側に純粋なものとして凝固する。

プラトンのイデア論をはじめ、物質的世界＝感覚的世界と精神的世界＝超感覚的世界を分離し、前者は後者の影にすぎないとする思考は世界中のどこにもある。典型のひとつがユダヤ教だろう。ユダヤ教は神という超越的実体が世界を創造したとする。創造された世界の絶対的な外部に神は存在している。ただし同じような神の被造物でありながら、人間だけは他の存在者と異なる性質が認められる。ユダヤ教では神の啓示と律法に従う能力だが、キリスト教では愛ということになる。いずれにしても物質的な環境世界のなかで人間のみが、精神性と物質性の複合体である。内部としての物質的世界と、外部としての超越的世界の接点に位置するのが人間だともいえる。

こうしたユダヤ・キリスト教の絶対観念から、近代の経験科学もまた生じた。精神性や超越性の本体が世界の外に押しだされた結果、世界は純粋に物質の構造となる。人間と違って自由意志をもたない物質は、神が定めた法則性に全面的に支配されている。この法則性を理性的に認識しうる人間は、それによって神の存在を証明すると同時に、おのれが神的な精神性のかけらを分有していることを自己証明しうる。理神論を経由して、キリスト教文化圏の知識人は近世以降、物質的世界を経験科学的・法則科学的に究明しようと努めてきた。

近代科学の基底は物理学にある。ガリレイやケプラーからニュートンを経由してアインシュタインにいたる物理学は、従って近代科学の総体がユダヤ・キリスト教的な絶対観念の近代版なのだ。科学的な真理の探究は、なにかの「役に立つ」からなされるのではない。科学的真理の探究は神なき時代の信仰行為であり、それ自体に絶対的な意味がある。だから真理を探究する基礎科学にたいし、「役に立つ」ための応用科学や科学技術《テクノロジー》は次元が低いと見なされてきた。

呪術を典型として、アニミズム的な知では「役に立つ」ことが優先される。神に祈るのは、なんらかの利益を引きだすためだ。環境世界に内在する神々は一神教の超越神とは異なり、人間にとって同格である交渉の対象にすぎない。「役に立つ」ことを目的とする点で、アニミズム的な知と近代の科学技術には似たところがある。戦後日本人が科学技術立国を唱えることができたのも、この点からは少しの不思議もない。ただし、似ているようでも原理が異なる。科学的真理の探究をめぐる近代化されたユダヤ・キリスト教的絶対観念によって、あくまでも科学技術は統御されている。しかし日本人は、「役に立つ」新型の呪術として科学技術を取り入れた。

アニミズム的な技術は、必要に応じて手近な材料を組みあわせる器用仕事《ブリコラージュ》だ。放射能汚染水の流出をとめるため、福島原発の技術者は水槽に木屑や新聞紙を投げこんでいたが、まさに器用仕事の発想だろう。工業生産、もの作りという点で戦後日本は、本家の欧米を凌駕する水準に達した。「役に立つ」製品、家電や自動車であれば問題は生じない。韓国や中国など新興諸国の追いあげを心配する程度ですんだ。しかし原発では事情が根本的に異なる。絶対観念なしのアニミズム的な知では、もともと歯が立ちようのない近代科学の究極形態が原子力技術だからだ。

反原発派の科学者だった高木仁三郎は、第七回原子力円卓会議で次のように述べたという。「日常世界のエネルギーは化学結合から生まれる。私たちの住んでいる世界は原子核の安定の上に存在しているが、核エネルギーは原子核の安定を強いて破壊しており人間世界にとって非和解的である」（『私たちはこうして「原発大国」を選んだ』）。

化石燃料など地球上のあらゆるエネルギーは、核融合による太陽エネルギーに由来する。宇宙の深淵を渡ってきた太陽エネルギーは、地球生態圏に破壊的でない形で保存され活用される。炭化水素の酸化反応が発光と発熱をもたらすように、「日常世界のエネルギーは化学結合から生まれる」。しかし原子力技術は「原子核の安定を強いて破壊」することで、大量のエネルギーを人工的に発生させる。この点は原爆も原子力発電も原理として変わらない。

こうした反原発派の主張を前提に、中沢新一は原子力技術とユダヤ・キリスト教的な一神教を重ねあわせる。地球にとって絶対的な外部である太陽を、小規模ではあれ裸の形で生態圏に持ちこもうとするのが原子力技術だと。アニミズムの霊や多神教の神々は世界に内在する相対的な超越性だが、一神教の神は違う。それは絶対的な超越性として、外部から世界を創造したとされる。「一神教はその生態圏に、ほんらいはそこに所属しないはずの『外部』を持ち込んだのである。モーゼの前に現れた神は、無媒介に、生態圏に出現する。そんな神を前にしたら、生身の人間は心に防護服でも着装しないかぎりは、心の生態系の安定を壊されてしまうだろう」(「日本の大転換」、「すばる」二〇一一年六月号、七月号)。

一神教が思考の生態圏に「外部」を持ち込んだやり方は、原子核技術が物質的現実の生態圏にほんらいそこに所属しない太陽圏の現象を持ち込んだやり方と、きわめてよく似ている。思考の型として、まったく同型である。一神教出現以前の人類の宗教は、生態圏の閾域の内部でおこなわれてきたが、一神教の出現とともに、そこに生態圏に所属しない神が組み込まれることによって、人類の宗教には不安定が持ち込まれた。

「このような意味で、原子力技術は一神教的な技術であり、誤解を恐れずにいえばユダヤ思想的な技術である」と中沢は結論する。原子力技術が自然生態圏を破壊するように、市場原理主義的な現代資本主義は社会生態圏を破壊する。原子力発電に代わる自然エネルギーの開発と普及は、経済活動に贈与の次元を回復させるだろう。さらに中沢はここから、資本主義の構造変容と地球の生態圏に内在する宗教性の蘇生を展望する。その宗教性は「過激を排した中庸に、人類の生は営まれなければならない」という仏教や、仏教と習合した神道である。「日本では歴史的に、このような仏教が神道と結合してきた。神道の神々は、生態圏を構成するさまざまな強度を、精神化して表現したものである。だから神々を敬うことは、自然に畏敬の念をいだくこととおなじなのである」。3・11の惨禍を逆に好機として、エネルギー革命/経済革命/宗教革命を同時に推進しようというのが、ようするに中沢の提案である。

しかし中沢は3・11が、日本人の想像的次元で「ゴジラ=戦死者の御霊」の襲来だったことを都合よく忘れている。臼淵大尉の第三の立場が、「平和と繁栄」の戦後日本を理念的に支えてきた。私の存在意味を究極的に基礎づけなければならないという第二の立場は、戦後啓蒙主義として微温化され、目的のない悪無限的な「進歩」や際限ない経済成長の欲望と癒着した。しかも、この癒着を可能ならしめたのは第一のアニミズム的な基層なのである。

日本社会や日本文化のアニミズム的基層は、実存的要求や超越的理念を排除するケセラセラの相対主義や現世主義として、日本の敗戦以降もしたたかに生き延びた。昨日まで「本土決戦」を呼号していた第一の立場が、転向の痛覚もなく、一夜にして「アメリカ民主主義万歳」になる。大和の将兵に「一億玉砕ニ先ガケテ立派ニ死ンデモラヒタシ」と託宣して沖縄作戦に送りだし、本人は畳の上でのうのうと往生した豊田副武の心性は、まさにこのようなものだろう。

もしも豊田が大和に乗り組んでいれば、第一の立場に立って第二を主張する学徒兵出身将校に拳骨を振りまわし、そのあげく海の藻屑と消えたに違いない。生と死の、物質と超越の絶対的対立を知らない頽落したアニミズム的心性は、非常識なまでに「勇敢」でも「怯懦」でもありうる。必然性という感覚がない以上、いずれにしても恣意的で実効性は皆無だ。残るのは幼児的な自己満足にすぎない。

原発事故を前にして、「私のような想像力をもった人間には、科学者や技術者たちが、まるで一神教的技術の生み出したモンスターに放水を繰り返すことによって、その怒りを鎮めようとしている、自然宗教の神官のように見えた」と中沢は揶揄する。役に立ちそうだという現世的な理由で、「一神教的技術の生み出したモンスター」を飼ってみようとした「自然宗教の神官」こそニッポン・イデオロギーの信徒であり、アニミズム的な知や技術の頽落した形態である。この愚かしい頽落形態以外に、本来のアニミズム的なものが残されていると思うのは無根拠な郷愁にすぎない。

現代日本でも美しい里山の自然に、中沢はアニミズム的基層が息づいているという。しかし日本の農村はまた、異物排除の抑圧的な閉鎖的共同体でもある。すでに縄文のアニミズムは失われ、渡来した絶対観念を変形し、またそれに変形された異形のものと化している。アニミズムや多神教は、ユダヤ・キリスト教あるいはイスラム教という一神教に征服されただけではない。中国思想やインド思想もまた普遍的な絶対観念として周辺地域に伝播した。ユダヤ・キリスト教の世俗化された形態である、近代科学を中心とした近代思想や近代的な経済・社会システムは全世界を制覇したのち、いまや没落の道を歩みはじめた。

欧米を凌駕するかもしれないBRICsのうち、ブラジルはカトリック、ロシアは東方正教でキリスト教圏に属し、多神教のインドは徹底した形而上学的思考を、また中国は統治の学である儒教を生んだ点で、いずれにも普遍的な絶対観念の土壌がある。アニミズム的な心性と文化を残しながら、擬似的にしても近代化を達成しえた日本は例外中の例外にすぎない。三大陸の自然宗教民は、あるいはオーストラリア原住民のように絶滅され、あるいは北米原住民のように精神性を破壊され、あるいは太平洋や中央アフリカの原住民のように歴史の辺境に追いやられた。日本の稀少な例外を不可疑の前提として、近代以降の世界像を構想することはできない。

ニッポン・イデオロギーの形成には、日本列島の文化地政学的な条件が背景にある。同じような島国でもイギリスと違って、日本は大陸からの軍事侵略をまぬがれえた。英仏海峡より対馬海峡は広いという偶然的な理由で。また台風や噴火、地震や津波など自然災害の多発地域という条件性もある。もともと熱帯、亜熱帯の植物である稲を不適当な自然環境で育てるという無理が、縄文期以来のアニミズム的心性を独特の形で抑圧し、ねじ曲げた点も無視できない。日本的共同体の過剰な同調圧力や陰湿な異物排除は、ここに起源がある。「みんなで一緒に」の共同性と並んで、「長いものには巻かれろ」式の現実観、「人間みんなボチボチ」という人間観がニッポン・イデオロギーの三本柱をなしている。

原発事故を破滅的なまでに拡大した東電や政府、技術者や官僚や政治家の心性もまた、誰も責任を取らない組織や小田原評定や問題の隠蔽と先送りなど、第二次大戦の敗北に帰結したかつての日本人と少しも変わらない。丸山眞男が「無責任の体系」と、山本七平が「空気」による暗黙の支配として批判したようなニッポン・イデオロギーが、アニミズム的心性の唯一の現存形態である。日本の里山が美しいように、吉田嘉七の「妹に告ぐ」の感性もまた繊細で美しい。この「兄」のような兵士を大多数の日本人は見棄て、裏切ることで第二次大戦を生き延びた。しかも裏切ったという事実まで隠蔽し、忘却した。問題は戦死した「兄」を四十九日で極楽に送りだし、忘れることを自分に許す「妹」もまた、同じ心性の持ち主であることだ。「兄」と「妹」は相互転化しうるし、その延長上に豊田副武のようなオポチュニストもまた生じる。

詩人は「火を噴けど、しかすがに青褪めし、／ここにして秘められし憤り」と詠った。冥界のような孤島で戦死しなければならないことに、下級兵士としての「憤り」はあったろう。しかし、なぜそうなるのか、その意味はなにかと問うことはない。徹底的に問われなければならない難問は、繊細で美しい叙情の裡に問われることなく解消されてしまう。問うべき問いを回避する点で、才能ある詩人も無能な司令官と精神的には同型といわざるをえない。

仮に可能だとしても、美しい里山の自然を抑圧的な日本的共同体から分離し、「妹に告ぐ」のアニミズム的感性を豊田のようなオポチュニズムから分離するには、膚を裂き肉を抉り骨を割るほどの大手術が要求される。残念ながら中沢新一の主張に、こうした決意を窺うことはできない。また一神教的な近代科学や近代的な経済・社会システムが人類にとってすでに運命であるとすれば、それに蒼古のアニミズム的心性を対置しても意味はない。帝国の権力と結託した教会の暴圧に抵抗し、古代ギリシアの神秘哲学という爆弾を密かにキリスト教神学の内側に仕掛けたディオニシオス・アレオパギティスの否定神学的な戦略から、われわれは学ぶ必要がある。

福島原発の事故で「一神教的技術の生み出したモンスター」に打ちひしがれた日本人は、身についた流儀でこの体験を水に流し、さっさと忘れてしまおうとするだろう。それが頽落したアニミズム的心性の自然な反応である。原発を導入した経緯を厳密に検証することも、それを推進した関係者の責任を厳格に問うこともなく、たんに怖いものに蓋をする。理を尽くした検討の結果として放棄するという国民的な合意や決断がなされないまま、再稼働する原発がなし崩し的に増えていく。こうした事態を日本人は、またしても受け容れていくのだろうか。

どのように大規模でも、自然災害はニッポン・イデオロギーに根本的な打撃を与えることがない。頻発する災害に対処するものとして、ニッポン・イデオロギーは形成されたともいえるからだ。日本列島を焦土と化したアメリカ軍の戦略爆撃、そして原爆の被災でさえ日本人は、自然災害にたいするのと同じ流儀でやりすごした。「俺ノ死、俺ノ生命、マタ日本全体ノ敗北、ソレヲ更ニ一般的ナ、普遍的ナ、何カ価値トイフヤウナモノニ結ビ附ケタイ」という悲痛な自問はたちまち忘れられ、二度と戦争は厭だという日本的人間主義の実感だけが戦後日本には瀰漫した。

だから3・11が、もしも大地震と大津波だけであれば、かつてと同じ流儀で日本人はやりすごしえたろう。

巨大災害が戦後日本の「安定と繁栄」に止めを刺したとしても、その意味するところを厳密に思考することなく、二一世紀の「戦争と衰退」を自然災害と同じような不運として受容したかもしれない。それがニッポン・イデオロギーの現実了解、現実感覚である。

対外戦争や内乱や大規模災害などで法秩序が一次的に麻痺、解体する非常事態をカール・シュミットは例外状態と呼んだ。二〇世紀までは法秩序に支配される日常と、非常時である例外状態が時間的に交替した。しかし二一世紀では例外状態が日常化し、社会全体が例外状態化していく。例外状態を内包した社会、例外社会はジハディストによる9・11攻撃の衝撃から、アメリカを先頭に日本を含む先進諸国で急速に形成されはじめた。

例外状態に直面しても主権的決断を回避し、うやむやのうちにやりすごしていけばなんとかなると思うのが日本人の発想だが、しかし原発事故はこのような対処法を超えている。地震や津波と違って、被害の規模や時間的射程さえ定かでない原発事故は、否応なく例外状態の日常化をもたらす。放射能汚染という非日常的な危機を、日本は長期にわたって抱えこまざるをえない。

三月一一日に上陸したゴジラの一撃によって、盤石とも見えたニッポン・イデオロギーには深い亀裂が入った。抑圧的な例外社会の形成か、自由な諸個人による「生存のための連合《サンディカ》」か。例外状態の日常化によって、こうした選択にわれわれは直面することだろう。被災地域へのボランティア、経済成長主義や会社主義への疑念と身近な人間関係の見直し、脱原発と自然エネルギーへの高まる関心などは、日本人の精神に大規模な地殻変動が起こる予兆かもしれない。しかし、これらは例外社会の方向にも「生存のための連合《サンディカ》」の方向にも進みうる（例外社会と「生存のためのサンディカ」にかんしては、筆者の『例外社会』を参照のこと）。

「進歩ノナイ者ハ決シテ勝タナイ　負ケテ目ザメルコトガ最上ノ道ダ」という臼淵大尉の言葉を鞍部で理解した戦後日本とは違って、その可能性の頂点を把捉しなければならない。第一の立場と第二の立場を、戦後日本のように統合するのではない道を探求すること。頽落したアニミズム的心性と変形された輸入観念のアマルガムでしかないニッポン・イデオロギーと思想的に対決し、そこからユダヤ・キリスト教的ではない、あるいはインド的でも中国的でもない普遍思想、絶対観念を析出していくこと。

臼淵大尉の霊をも細胞の一粒として含むだろう、二〇一一年三月一一日に日本列島を襲ったゴジラは、この課題に今度こそ正面から応えるよう求めている。戦後的な「繁栄」を維持するための原発必要論は論外だ。また「怖いものには蓋」という類の原発否定論は、二度と戦争はごめんだという戦後平和主義の再来にすぎない。いずれにしても避けられないのは、3・11の犠牲者を記憶し続けること、巨大複合災害の人災的側面を徹底的に検証し思考し、その根拠を問い続けることだろう。

セカイ系と例外状態

社会など存在しません、あるのは個人と家族だけです。
――マーガレット・サッチャー

1

一九九五年放映のTVアニメ「新世紀エヴァンゲリオン」を起点とし、二〇〇二年前後に完結、あるいは公開された秋山瑞人のライトノベル『イリヤの空、UFOの夏』、高橋しんのマンガ「最終兵器彼女」、新海誠の短篇アニメ「ほしのこえ」にいたる作品群は、一般に「セカイ系」と呼ばれてきた。セカイ系作品に共通する傾向として、社会領域の消失に注目する観点もまた一般的だ。[1] 主人公が生きる家庭や学校などの小状況（私）と、グローバルな危機や破滅をめぐる大状況（世界）の無媒介的な直結は、作品世界から社会領域が削除された結果でもある。では、セカイ系作品で消失した「社会」とはなんだろうか。あるいは、「社会」の削除が意味するものとは。

私と世界の直結という点で、もっとも純粋化されたセカイ系作品は「ほしのこえ」だろう。この自主制作アニメには主人公の二人、ノボルとミカコ以外の人物は基本的に登場しない。作中では家庭や学校さえほとんど描かれることがなく、小状況は恋人同士の親密空間として閉じられている。この小状況と、ノボルと引き裂かれたミカコが戦闘ロボットの搭乗員として戦う宇宙空間（大状況）のあいだには、いかなる媒介的領域も存在しない。たしかに短篇作品では、設定や人物配置や物語を可能な限りコンパクトにする必要がある。しかし、短篇だからという理由では納得しがたいものが、「ほしのこえ」のセカイ系的な純化指向には認められる。作者の自覚的な意志が、作品空間から社会領域を徹底的に排除していると考えざるをえない。「ほしのこえ」のセカイ系的純粋性と比較すれば、原点にあたる「新世紀エヴァンゲリオン」の場合、充分に消去されていない社会領域が、作品空間に残骸のように無秩序に散乱している印象がある。

主人公の中学生シンジは、繰り返し襲来する巨大怪物「使徒」と戦うため、「汎用人型決戦兵器」と呼ばれる生化学的ロボットのエヴァンゲリオン（ＥＶＡ）に搭乗することを、父の碇ゲンドウに命じられる。機体とのシンクロ率が高いシンジだけが、ＥＶＡ初号機を操縦できるのだが、その理由は物語の進行につれて明らかになる。建造中の事故で母ユイの魂と肉体は、ＥＶＡに取りこまれて溶解した。ようするに、ＥＶＡ初号機とシンジは人工的な母子関係にある。またアスカと弐号機にも似たような事情がある。

幼い時期に母を失い、父に棄てられたというトラウマを抱えこんだシンジは、自分に自信をもてない気弱で内気な少年だ。また、ＥＶＡの搭乗員が必要だというだけの理由で息子を呼び戻したゲンドウに、根深い抵抗感と不信感を抱いてもいる。不健全な親子関係から生じたトラウマという点では、他の主要人物、たとえば惣流・アスカ・ラングレー、葛城ミサト、赤木リツコなどもシンジと共通する。作者の意図なのだろうが、「新世紀エヴァンゲリオン」には、親子関係をめぐる息子と娘のトラウマ体験や精神的困難の展覧会という印象がある。

前近代社会の息子は、父をロールモデルとして大人になる。しかし、近代では教養小説から精神分析理論までが繰り返し語り続けてきたように、抑圧的な父と闘い、父を象徴的に殺害することでしか息子は大人になれない。こうした近代の成長物語が、しかし「新世紀エヴァンゲリオン」では半ば以上も壊れている。シンジはゲンドウに反抗することも、真正面からの対決もなしえないまま不全感を抱えてEVAに搭乗し続け、最後にはあらゆる現実を拒否して、ひきこもり的な精神状態に陥る。その名に反してゲンドウは、息子の〝碇〟という父の役割をはたしえない。

このような父子関係の失調は、過剰な母子関係を前提とも結果ともする。シンジがEVA初号機とシンクロ率が高いことはすでに述べたが、母ユイのクローンである綾波レイには、その正体を知らないまま、興味とも恋心ともつかない複雑な感情を抱いている。反面、あらゆる情動が凍結したようなレイも、しだいにシンジにたいしては心を開くようになる。

碇ゲンドウの表の顔は、使徒の攻撃に対処するため組織された国際機関ネルフの司令官だが、裏の顔は人類補完計画を推進する秘密結社ゼーレの幹部である。裏死海文書や黒い月、リリスやロンギヌスの槍など人類補完計画のSF的・オカルト的な設定の詳細は省いてゼーレの目的を簡単にいえば、不完全な群体生物である人類を完成された単一生物に進化させることにある。ある意味で人類補完計画がめざす人類の進化とは、胎児期から幼児期にいたる母子一体性の想像的な極大化にほかならない。

大人になれない、あるいは社会人として成熟できない若者というキャラクターは、もちろん「新世紀エヴァンゲリオン」の独創ではない。一九八〇年代の日本で村上春樹が繰り返し描いてきたタイプだし、それは村上が影響された、J・D・サリンジャー『ライ麦畑でつかまえて』のホールデン・コールフィールドまで遡りうる。また、父の不在と過剰な母子密着という戦後日本の家族病理は、しばしば指摘されてきたところだ。

「最終兵器彼女」は結末で、鉄骨のような無機物に変貌したヒロインちせの胎内で安らぐ少年を描いて終わる。『イリヤの空、UFOの夏』の終幕で、イリヤは「わたしも浅羽だけ守る。わたしも、浅羽のためだけに戦って、浅羽のためだけに死ぬ」と叫んで世界最終戦争に出撃する。ヒロインの言葉は、子のためにわが身を犠牲にして悔いない母のそれを思わせるのだが、セカイ系作品のほとんどは、母子一体の幼児的ナルシシズムと多形倒錯的なエロスを濃密に漂わせている。

これらの点を考慮すれば、「新世紀エヴァンゲリオン」で消去された、あるいは消去されようとしている「社会」とは、息子が父を象徴的に殺害し、大人になることで到達しなければならないとされてきた近代社会ということになる。日本のようにユダヤ・キリスト教的な父権主義が希薄な文化圏では、社会の消失は母子融合の閉じられた小ユートピア、あるいは歯のある女陰が子を喰らう小デストピアに帰結しがちだ。

市野川容孝は『社会』で、「社会的」という言葉の意味を次の四点に整理している。第一は「自然」、第二は「個人」、第三は「国家」との対比で把握される社会だ。自然と社会、個人と社会、国家と社会などの対立概念は理解しやすいが、しばしば日本では見落とされる第四の意味が「社会」、あるいは「社会的」には含まれているとも市野川はいう。

自然と対立する社会の起源は、人類の発生と同時だろう。長いこと人類は狩猟採集の自然経済を営んできた。この時期の社会は、外見的には猿の群れと変わらない、移動する小集団として存在した。生産経済がはじまると人間は定住し、動物の群れのような小集団は規模を拡大して生産の共同体になる。しかし農耕や牧畜を営む共同体でも、全員が顔見知りでありうる程度の規模は保たれた。

ある時点で国家が発生するが、国家と小規模な農耕共同体は外的に関係していたにすぎない。たとえば国家は治水や外敵からの防衛などのサーヴィスを提供し、共同体は貢納の義務を負うという具合に。諸共同体に君臨する王朝は幾度も交替したが、国家は共同体の頭上を通過していったにすぎない。また個人も、相互に独立した同型的・同質的な主体ではない。諸個人は共同体という粘着的な袋のなかで、魚卵のように密集し癒着していた。

狩猟採集社会や農耕社会では、息子は父親をロールモデルとして大人になるシステムが維持されていた。近代以前では、国家に対立する独自領域としての社会、息子が父を象徴的に殺害して到達しなければならない「社会」は、いまだ形成されていない。

長いこと人類は、互いに可視的な環境世界の内側で生きてきた。対人関係は目に見える範囲だし、自分で生産した穀物などは自分で消費するわけだから、行為とその結果も基本的には透明だった。自然力《クラフト》とは異なる由来の知れない社会的な力《マハト》が共同体に浸透してくるのは、生産物が共同体の外で売買され、さらに自己消費のためでなく、はじめから商品として生産されるようになって以降のことだ。

いまや共同体の農民は、自分の畑で作られた作物が、どこのだれに消費されるのかを知りえない。他方、どこのだれが生産したのかわからない布や道具を商品として購入し、ごく自然に使うようになる。しかも商品の価格は恣意的に変動する。商品経済に巻きこまれた農民は、生存の基礎が偶然に左右されていると感じざるをえない。商品経済の浸透によって伝統的な共同体は解体され、一方の極に裸の個人が大量に生まれる。他方の極には、不可視の他者が無数に存在し、その相互関係も見定めがたい複雑で混濁した世界が。しかし裸の個人は市民としての近代的主体ではないし、私を翻弄する混濁した世界もいまだ「社会」の域には達していない。

共同体の崩壊から生じた裸の個人の群れとは、ようするに群衆である。群衆は暴力をはらんでいる。ホッブズは群衆存在を狼に喩え、群衆の世界を自然状態＝戦争状態として捉えた。たしかに、群衆化は共同体の法から人間を解き放つ。伝統的な協働システムから放りだされた諸個人は、食物を争奪して殺しあいをはじめかねない。人間存在に本質的な暴力性を、共同体は犠牲祭儀として制度化していたのだが、共同体の解体は本質的暴力を無制約的なものとして氾濫させる。

ホッブズによれば、相互絶滅の恐怖から逃れるため諸個人は契約を締結し、国家《コモン・ウェルス》の主権を承認した。絶対主義的な国家主権が市民革命で国民主権＝国民国家主権に置き換えられても、基本的なしくみは変わらない。このようにして社会契約の主体である近代的な個人が、そして契約体としての社会《ソサエティ》が誕生した。形成された市民社会は、それ以前の伝統的共同体を分解し変型し、末端に共同体《コミュニティ》として従属的に組みこんでいく。家族を含めた可視的なコミュニティの一員であると同時に、契約体としてのソサエティの一員でもあるという二重の生を、近代人は生きることになる。

『共同幻想論』で吉本隆明は、対幻想（家族）と共同幻想（共同体）は「逆立」すると指摘した。しかし、この場合の共同体は、契約体としての「社会」を意味するのではないか。父を象徴的に殺害しなければ、息子は社会に到達することができない。ようするに家族と社会は逆立関係に置かれている。吉本は近代的な家族／社会の関係を近代以前の家族／共同体の関係に投影して、『共同幻想論』の論理を組み立てたようにも見える。

息子が父に反抗し、父と闘わなければならないのは、「社会」の構成員としては父も息子も対等の同型的・同質的な主体だからだ。家族内で父と息子は、一方的な権威／服従関係にある。この関係を拒否し、父を象徴的に殺害しない限り、息子は父と対等の存在として社会の構成員になることができない。

では、娘の場合はどうだろう。充分に成熟していない近代社会では、女性は二級市民である。参政権の獲得で女性の政治的解放がはたされて以降も、社会的な性差別はシステムとして温存された。性差別システムが徐々に解体され社会的解放が進むにつれ、女性もまた市民社会の構成員として、男性と同型的・同質的な主体になることが要求される。

未成熟な近代社会で娘は、前近代社会の息子が父をロールモデルとして「父＝男の大人」になるように、母をモデルに「母＝女の大人」となる。しかし女性の政治的・社会的解放が進行すると、娘もまた「息子」化せざるをえない。社会契約主体としての市民＝大人になるには、兄や弟と同じように父と闘争する必要があるからだ。しかも息子と違って娘は、モデルとしての母をも同時に拒否しなければならない。

成熟した近代社会に置かれた娘の運命もまた、「新世紀エヴァンゲリオン」では描かれている。少年（男）を対等のライヴァルと見なし、それとの競争に負けない少女（女）であろうとする「息子」化した娘のアスカは、伝統的な母娘関係に歪んだ形で固着し、そして自殺した母を拒まなければならないと感じている。

父との闘争を回避し、最後には現実拒否のひきこもり状態に陥るシンジの前に、社会は不可解な陰謀の錯綜した体系としてあらわれる。人類を単一生物に進化させるという秘められた目的のため、太古からゼーレは歴史を操作してきた。またゼーレ内でも主流派とゲンドウの一派は、人類補完計画の路線をめぐる対立から暗闘を繰りひろげている。

自立的な判断能力のある主体と主体が相互利益のために合理的に運営する、社会契約論的な社会像が失調するとき、またしても社会は暴力的な混濁した空間に回帰するだろう。由来もしれない、不可解きわまりない環境に突き落とされた者は、なんとかして環境を合理的に把握したいと欲望する。非合理な世界を無理にも合理化しようと努める場合、しばしば人は事象と事象の因果連関を妄想的に捏造し、陰謀論的思考に呑みこまれていく。

商品経済の浸透で貧富の差が生じた共同体は、急激に富みはじめた家を陰謀論的に了解し、犬神憑きなどの民間信仰を紡ぎだした。市場にアクセスできる機会や能力の相違が貧富の差をもたらしたのだが、それを共同体は犬神の呪力によるものとし、財貨を蓄積した家を差別するようになる。

「新世紀エヴァンゲリオン」のTV放映と同年に起きた地下鉄サリン事件だが、オウム真理教の陰謀論的思考は指摘するまでもないし、二〇〇〇年代に入るとネット上にはネタ（面白いから）とベタ（事実だから）を問わず、陰謀論的想像力が過剰なまでに溢れるようになる。

セカイ系が抹消した「社会」とは、ようするに社会契約論的な近代社会である。「新世紀エヴァンゲリオン」によれば、父の象徴的な殺害による同型的・同質的主体の世代的再生産の失調が、その根拠にはある。セカイ系作品では、世界を破滅させる「敵」の正体はしばしば謎に包まれ、その正体は最後まで明かされることがない。こうした設定もまた、社会領域が暴力的な混濁状態に回帰したことの反映に違いない。理解できない暴力的な混濁は、陰謀論的想像力をいたるところに瀰漫させる。

私の不幸や不遇や非本来性の感覚が、なんらかの人格的実体による「悪意」もしくは「攻撃」の結果だという陰謀論的思考は、ほとんどのセカイ系作品に多かれ少なかれ見られる。『イリヤの空、UFOの夏』では、正体不明の敵に対処する国家的な陰謀に巻きこまれた犠牲者がイリヤだし、抵抗できない国家意志で

「最終兵器」に仕立てあげられたヒロインが描かれる点は「最終兵器彼女」の場合も変わらない。
いずれも少年と少女を引き裂く不幸の原因は、国家＝大人の「陰謀」である。完成されたセカイ系作品「ほしのこえ」では、社会領域と相即的に陰謀論的想像力も消去されていた。しかし新海誠の劇場用長篇アニメ「雲のむこう、約束の場所」では、昏睡状態のサユリが国家の非情な意志で生体実験に利用されるという設定に、陰謀論的想像力の復活を見ることができる。
『ゼロ年代の想像力』の宇野常寛は、ＴＶアニメ「新世紀エヴァンゲリオン」以降のセカイ系作品を、次のように批判した。

この『エヴァ』の思想を一言で表現するなら、「世の中が正しい道を示してくれないのなら、何もしないで引きこもる」ということになる。もちろん、これは矮小なナルシシズムの発露に違いないが、同時に何が正しいことか誰にもわからず、何かを選択して対象にコミットすれば必然的に誤り、他人を傷つけ自分も傷ついてしまう九五年以降のポストモダン状況下における「〜しない、というモラル」の結晶であるともいえる。

宇野によれば「行為（〜する）ではなく設定（〜である）でアイデンティティを保つ登場人物＝キャラクターの承認をめぐる物語、より具体的には登場人物の精神的外傷を根拠にした実存の承認をめぐる物語――これが九〇年代後半の『引きこもり／心理主義』的想像力である」。しかも、セカイ系的な九〇年代後半の想像力は失効し、小泉改革の二〇〇〇年代前半には「『引きこもっていたら殺されてしまうので、自分の力で生き残る』という、ある種の『決断主義』的な傾向」の作品が、『バトル・ロワイアル』から「DEATH NOTE」まで、小説やアニメ、コミックやTVドラマの世界で前景化してきたという。

宇野常寛のセカイ系批判には、無視できない錯誤が二点ある。社会領域の消失がセカイ系を定義する以上、それを「九〇年代後半の『引きこもり／心理主義』的想像力」と等置するわけにはいかない。また「ある種の『決断主義』的な傾向」の作品が、社会領域の内的解体という二一世紀的な必然性をまぬがれているともいえない。

以上を第一とすれば、「ある種の『決断主義』的な傾向」の作品が、決断主義の域に達していない点が第二である。第二の錯誤が生じてしまうのは、「実存」や「承認」、ひいては「決断」など論の中心に位置するタームを、歴史的な先行事例と照合することなく安直に振り廻した結果だ。

二〇世紀的な文脈でヘーゲルの「承認」論が再発見されたのは、アレクサンドル・コジェーヴのパリ講義からだし、『存在と無』第三部第一章を参照すれば明らかであるように、初期サルトルの「実存」もコジェーヴ講義に触発されている。また「決断」は、一九二〇年代にカール・シュミットが、その政治理論の中核として提起した概念だ。

宇野が一九九五年以降、「新世紀エヴァンゲリオン」以降に新たに生じたとする実存、承認、決断などをめぐる問題系は、全体として二〇年代、三〇年代のそれの反復である。むろん単純な繰り返しではなく、正確には螺旋状の回帰であるとしても。

これは、かならずしも宇野一人の問題ではない。宇野が論を立てる上で参照した直接の先行者、肯定的には宮台真司、否定的には東浩紀などもまた、ポストモダニズム（八〇年代）が大戦間モダニズム（二〇年代）

の反復である事実に、さほど自覚的とはいえないからだ。大澤真幸のいわゆる「アイロニカルな没入」も、大戦間の青年を惹きつけた行動的ニヒリズムの再来である。

「あえて」の思想や「アイロニカルな没入」を論じるとき、どうして宮台や大澤は、三〇年代の否定神学的問題系との照合作業を回避してしまうのか。おそらく、そこにはポストモダニズム世代の無意識的な抵抗が介在しているのだろう。

宇野常寛は「新世紀エヴァンゲリオン」の思想を、「九五年以降のポストモダン状況下における『〜しない、というモラル』の結晶」と特徴づけた。しかし、このような把握は部分的かつ一面的である。「新世紀エヴァンゲリオン」を原点とするセカイ系作品は、社会契約論的な社会像の失調を正確に反映していた。宇野が語る「九五年以降のポストモダン状況」なるものは、例外状態の社会化という観点から再検証されなければならない。

2

ホッブズの社会契約論はロックとルソーを経由して、法の支配を原則とする立憲国家の構想にいたる。アメリカ革命やフランス革命によって実現された立憲国家でも、クーデタや大災害、内乱や戦争など法体制が地方的あるいは全国的に麻痺、解体状態に陥る場合がある。これを、カール・シュミットは「例外状態」と定義した。

例外状態とは憲法秩序と法の支配の崩壊である。法の支配の前提に社会契約論的な「社会」があるとすれば、例外状態の出現は同時に社会の消失を意味するだろう。シュミット政治理論の中核に据えられた例外状態とは、ようするに社会消失状態にほかならない。

第二次大戦前の日本では、一九〇五年の日比谷焼打事件、二三年の関東大震災、三六年の二・二六事件に際して、緊急勅令による「行政戒厳」が発令された。明治憲法体制の戒厳令には、戦時下の臨戦地域や合囲地域（敵軍に包囲された地域）などを対象に、法の部分的あるいは全面的な停止、軍による行政権や司法権の掌握などの規定があるにすぎず、この要件を満たさない二・二六事件などの場合は、戒厳令に準じる行政措置がとられた。

例外状態 Ausnahmezustand は、緊急事態・非常事態 state of emergency と英訳される。法体制が麻痺、解体状態に陥る緊急事態には、国家が緊急権を発動して秩序の回復をはからなければならない。国家緊急権を正当化する条項は、明治憲法の非常大権やワイマール憲法の大統領独裁権など、あらかじめ憲法に記載されている場合が多い。戒厳令や行政戒厳は国家緊急権の具体例である。法の支配を原則とする立憲国家は、ときとして、法の停止を意味する国家緊急権を発動せざるをえない。法治国家は、このような逆説を必然的にはらんでいる。

シュミットが例外状態を論じた背景には、第一次大戦中のドイツで形成された総力戦体制がある。総力戦体制は国民一人一人の精神と身体を微細なレヴェルまで、戦争遂行に不可欠の資源として徹底的に計算し、管理し、動員しようと努めた。これは立憲国家や法の支配とは根本的に異質な発想で、国民を人口として把握し、「繁殖や誕生、死亡率、健康の水準、寿命、長寿」（ミシェル・フーコー『知への意志』）に配慮する生権力の極限化として生じている。フーコーによれば、「生きさせるか、死の中に廃棄する権力」が生権力である。

総力戦体制は銃後の国民を戦争遂行のために否応なく「生きさせ」、兵士を大量死の運命が待ちかまえる前線の塹壕に「廃棄」した。

近代的な立憲国家の理想を純粋化したワイマール共和国は、そもそも大戦後ドイツのレーテ革命と、革命を鎮圧した反革命暴力という例外状態から生じ、ナチス革命という第二の例外状態に呑みこまれて消滅した。またドイツの東方には、例外状態を構造化したボリシェヴィキ国家が存在してもいた。そして歴史は世界的な規模で、第二次大戦という巨大な例外状態に雪崩れこんでいく。

社会契約論による立憲国家と法の支配は、すでに二〇世紀前半の時点で根本的な危機に見舞われていた。契約主体としての相互承認システムは崩壊し、一九世紀的な市民は二〇世紀的な群衆＝実存に変貌し、社会契約論と自由放任論に代表される「大きな物語」の崩壊が「あえて」する決断、無根拠な決断を主導的な時代思潮に押しあげていく。宇野常寛や彼が参照した東浩紀の論では不明確だが、大きな物語の崩壊は一九八〇年代以降のポストモダン状況に先立ち、すでに第一次大戦後の時代に生じていた。

一九二〇年代ドイツを代表する決断主義の巨人はハイデガー、シュミット、ユンガーだし、ヴェイユ、バタイユ、ブランショ、サルトル、ラカンなど三〇年代フランスの否定神学的思考にも、程度の大小はあれ決断主義が影を落としている。

ナチズムのドイツとボリシェヴィズムのロシアは、第一次大戦の総力戦体制を極限化した「例外国家」、例外状態を構造化した国家である。それは例外状態を強制＝絶滅収容所として組織化し、国家体制の核心に組みこんだ事実からも明白だろう。収容所は、違法者を拘禁する監獄とは原理的に異なる権力装置だ。一九世紀的な法治国家では、法に反した「行為」が処罰の対象となる。しかし二〇世紀的な例外国家では、ユダヤ人や反革命分子のような「存在」それ自体が排除され、拘禁され、抹殺される。「行為（～する）ではなく設定（～である）でアイデンティティを保つ登場人物＝キャラクター」を、宇野常寛はセカイ系の特徴としてあげていたが、それは強制＝絶滅収容所の原理にほかならない。収容所で大量虐殺されたユダヤ人は、「行為（～する）ではなく設定（～である）」によって絶滅対象というアイデンティティを強制され、完璧な非承認の地獄に放りだされたのだ。「行為」は一九世紀の法的支配に、「設定」としての存在は二〇世紀的な例外状態に対応する。

この点からいえば、セカイ系的なキャラクターはジョルジョ・アガンベンのいわゆる「剝き出しの生」に通じている。それはまた、物語に依存しない「キャラ」一般にもいえるかもしれない。ナチ収容所の「ムーゼルマン」は、あるゆる物語化の可能性を剝奪された「剝き出しの生」だった。だからこそ、収容所体験を「語る」ことは可能なのかというアポリアが生じた。

第二次大戦後に西側先進諸国は、大戦中の総力戦体制を「平和」的形態で継続し、未曽有の「ゆたかな社会」（ガルブレイス）を築きあげる。また、アメリカを盟主とする西側先進諸国では一九世紀的な憲法体制が回復され、大過なく維持されてきたように見える。アルジェリア戦争で内乱状態に陥った一九六〇年前後のフランスを例外として、日本を含む西側先進諸国が例外状態に直面したことはない。パリのバリケード戦と労働者の全国ゼネストのため、六八年五月には例外状態に片足をかけたフランスを含め、六〇年代後半の大衆ラディカリズムの爆発にも、西側諸国は国家緊急権を発動することなく法の範囲内で対処しえた。

ナチス国家やボリシェヴィキ国家と対抗するためにも、第二次大戦後の西側諸国は自由と民主主義の旗を掲げ続けた。かつて人類が経験したことのない「ゆたかな社会」は、憲法体制に挑戦するような反乱やクーデタの危険性を、事前に封じこめることに成功した。
市野川容孝はドイツ基本法から「ドイツ連邦共和国は、民主的、かつ社会的な連邦国家である」、フランス憲法から「フランスは、不可分の、世俗的、民主的、かつ社会的な共和国である」を引用し、「今の日本の社会学者で、この『社会的な国家』が何を意味するのかを即答できる人は、そう多くないはず」だと皮肉にいう。

答えを先に言おう。ドイツやフランスの「社会的な国家」にほぼ相当する日本語は、「福祉国家」である。（略）日本ではもっぱら「福祉国家」という表現だけがなされ、これを「社会的な国家」と表現することが皆無に等しいのは、なぜなのか。

市野川が注目した「社会的国家」には、無視できない二面性がある。市民革命が目標として掲げた「自由」と「平等」は、職業や居住の自由もない封建的制約と身分的特権を「敵」とする限りでは無矛盾的、相互補完的だった。しかし市民革命が達成されて以降、自由と平等は理念的に対立しはじめる。自由な競争は富と貧困の社会的対立を激成し、平等の原理は損なわれ、第三身分として一括されていた市民革命の主体も資本家階級と労働者階級に分裂していく。
「ヘーゲル法哲学批判序説」のマルクスは、市民革命による政治的解放は、社会的な解放を意味しないと語った。自由と平等の法的な保障は、実質として社会的な不自由と不平等を拡大し続けていると。「社会的国家」の理念はこのような批判から生じている。政治的な自由と平等を社会的に実質化するものとしての社会的国家とは、簡単にいえば国家による再分配システムだろう。

平等の原理による再分配や社会政策、福祉政策の実施は民衆の要求であると同時に、例外国家による生権力の二〇世紀後半的な展開でもあった。諸個人を微細な権力の網目に縫いこんでいくことは、一方で管理と監視、他方では再分配と福祉の高度化に帰結する。第二次大戦後に西側先進諸国は、総力戦体制を「平和」的形態で継続し、また人類の存亡を賭金とした米ソの核脅迫＝冷戦の国内体制として「ゆたかな社会」を築きあげた。

例外状態を構造化した国家、例外国家には二つのパターンがある。第一がナチス国家やボリシェヴィキ国家に代表される収容所型の例外国家だとすれば、第二はニューディールのアメリカを原型とし、第二次大戦後に西側先進諸国で実現された「ゆたかな社会」型の例外国家である。二〇世紀後半の米ソ冷戦は、収容所型例外国家と「ゆたかな社会」型例外国家の覇権をめぐる闘争だった。

もしも選択可能であれば、民衆の大多数は収容所国家でなく福祉国家を選ぶだろう。一九八九年、東欧社会主義政権の連続倒壊によって米ソ冷戦は終結する。二年後には、半世紀におよんでアメリカと世界の覇権を争奪したソ連も崩壊した。こうして歴史は二一世紀に移行する。

一九八〇年代からイギリスとアメリカでは、オイルショック以降の構造不況と財政危機の圧力から、「ゆたかな社会」の根本的な再編成が模索されはじめる。社会主義の崩壊が、ネオリベラリズム的改革を決定的に加速した。「社会など存在しません、あるのは個人と家族だけです」という「名言」に着目すれば、皮肉なことにマーガレット・サッチャーこそセカイ系の元祖ともいえる。セカイ系的な闘わない、闘えないひきこもり少年を、「鉄の女」サッチャーは侮蔑するだろうが。

ネオリベラリズム的改革で消去される「社会」は、むろん社会契約論的な社会ではない。それは「社会的国家」としての社会、二〇世紀後半の福祉社会である。社会主義の崩壊以降に露出してきた格差／貧困の二一世紀社会は、二〇世紀後半に実現された「ゆたかな社会」の自己否定のようにも見える。しかし例外状態を構造化している点で、両者はシステム的に連続している。

達成された完全雇用と完備された社会福祉が、「ゆたかな社会」では法的な外在性を超えて諸個人の生と死を微細に把捉していた。そしてポスト「ゆたかな社会」は、監視／管理の精密なネットワークが新たに諸個人を捉えつくそうとする。

前者では国家が例外状態を構造化していた。しかし後者では、例外状態の社会化が急速に進行する。二〇世紀を例外国家の時代とすれば、二一世紀は「例外社会」の時代になるだろう。

セカイ系作品で消去された「社会」とは、社会契約論的な社会であるばかりか、二〇世紀後半の福祉社会、「ゆたかな社会」でもある。アメリカやEU諸国では、第二次大戦後の高度経済成長が一九七〇年代前半に終熄し、不況とインフレと失業に悩まされるようになる。八〇年代まで繁栄を持続しえた日本も、九〇年代には未曽有の大不況に襲われた。

バブル崩壊後の数年間は、到来した不況も短期的な景気循環の一局面にすぎないという理解が一般的だった。護送船団方式や終身雇用制や年功序列賃金など、「平和」的な形態で第二次大戦後も持続された総力戦体制、日本型経済システムが構造不況の原因ではないかと語られはじめた一九九五年には、阪神大震災と地下鉄サリン事件が全国を揺るがせる。

日本でネオリベラリズム的改革が本格化するのは、二〇〇一年に誕生した小泉政権下のことだ。小泉政権が終わる〇六年には、日本社会の格差化／貧困化が誰にも無視できない露骨な現実となる。小泉政権下の五年間で、日本もまた「ゆたかな社会」型の例外国家から二一世紀的な例外社会に移行した。

セカイ系が頂点を迎えたのは、小泉改革がはじまろうとしている頃のことだ。ネオリベラリズム的改革が進行するにつれ、しだいに「新世紀エヴァンゲリオン」的なセカイ系作品の影響力は低下していく。その背景を、宇野常寛は次のように特徴づけた。

> アメリカの同時多発テロ、あるいは同年よりはじまった小泉純一郎首相によるネオリベラリズム的な「構造改革」は、「たとえ無根拠でも中心的な価値観を選び取る」「相手を傷つけることになっても対象にコミットする」といった「決断主義」の潮流を大きく後押しした。理由はひとつ。「そうしなければ、生き残れない」からだ。

宇野が想定する「『万人が決断主義者となって争う』動員ゲーム＝バトルロワイヤル状況」とは、「マクロには原理主義者によるテロリズムの連鎖であり、ミクロには『ケータイ小説』に涙する女子高生と『美少女（ポルノ）ゲーム』に耽溺するオタク少年が互いに軽蔑しあう学校教室の空間である」。

9・11にはじまる「原理主義者によるテロリズムの連鎖」と、〇〇年代日本のカースト化された教室やネット上での「抗争」を、「『万人が決断主義者となって争う』動員ゲーム＝バトルロワイヤル状況」として無造作に同一視できる想像力の貧困は、例外状態の意味するところを理解しえていない結果である。

〇〇年代のイスラム革命運動に匹敵する千年王国主義的暴力が、日本を含めた先進諸国に波及するのは二〇一〇年代のことだろう。その予兆を九〇年代後半以降に見ようとするなら、宅間守から加藤智大にいたる無差別殺傷事件に注目しなければならない。カースト化された教室でのサバイバル競争やネット炎上など、これらの事件と比較すれば瑣末な事例にすぎない。

いわば宅間とは歩く例外状態、あるいは人間の形をした例外状態である。理由はどうであれ宅間守は社会契約を破棄し、契約体としての社会から離脱した。ホッブズの論理からしても、契約外の個人と社会は自然状態＝戦争状態に突入する。たった一人で社会と戦争状態に入った宅間は、「敵」のもっとも弱い部分を狙って、自滅覚悟の先制攻撃をかけるしかない。このようにして、小学生を対象とした無差別殺傷事件は惹き起こされた。

社会契約を破棄し、社会にパルチザン戦争をしかけた宅間にたいし、社会の側が法的な処罰を加えることは欺瞞的である。ジョルジョ・アガンベンのいわゆるホモ・サケルとして、社会は宅間を処遇するしかない。殺人事件の被告にも保障された法的権利を剝奪し、絶対化された「敵」として宅間を抹殺すること。再審を拒否し、一刻も早い処刑を求めた事実からも窺えるように、敵の殲滅を目的化した絶対戦争の兵士として処遇されることを、宅間もまた望んでいた。

宅間のような大量殺人者の存在は、社会契約論という大きな物語の無底性を直截に暴露する。カール・シュミットが例外状態を論じたのは、まさに大戦間の時代、宅間のように社会契約から離脱しかねない群衆が街路に溢れていたからだ。群衆とは、また実存でもある。ハイデガーの現存在もサルトルの対自存在も、孤独のうちに神と対面するキルケゴール的実存を先行者としているが、両者は決して同一ではない。社会契約論や自由放任論という大きな物語の崩壊から生じた、大戦間のドイツやフランスの群衆存在を、ハイデガーやサルトルは「実存」として捉え直した。

実存としての群衆の倫理が、いわば無根拠な決断である。社会契約の自己解除を宅間は決断し、加藤もまた決断したのだろう。大戦間の決断主義的思考が問題にしたのは、このような「決断」にほかならない。教室でのサバイバル競争やネット炎上を参照例として決断主義を語るのは、とほうもない勘違いといわざるをえない。

むろん両者が完全に無関係とはいえないだろう。ネット上に自虐的な書きこみを続けていた加藤が、無差別殺人者に変身したのだから。としても、両者には決定的な断絶がある。無根拠な決断だけが、この断絶を超える。われわれの社会は一九九五年以降、社会契約を破棄して歩く例外状態と化した例外人を、少数とはいえ断続的に生みだし続けてきた。宅間から加藤にいたる無差別殺人者たちは、二〇一〇年代という群衆化の時代を予兆している。

「世の中が正しい道を示してくれないのなら、何もしないで引きこもる」ところに、宇野常寛は「『エヴァ』の思想」を見た。しかし「新世紀エヴァンゲリオン」などのセカイ系作品ではなく、宇野がそれを喩えるために召喚した「ひきこもり」それ自体が、バブル崩壊から小泉改革を経過して格差化／貧困化の露出にいたる、九〇年代前半から〇〇年代後半までの過渡期の産物だった。二〇世紀後半の「ゆたかな社会」型例外国家から、二一世紀型の例外社会への過渡期である。

過渡期の前半（九〇年代後半）を宇野はセカイ系の時代と、後半（〇〇年代前半）を決断主義の時代と規定する。しかし大戦間の「決断」思想を前提とするなら、いまだ決断主義の時代は到来してはいない。

宇野によれば、〇〇年代の決断主義系作品群の嚆矢は高見広春『バトル・ロワイアル』だが、この作品は全体としてセカイ系のパラダイムに内属している。国家の陰謀によって、教室の一員という社会的アイデンティティを剝奪された生徒たちは、一瞬にして群衆化し、「万人にたいして万人が狼である」（ホッブズ）自然状態＝戦争状態に突入し、孤島ではバトル・ロワイアルが展開される。

陰謀による社会領域の剝奪と消失、戦争状態の到来など、『バトル・ロワイアル』はセカイ系の構図を忠実に踏襲している。異なる点があるとすれば、主人公が「主体」的に闘うことだ。闘争の対象は、疑似的な父親としての「プログラム担当教諭」坂持である。しかし闘う少年のキャラクターは、「巨人の星」や「あしたのジョー」の昔から、マンガやアニメの世界では定番だった。星飛雄馬も矢吹丈も、闘うことで大人になるという教養物語のヒーローである。すでにセカイ系が、そうした社会化＝大人化の論理の失効を暴露していた。

教室という形で子供に与えられていた「社会」が、たしかに『バトル・ロワイアル』では崩壊する。しかし物語の主人公は、闘うことで大人になろうとするわけではない。そうした近代の予定調和的な回路は、すでに失われている。少年を血まみれの戦場に押しやるのは、「そうしなければ、生き残れない」という現実だ。この場合、「生きる」という価値は少しも疑われていない。闘う「決断」は、「生きる」という至上命令の一契機にすぎない。このような「決断」は健全であり、決断主義的な「決断」の二〇世紀的な倒錯性とは無縁である。

農村共同体の分解による群衆化、ホッブズによれば自然状態＝戦争状態という無政府状態を新たに秩序化するものとして、「社会」は誕生した。中心に位置したのは社会契約の理念だが、補足的には「《精神》の弁証法、意味の解釈学、理性的人間あるいは労働者としての主体の解放、富の発展」（ジャン＝フランソワ・リオタール『ポスト・モダンの条件』）などの「大きな物語」をあげることもできる。しかし、いずれにしても最大の「大きな物語」だった社会契約の理念が失効した以上、第一次大戦後の時点で大きな物語の時代は終焉していた。

群衆の時代はニヒリズムの時代でもある。共同体の神を殺害した第一の群衆化の時代はもちろん、社会という「神」が衰亡した第二の群衆化の時代（大戦間の時代）にしても。偽心なく社会を信仰し、社会と確実に繋がることで一九世紀的な近代人は生の意味を実感しえた。群衆の世界である無意味の荒野は、社会という理念によって秩序化され有意味化された。

近代人にとって、決断は行為の契機にすぎない。あらかじめ有意味な目的があり、それを実現するために必要な手段として行為がある。目的と行為を媒介する契機が決断だ。もはや目的の有意味性が信じられないとき、人は行為する動機を失う。しかし無行為の状態に、人間は耐えることができない。無行為という苦痛から逃れようとして、人は目的のない行為、意味のない行為に向かう。

どのような場合でも、行為には複数の選択肢がある。どの行為を選択するか、その基準が目的や意味だ。目的や意味がなければ、特定の行為を人は選択することができない。しかし、それでも行為しなければならない。このディレンマから「決断」という契機の自立化と目的化が、ようするに決断主義が生じる。なにを選んでもいいが、とにかく選ばなければならない。なにかを選ばなければ、行動することができないからだ。

しかし人は、まったく無根拠に選択することにも耐えられない。そこで持ちだされる最後の基準が、行為の強度だ。選択可能な行為にはそれぞれ質的な相違がある。犠牲の少ない行為もあれば、極限では死を意味するような苛酷な行為もある。意味が与えられていない諸行為から、あるひとつの行為を選択する基準は、行為の強度しかない。強度の高い行為は、より高い生の燃焼感をもたらすだろうから。そこで人は、意味や目的という点では空虚だが、より強度の高い行為に向かうために「決断」する。決断に根拠はない。無根拠に「あえて」する決断こそ、大戦間の思想に顕著な決断主義である。[2]

ホッブズがモデル化した群衆化状況でも、人は契約に応じることを決断した。この決断には生命や財産を守るためという根拠がある。しかし大戦間に現出した第二の群衆化状況では、生命の動物的自然性さえもがすでに信じられていない。むしろ反対に、生命を危険にさらす可能性が高ければ高いほど、それを唯一の根拠として人は、ある行為を決断する。これが群衆化状況の二〇世紀的な帰結だった。

『バトル・ロワイアル』の主人公は、「そうしなければ、生き残れない」から闘う。ここにはニヒリズムを前提とした二〇世紀的な決断、形式化された空虚な決断は存在しない。この小説は多くの点でセカイ系の構図を踏襲しているが、主人公が安直に「闘って」しまえる点で、セカイ系以前のバトルものを水準として引きずっている。

少年マンガの世界では一九八〇年代まで、「少年ジャンプ」的な「友情、努力、勝利」の物語が生きていた。これに「恋愛、遊戯、日常」を対置したのが、「少年サンデー」のラブコメものである。「友情、努力、勝利」とは、いうまでもなく近代的な教養物語の少年版で、ヘーゲル的な「人倫、教養、精神」に重ねることができる。父を象徴的に殺害した少年は人格的完成の峰をめざし、労働と教養の弁証法的過程を辿らなければならない。社会はホッブズ的な政治社会であると同時に、アダム・スミス的な経済社会でもある。

しかし連載の過程で「ドラゴンボール」が、「友情、努力、勝利」の物語からアクションとしての刺戟を追求するバトルものに変質していったように、少年マンガの場面でも教養主義はしだいに空洞化していく。

「ドラゴンボール」の連載終了（一九九五年）は、肉体バトルものが限界に達したことを示した。この年は、いうまでもなく阪神大震災と地下鉄サリン事件の年であり、また「新世紀エヴァンゲリオン」がＴＶ放映された年でもある。肉体バトルものを変型しながら引き継いだのが、「金田一少年の事件簿」や「名探偵コナン」に代表される頭脳バトルものだった。

宇野常寛が〇〇年代前半の「決断主義」的作品群としてあげる作例は『バトル・ロワイアル』以降、「DEATH NOTE」から「LIAR GAME」まで、「金田一少年の事件簿」を継承した頭脳バトルものである。頭脳バトルでもバトルだから、とにかく主人公は闘わなければならない。しかし夜神月《ライト》や秋山深一の闘争は、社会崩壊による無根拠な決断によるものとはいえない。

「DEATH NOTE」のライトは、犯罪が根絶された理想社会を築こうとする。この点でライトは、いまだ社会を信じているように見える。しかし理想社会を実現する方法がデスノートである以上、すでに社会という理念は解体しているといわざるをえない。死神のデスノートを所有して無制約的な大量殺人者になるライトは、宅間守のような例外人の想像的極限である。ライトが一方的に犯罪者を殺戮し続ける世界とは、法による支配が失効した例外状態にほかならない。ようするに社会は崩壊している。

このように社会領域の消失という点では、「DEATH NOTE」もまたセカイ系の系譜に属する。ライトは理想社会をめざして「闘う」が、『バトル・ロワイアル』のように闘わなければ「生き残れない」からではない。社会正義をめぐる倒錯的観念が、ライトの大量殺人行為を駆動している。この点で「DEATH NOTE」は、『バトル・ロワイアル』よりも二〇世紀の無根拠な決断主義に接近している。

しかしライトは、そして「DEATH NOTE」という作品もまた、無根拠な決断を必然化した社会崩壊と例外状態を、独自のものとして主題化することはない。例外状態を惹き起こしたライトと、社会の全面崩壊を回避しようとする名探偵Lの頭脳バトルとして、物語は進行していく。

デスノートという超常的な武器を手にした倒錯的観念家が、例外状態を惹き起こし、社会を消失させたわけではない。すでに社会崩壊に見舞われていたからこそ、ライトは大量殺人による理想社会の実現を「決断」したのだ。この決断は無根拠である。だから観念的にしか正当化できない。しかしライトは、おのれの決断の無根拠性に少しも自覚的ではない。作品自体はライトの倒錯的観念を批判的に相対化しようと努めているが、その根拠はカール・シュミットが規範主義として非難したところの、法の支配という空虚な理念にすぎない。[3] ライトのような例外人が生じてしまう必然性と、正面から主題的に格闘しているとはいえない。

大戦間の時代に露出した例外状態は、第二次大戦後の西側先進諸国では「ゆたかな社会」型の例外国家のもとに包摂されていた。二〇世紀後半的な例外国家の崩壊は、日本ではバブル崩壊の一九九〇年代前半から、小泉改革の結末が誰の目にも明らかになった二〇〇〇年代の後半まで、一〇年ほどの時間をかけて徐々に進行する。ひきこもり型のセカイ系も頭脳バトル型のセカイ系も、こうした過渡期の産物にすぎない。

ひきこもり型のセカイ系が存在しえたのは、戦後日本経済の固有性に根拠がある。第二次大戦が終結した時点で、先進諸国は新たな高度経済成長の条件を与えられていた。戦災からの復興という膨大な需要が存在し、それを可能とする国際的な資金循環も整備された。大戦中に進行した生産性の向上に加え、家電と自動車に代表される新たな基軸商品も準備されていた。

大戦後の高度成長のためには、膨大な新規労働力が必要とされる。資本主義的に分解可能な農村労働力がすでに枯渇していた西欧諸国では、旧植民地・従属国の移民労働力が経済成長を支えることになる。しかし、日本では条件が違った。第二次大戦終結の時点でも後発資本主義国の日本は、農村部に膨大な過剰労働力を抱えていたからだ。

一九五五年にはじまる集団就職列車は、二〇年後の七五年まで続いた。若年労働力を農村部から膨大に吸いあげることで、戦後日本の高度成長は達成されえた。イギリスやフランスやドイツのような移民労働者問題を、いまのところ日本が抱えないですんでいるのは、この結果にすぎない。

欧米諸国ではオイルショックを画期として、一九七〇年代の初期に戦後高度成長は終わり、構造不況とインフレに直撃される。日本だけが二次にわたるオイルショックを乗り越え、八〇年代の末まで好況と経済成長を維持しえたのもまた、農村に滞留していた相対的過剰人口を活用しえた結果である。

一九七〇、八〇年代にも日本経済が好調を持続しえた理由として、終身雇用制や年功序列賃金などの日本的経営が注目された。大量に導入された新規労働者が同国民だったから、終身雇用と年功序列も効果的に機能しえた。言語的な意思疎通さえ不充分な移民労働者は、低賃金の非熟練労働にしか向かない。企業にたいする忠誠心や、「カイゼン」のような現場からの創意動員のシステムも、国内で過剰労働力を調達しえた戦後日本資本主義の例外的な条件によって可能ならしめられた。

終身雇用と年功序列の日本型賃金システムでは、生涯就業期間の前半は労働生産性に比して低賃金、後半は高賃金である。大雑把にいえば二〇代、三〇代の被雇用者は賃金の一部を企業にいわば「貯金」し、住宅ローンや教育費などで家計が膨張する四〇代、五〇代にそれを取り崩すというシステム。就職列車世代の中核を団塊の世代とすれば、この世代が四〇歳を超えたのが一九八〇年代の終わり頃だ。それ以降、日本の企業は「貯金」を取り崩して、中高年被雇用者の賃金に充当することになる。

バブル崩壊を引き金とする一九九〇年代の大不況の背後には、プラザ合意による円高誘導と過剰流動性の極大化から生じた土地バブルや株バブルとは直接に関係しない、以上のような構造的な労働力問題が潜在していた。欧米に二〇年ほど遅れて、日本もまた第二次大戦後の高度成長の終焉に直面したにすぎない。しかし、高度成長の終わりと構造不況の到来が家計にまで露骨におよびはじめたのは〇〇年代の後半、画期としては団塊の大量退職がはじまる二〇〇七年のことだ。

過渡期の一〇年以上、企業は不況に苦しみ、リストラで職場から放りだされる中高年社員も見られたが、大多数は企業内労働組合に守られ終身雇用の恩恵を享受し続けた。就職氷河期に直面した団塊ジュニアの大多数も親に経済的に依存することで、ある時点まではパラサイトシングルとして豊かな生活を謳歌し、その後もワーキングプアやアンダークラスに転落することは回避しえた。しかし二〇〇七年を期して、親世代の家計に構造不況の波が必然的におよびはじめる。

これまでのような団塊の親世代による経済的支援は期待できず、自前で生活しなければならない状況に直面しつつある就職氷河期世代の団塊ジュニアが、将来の生活不安に怯えはじめたのは当然のことだ。大戦間の時代にも匹敵するだろう群衆化の大波は、これから到来する。われわれが群衆、実存、決断という否定神学的問題系を、ハイデガーやシュミットの時代への螺旋的回帰として体験するのは二〇一〇年代のことだろう。

少年が社会を拒否してひきこもりえたのは、籠もるべき自室が、ひいては親が購入し維持してきたマイホームが存在したからだ。社会を拒否してひきこもる選択が可能だったのは、子の世代では戦後日本的な「社会」のリアリティが崩壊しながらも、親の世代は高度成長の余波を享受しえた過渡期の十数年にすぎない。

親のほうも年金の不安に加え、一〇年後には多くが介護を必要とするようになる。

非正規雇用の団塊ジュニアは、これにどう対処しうるのか。黙って餓死するか自殺するか、でなければ社会契約を廃棄して社会の外に出るという決断が、いまやリアルな可能性として提起されている。社会から離脱した者は、宅間守や加藤智大のように自滅的なパルチザン戦争を社会にしかけるしかない。宅間や加藤による大量殺傷行為は、こうした意味で「無差別テロ」だった。あと一〇年という猶予は、二〇〇八年秋の金融危機と世界同時不況で大幅に短縮された。加藤事件のような「無差別テロ」が頻発するだろう一〇年代こそ、本来の意味で「決断主義」の時代である。

一方にひきこもり型のセカイ系が、他方に頭脳バトル的なセカイ系が、多少のタイムラグをはらみながらも共存してきたのが、一九九五年から二〇〇七年までの十数年だった。どちらも「ゆたかな社会」型例外国家が例外社会化する、中間的な過渡期の産物といわざるをえない。同じ時代的条件から派生した二者を時系列的に配置し、それらの優劣を時代的リアリティというモノサシで序列化できると思いこんだ、宇野常寛の錯覚はすでに明らかだろう。

宇野がカテゴリー的に分割する「セカイ系」と「決断主義」の潮流は、社会領域が消去されているという点で、いずれもセカイ系的である。しかも後者は、これから到来するだろう一九三〇年代に匹敵する決断主義の域には達していない。

3

「新世紀エヴァンゲリオン」を起点とする一九九〇年代後半から二〇〇〇年代前半までのセカイ系潮流に、決定的な転換をもたらしたアニメ作品が「コードギアス　反逆のルルーシュ」（TV放映は二〇〇六年〜〇七年）、続篇「コードギアス　反逆のルルーシュR2」（同、二〇〇八年）だった。『バトル・ロワイアル』や「DEATH NOTE」の微温的な疑似決断主義が、「コードギアス」ではまったく異なる水準に達している。セカイ系のアニメとして、九〇年代の「新世紀エヴァンゲリオン」に匹敵する画期性を「コードギアス」には認めるべきだろう。

閉じられた小状況とグローバルな大状況の直結、架空条件のもとで演じられる頭脳バトルをはじめ、先行するセカイ系作品の主題や設定、世界観やキャラなどを「コードギアス」もまた忠実に継承している。たとえば主人公ルルーシュの父親で、神聖ブリタニア皇帝シャルルたちが推進する秘密計画「ラグナレクの接続」は、人類の集合的無意識への回帰をめざす点で「新世紀エヴァンゲリオン」の人類補完計画を想起させる。また超能力「ギアス」は、物語の装置として「DEATH NOTE」のデスノートに対応する。

ギアスやデスノートのような架空の設定による頭脳バトルもので、初期の達成として注目されるのは、「少年ジャンプ」に連載された荒木飛呂彦「ジョジョの奇妙な冒険」の第三部以降だろう。古典的な謎解き小説をモデルにした「金田一少年の事件簿」では、われわれが生きる現実世界の世界律を前提として、探偵と犯人が頭脳バトルを繰り広げる。この世界では謎を解明するに際して、たとえば物理法則を疑うような必要はない。

新本格ミステリには、山口雅也『生ける屍の死』を嚆矢とし、『七回死んだ男』をはじめ西澤保彦が多彩に試みた架空世界型の探偵小説がある。これに対応するのが「ジョジョの奇妙な冒険」で、「スタンド」をめぐる架空の世界律が頭脳バトルの前提となる。

しかしデスノートとギアスには、架空世界型の頭脳バトルの前提をなす「設定」という以上の意味がある。デスノートを所有するライトは法秩序の外に立ち、犯罪者を大量殺戮する。この点で主人公の少年は、すでに社会契約から離脱した存在だ。無自覚な権力欲と表裏でもある、ライトの倒錯的な理想主義によって社会は例外状態に追いこまれる。

「コードギアス」の谷口吾郎は、ハードSFアニメ「プラネテス」で注目を集めたアニメ監督だ。アルフレッド・ベスター『虎よ、虎よ!』に代表される、超能力者による世界の変革という構想をはじめ、「コードギアス」にはSF小説の影響も無視できない。たとえば帝国の運命をめぐる陰謀劇、民族解放闘争、人類の霊的進化などのモチーフを、このアニメはフランク・ハーバート『デューン』連作と共有する。

「コードギアス」の舞台は、北米を本拠地とする神聖ブリタニア帝国が世界の半分を支配するパラレルワールドだ。ブリタニア宮廷の権力抗争で母マリアンヌは死亡し、主人公のルルーシュは歩行能力と視力を失った妹ナナリーと二人、皇帝シャルルの命で日本に追放される。ブリタニア帝国による日本侵攻後は、トウキョウ租界で妹と身分を隠して暮らしていた。もしも皇子であることが知られた場合、母を暗殺した正体不明の敵に狙われる危険性があるからだ。偶然に出遇った謎の少女C.C.からギアスの力を与えられたルルーシュは、母を殺害し自分たち兄妹を追放したブリタニア帝国への復讐を決意する。

ギアスには複数のパターンがある。ルルーシュに発現したギアスは、ある条件のもとで、他人の意志を望むようにコントロールできる能力だ。ギアスを駆使したルルーシュは仮面の男「ゼロ」として、日本独立＝植民地解放のパルチザン部隊「黒の騎士団」のリーダーとなる。

ブリタニア帝国は世界最大の勢力だが、物語の現在でも中華連邦やEUと戦争を続けている。国名さえ喪失して「エリア11」と称される植民地日本は、日本人＝「イレヴン」によるパルチザン闘争が頻発している。対外戦争はむろんのこと、物語の冒頭で描かれる「シンジュクゲットー」襲撃のようなパルチザン闘争もまた例外状態をもたらす。さらにいえば、母親を殺害され、暗殺の脅威から逃れるためトウキョウの一角に潜伏中のルルーシュは、あらかじめ帝国の法秩序から追放されていた。

ギアスもデスノートと同様、自由な主体による社会契約という理念への決定的な挑戦である。例外状態の人格化という点で共通するライトとルルーシュだが、しかし、その意味するところは大きく異なる。ライトはデスノートの力で社会を例外状態に突き落とすのだが、ルルーシュはギアスの力を得る以前から、恒常化された世界戦争や植民地日本の解放闘争に加え、自身と妹の安全や生命さえ法的保護が期待できないという意味で、すでに社会秩序の外に排除されていた。あらかじめ例外状態に置かれていたルルーシュに、ギアスは「決断」する力を与える。

カール・シュミットによれば「主権者とは、例外状況にかんして決定をくだす者」（『政治神学』）だ。当面する状況が例外状態であると判断し、「敵」を名指し、「友」を敵との闘争に動員すること、以上の三契機は一体のものとして主権者を定義する。ギアスを獲得するまでのルルーシュは、法秩序の外に排除されているにもかかわらず、それを例外状態とは見なしえないまま、暗殺されることを怖れ無力に蹲るだけの追放者にあまんじていた。父と帝国への反逆は、実行可能な条件のない夢想にすぎなかった。

父と帝国は夢想上の敵であり、現実的な「敵」として正面から位置づけられていたわけではない。闘争し打倒しうる現実的な可能性が与えられてはじめて、敵は現実的な敵、シュミットによれば「政治的な敵」となる。また敵を名指すことによって、「友」が形成される。ギアスはルルーシュに友と、友を敵との闘争に動員する可能性をもたらした。それが夢想的な敵を現実的な敵として捉え返し、置かれた状況を例外状態と判定しうる条件を与える。ようするにギアスは、ルルーシュに「主権者」たろうとすることを決断させた。

決断型セカイ系の作品として「コードギアス」には、もう一点、きわめて重要な主題が埋めこまれている。決断と闘争が、戦後日本人にたいして意味するものを問うことだ。

正篇が放映された時点で「コードギアス」は、世界帝国と植民地日本という設定によって注目を集めた。ブリタニア帝国は反テロ戦争と単独行動主義のアメリカを反映している、と。こうした観点を前提とすれば、ブッシュ時代の終焉によって「コードギアス」のリアリティは失われたことになるが、そうではない。問題はブリタニア帝国（単独行動主義のアメリカ）ではなく、占領されたエリア11（植民地日本）という設定にある。

サンライズは「コードギアス」に先行して、「機動戦士ガンダムSEED」と続篇「機動戦士ガンダムSEED DESTINY」を制作している。この連作は、いずれも憲法九条的な平和主義によって縁どられている。また「機動戦士ガンダムSEED DESTINY」に登場する二人の平和主義者、キラ・ヤマトとラクス・クラインに対応するキャラクターとして、「コードギアス」のスザクとユーフェミアを捉えることができる。キラとスザク、ラクス・クラインとユーフェミアは、性格設定だけでなくキャラクターデザイン的にも明らかに類似している。

ブリタニア帝国との戦争を防止するため、首相である父を射殺したスザクは、占領された日本で帝国の軍人に志願する。もしもブリタニア帝国内で地位や権力を得られるなら、植民地日本の平和的な独立達成が可能となるかもしれない。スザクは平和主義の理想を掲げて、黒の騎士団のような武装闘争路線と袂を分かつ。しかしスザクの平和主義は、平和のために殺さなければならないという自己矛盾から、しだいに陰惨なものに変質していく。

思いをよせていたユーフェミアの悲惨な最期が、スザクの変身を決定的なものとする。皇女ユーフェミアもまた暴力を忌避する平和主義者で、帝国の支配秩序の枠内で植民地日本人の待遇改善に努める。しかし、ルルーシュのギアスが暴走した結果、ユーフェミアは意志に反して日本人の大量虐殺を命じ、自分の罪に絶望しながら死ぬ。心優しい少女がギアスに操られ、狂気めいた自己分裂のなかで虐殺を命じる場面は、物語前半の山場をなしている。

ルルーシュが意図して、ユーフェミアを狂気と死の運命に追いこんだに違いない。憎悪に駆られて平和主義を放棄したスザクは、復讐の暴力を自分に許し、冷酷な性格の殻をまとうようになる。

ユーフェミアとスザクの非暴力平和主義は、それぞれの運命に応じてグロテスクな反対物に転化してしまう。いずれも虐殺者、暴力の肯定者に変貌するのだ。「機動戦士ガンダムSEED」の平和主義路線から訣別した「コードギアス」は、主題として憲法平和主義的な規範に挑戦している。

敗戦による国土の占領は例外状態をもたらす。敵国の軍事力が法の停止を強制するからだ。第二次大戦後の占領下日本に主権者として君臨したのは、天皇でも日本国民でもない。例外状態に置かれた日本で決断者の地位を占めたのは、GHQの最高権力者マッカーサー以外ではない。

第二次大戦に敗北した日本人の大多数は占領を解放と、例外状態を秩序の復活と思いこんだ。このような国民的な規模での自己欺瞞が、戦後日本の安定と繁栄の土台にあるという批判は、三島由紀夫や江藤淳などの文学者からもなされてきた。この点の詳細は筆者の『探偵小説論Ⅲ』を参照していただきたいが、自己欺瞞の解消という点では江藤よりも三島のほうが優位である。

徹底した「敗戦」を回避して微温的な「終戦」を選んだ国民的な自己保身に、三島は戦後社会の精神的荒廃の根拠を見た。三島の思考を徹底化すれば、本土決戦を再開し、真に敗北するまで戦い続ける以外に日本が再生しうる道はないという結論になる。これにたいし江藤は、憲法九条を改正し交戦権を回復しさえすれば、日本は自立した尊厳ある国家主体に戻ることができるという。江藤の主張の空想性は明らかだろう。

尊厳よりも保身を選び、本土決戦に日和見を決めこんだ日本人だから、交戦権の放棄を含む憲法の「押しつけ」を容認した。憲法平和主義は、自己保身と自己欺瞞のイデオロギーにすぎない。「押しつけ」憲法を自主憲法に置き換えるには、三島が語るように本土決戦を再開し、今度こそ徹底的に敗北するしかない。徹底的な敗北は徹底的な占領に帰結する。それを「解放」と自己欺瞞するような余地などない、まさにエリア11のような苛酷きわまりない占領こそが、苦難に満ちた民族解放闘争を可能とする。長期にわたる苦難に耐えてはじめて、真の意味での国家的な自立と国民的な尊厳は獲得されうる。

しかし大多数の日本人は、このような三島の正論を無視し、欺瞞的な安定と繁栄の夢にまどろみ続けることを選んだ。たった一人で本土決戦を再開するしかない場所に追いつめられた三島は、孤独な蜂起を敢行し自決する。

しかし、三島を見殺しにした戦後日本の繁栄もすでに終局に達した。そして時代は、第二次大戦に帰結した一九三〇年代に螺旋的に回帰しようとしている。だから「コードギアス」の物語は、占領下の日本を舞台とせざるをえない。

しかも「コードギアス」は、新たな決断と闘争が、三島由紀夫の理想を裏切るかたちでしか実現されえないだろうことをも予示している。カール・シュミットの確信に反して、いまや主権者は汚辱にまみれることでしか主権者たりえない。

「新世紀エヴァンゲリオン」以来の陰謀論的世界を「コードギアス」も継承しているのだが、シンジ本人は陰謀とは無縁で、むしろ父ゲンドウの陰謀に振り廻される被害者だった。しかし父シャルルを倒すため、ルルーシュは躊躇なく陰謀家に志願する。

シュミット的な主権者は、いうまでもなく殺人者、しかも大量殺戮者だ。『罪と罰』のラスコーリニコフによれば、「凡人」が従わなければならない既成の法を蹂躙し、新たな法を制定するマホメットやナポレオンのような「非凡人」がその典型である。しかしルルーシュの「汚れ」は、闘争を決断した以上、殺人者であることを宿命として引き受けざるをえない、シュミット的な主権者の「罪」とは異なる。

主権者として敵を名指し、友を闘争に動員するためにルルーシュは、欺瞞と詐術と裏切りを重ね続ける。ギアスがルルーシュを主権者にした以上、それも必然的な結果だった。ルルーシュの友、たとえば黒の騎士団は、たしかに帝国という敵にたいしては友だが、黙示録的な友愛で結ばれた闘う共同体ではない。黒の騎士団はシュミット的な友でなく、闘争に有用な物的資源にすぎない。

ギアスで操作された部下を、どうして真の友、かけがえのない同志と見なしうるだろう。ギアスの力がルルーシュの決断を可能とした以上、それは必然的に汚れを、陰謀と詐術と裏切りの連鎖を招きよせる。だが決断した以上、汚れを回避することはできない。裏切り者であることを覚悟して闘うか、潔癖な自己像を守るために闘わないか。この二者択一を前にしてルルーシュは決断した。

ギアスの力で帝国と闘うとは、汚辱にまみれた主権者をめざすことだ。作戦の必要から、黒の騎士団の同志を裏切って死地に追いやるとき、ルルーシュの表情には自責とないまぜの露悪的な恍惚がある。

親友だったスザクから妹のナナリーまで、ルルーシュは親しい者を対象としたギアスの行使を望まない。ギアスによる他者の支配は、他者の究極的な私有化を意味するからだ。その自由意志までを私に支配された他者は、すでに本来の他者ではない。ギアスの効果で異性に「愛された」としても、その愛を愛といえるだろうか。一人の他者もいない世界は、まったき孤独の世界だ。荒廃した孤独地獄に落ちこむことを回避しようとあがくのだが、ギアスの力を選んだことの必然的な結果として、ルルーシュの努力は例外なく失敗に終わる。それを典型的に示すのが、女友達のシャーリーをめぐるエピソードだろう。

例外状態の到来、主権者の決断、「敵／友」の形成をめぐるシュミット政治学は、しかし提唱されたときすでに、二〇世紀という新時代に追い越されていた。批判的に参照したボリシェヴィキ権力も、革命的独裁として期待したナチス権力もシュミットの想像を絶する汚れた権力であり、いずれも絶滅収容所国家を築くことになる。

物語が進行するにつれて「コードギアス」は、これまでセカイ系的と見なされてきた想像力を克明に裏返し、ラディカルに異化していく。固定した恋人キャラが設定されていないため、「コードギアス」では妹キャラのナナリーが、ルルーシュ（ボク）にとって特権的なキミの位置を占める。しかし闘うのはキミ（少女）ではなく、ボク（少年）のほうだ。キミを守ろうとして闘うボクは、紆余曲折の果てにキミから絶対的に拒絶され、少年と少女のセカイ系的な親密空間は最終的に崩壊する。しかもナナリーは核兵器「フレイヤ」を、躊躇なく全世界に撃ちこみ続ける大量殺戮者となりはてる。汚れてしまうのは少年だけでなく、少女のほうもおなじなのだ。

「新世紀エヴァンゲリオン」から『イリヤの空、UFOの夏』にいたるまで、セカイ系の作品空間ではキミとボクの閉じられた関係の容器として、基本的には小状況の側に位置していた学園も「コードギアス」では無視できない変質をとげている。正篇では、ゼロとしてルルーシュが帝国と決死の闘争を展開する大状況にたいし、ナナリーや友人たちが集うアシュフォード学園は平和で日常的な小状況だが、続篇になると陰謀と裏切りが交錯する政治的空間に変質し、いわば大状況の一部に組みこまれてしまう。

「新世紀エヴァンゲリオン」と対照的なのが、「父」の位置だろう。先にも述べたようにシンジの父ゲンドウもルルーシュの父シャルルも、他者が存在しないユートピアの実現をめざす陰謀家である。シンジは父と闘うことができないが、しかしルルーシュは違う。父を異空間に封じこめ、そのユートピア構想もろとも最終的に葬りさるのだから。人類補完計画やラグナレクの接続というユートピア構想は、他者の消去という点で胎内回帰願望の想像的な極大化といえる。ラグナレクの接続を否定し、シャルルの計画を粉砕するルルーシュは、ようするに母までも否定したのだ。ギアスの力で世界と闘うことを決断した少年は、父と母を現実世界から抹殺し、妹からは絶対的に拒絶される。

このようにセカイ系的な物語の構図から大きく逸脱しているのだが、依然として「コードギアス」はセカイ系以外のなにものでもない。セカイ系的な想像力のポイントは、あくまでも社会領域の消失にあるからだ。セカイ系を「ひきこもりのレイプ・ファンタジー」に矮小化して否定する宇野常寛の発想は、たんなる見当違いである。

すでに指摘したように、一九九五年以降の十数年のあいだ、日本は中間的な過渡期にあった。無力な少年と戦闘美少女の物語は、過渡期における社会秩序の内的解体を表現していた。しかし深化し続けた危機は、キミとボクの親密空間を崩壊させ、少年に決断と闘争を要求するにいたる。こうして、セカイ系の想像力は新たな水準に達した。「新世紀エヴァンゲリオン」を出発点とする水準から、「コードギアス」が拓いた水準に。

ギアスによる決断と闘争のはてに、ブリタニア皇帝の玉座を獲得するだろうルルーシュは、しかし奇妙な二律背反に陥らざるをえない。母子一体的な融合状態の想像的極大化をめざす父のユートピア構想を否定し、父の権力を打倒した息子だが、遍歴修行を終えて社会や秩序に回帰する可能性はすでに断たれている。父の象徴的殺害による子の成熟というフロイト的な図式は、もはや前提として失われているのだ。たとえ父との闘争に勝利しても、社会秩序は再建されえず、ルルーシュの前には例外状態の荒野が広がり続ける。

それも当然だろう。ギアスの力で父を打倒し世界を支配しえたとき、ルルーシュの前からリアルな他者は完全に消えている。一人の他者も存在しないという点で、息子が勝利した世界は父が願望した世界と基本的に変わらないのだ。もしも獲得された皇帝の地位に自足するなら、否定した父と、父がめざした母子一体的な想像世界を認めてしまうことになる。それは、どのような汚辱に染まろうと勝利しなければならない闘争を、闘争への決断を決定的に裏切るものだ。

物語の結末で劇的に露呈されるのは、父との闘争を決断した自分だけは裏切ることができないという、ぎりぎりの倫理的な意志である。世界を例外状態に突き落とした人類の敵として、自分自身を葬り去ること。かつて親友であり、ギアスを獲得して以降は最大の敵対者だったスザクがルルーシュと入れ替わり、反帝国の解放闘争の英雄ゼロになる。欺瞞的に日本人を利用し、世界を破滅直前の状態に追いこんで帝位を簒奪した卑劣漢として、ルルーシュは自分が仕組んだ暗殺計画に斃れる。あらゆる汚辱と罪を背負いこんで。物語の結末でルルーシュは、オイディプス王の運命をみずから選択したともいえる。疫病の蔓延を憂慮したオイディプスは主権者として行動する。神託によれば「父を殺し母と近親相姦した者」による罪が、テーバイに疫病という例外状態をもたらした。その罪人こそが「敵」である。闘争を決断し、敵の正体を探し求めたはてに見いだされるのは、オイディプス自身が問題の罪人だという残酷な真実だった。みずから望んでオイディプスは荒野に追放され、例外状態は収拾されて共同体の秩序は再建される。

以上のように「コードギアス」は、オイディプス神話を克明に反復している。父を殺害することで王位を得たオイディプスは、無自覚のうちに共同体を例外状態に追いこんでしまう。父と闘争するためにギアスを用いたルルーシュは、親しい者までの人格を冒瀆し、陰謀と裏切りを重ね続けた。発射ボタンを押したのはナナリーだとしても、そこまで追いこんだのがルルーシュによる帝国打倒の闘争だとすれば、核戦争による大量死の倫理的責任もまぬがれえない。

神話的思考では、社会秩序の崩壊と例外状態の到来は穢れの蔓延である。罪人は追放されなければならない。だからルルーシュは皇帝暗殺劇を仕組み、穢れと罪の一切を背負って世界から退場することを決断したのだ。

このようにしてルルーシュの物語は円環を閉じるが、「コードギアス」の結末が唯一の解答とはいえない。この傑作を画期として、二〇一〇年代には決断型セカイ系が多様に試みられていくだろう。たとえばＴＶアニメ「喰霊《がれい》-零《ぜろ》-」（二〇〇八年）も、決断型セカイ系の試みとして評価できる。

一九二九年恐慌が三〇年代の例外状態に帰結したように、二〇〇八年の金融危機は一〇年代を新たな例外状態の時代とするだろう。二〇一〇年代が一九三〇年代を単純に反復することはないとしても、法秩序の亀裂と社会秩序の内的崩壊が進行する限り、社会領域の消失を捉えるセカイ系の時代は終わらない。

❖1　たとえば筆者も「本格ミステリ往復書簡二〇〇二」（『探偵小説と記号的人物《キャラ／キャラクター》』所収）、「本格ミステリ往復書簡二〇〇三」（同）、「社会領域の消失と『セカイ』の構造」（『探偵小説は「セカイ」と遭遇した』所収）などで同様のことを指摘している。

❖2　大戦間の決断主義にかんして、クリスティアン・グラーフ・フォン・クロコウは次のように述べている。「ユンガーにおいては、その概念は闘争であり、シュミットにおいては決断、ハイデガーにおいては覚悟性である。（略）これらの概念は、実質的な内容（肩入れするもの、批判や攻撃の対象、あるいは目標とするもの）を求めるかに見えながら、『意味をもつ』ためには文字通り一切の実質的内容から切り離されてしまう。（略）決断（あるいは闘争や覚悟性）をこのように一種独特の形で形式化し絶対化することを特徴とするこの思考構造、これをわれわれはシュミットに倣って決断主義的な思考構造と呼ぶことにしよう」（『決断　ユンガー、シュミット、ハイデガー』）

❖3　「いわゆる実証主義および規範主義は、——自然法ないし理性法に基づくのではなくして、たんに実際に『通用している』諸規範に依拠するものであるが故に——堕落した、したがって内部矛盾に満ちた規範主義であって、（略）『事実的なものの規範力』に依拠する堕落した決定主義である実証主義の混入したものである」（『政治神学』）と、シュミットは述べている。たとえば事件の捜査責任者であるライトの父は、「実際に通用している」法からの逸脱としてキラの大量殺人を非難するにすぎない。デスノートというかたちで、社会が例外状態に直面している事実には最後まで無自覚なままだ。

群衆の救世主《セレソン》

『東のエデン』とロストジェネレーション

1

一九九五年から翌年にかけて放映されたＴＶアニメ「新世紀エヴァンゲリオン」を起点とする、アニメ、マンガ、ライトノベルなどオタクカルチャー界でのセカイ系の台頭と、この頃からしだいに可視化されてきた戦後社会の根本的変質には、無視できない平行関係がある。社会領域が消失したセカイ系作品のリアリティは、格差化／貧困化の急激な進行など日本社会の空洞化を背景としていた。

「新世紀エヴァンゲリオン」から一五年が経過し、戦後社会の形骸化と空洞化は新たなステージを迎えようとしている。露出しはじめたのは、一九三〇年代とは異なる二一世紀的な例外状態ではないだろうか。

本書に収録した「セカイ系と例外状態」では、アニメ作品「コードギアス　反逆のルルーシュ」（ＴＶ放映は二〇〇六年〜〇七年）、続篇の「コードギアス　反逆のルルーシュＲ２」（同、二〇〇八年）を参照しながら、例外状態と決断主義の二一世紀的な存在形態を検証してみた。

カール・シュミットによれば、例外状態で決断するのは主権者である。対外戦争や内乱、クーデタ、革命などに直面し、法秩序の麻痺や解体である例外状態の到来を察知した主権者は、「敵」を名指し、それを打倒して秩序を再建する闘争を「友」に呼びかける。このようにして、政治の基本概念である「敵／友」が対極的に析出される。ようするに、例外状態における決断には二重の契機がある。第一に主権者は、例外状態を「例外状態」として認定することを決断する。第二に敵を「敵」として名指し、それとの闘争を決断する。[1]

主権とは権力の最終審級である。中世社会では帝国や教会から王や封建領主、あるいはギルドや住民の自治組織など大小無数の諸権力が網の目状に連結され、幾重にも多層化していた。領域内で大小の諸権力を王権という最終審級に統合し、対外的にはローマ教会と近隣諸大国の影響力や支配権を拒否するものとして、近世の絶対主義国家が成立する。古典主義時代の王権では国王が国家それ自体であり、したがって主権者は王だった。絶対主義の王権を制限、あるいは打倒した一八世紀の市民革命以降も、主権国家という枠組みは継承されていく。[2]

例外状態が到来する以前の主権者、いわば平時の主権者は慣行的に、あるいは法的に立場が保証された形式的存在にすぎない。しかし、例外状態の到来は慣行秩序や法秩序の麻痺と解体を意味するのだから、主権者の形式的な地位もまた決定的な動揺に見舞われる。シュミットの発想では、平時の主権者は本来の意味での主権者ではない。平時の主権者という形式的な殻を脱ぎ棄てることで、はじめて主権者は実質的な主権者となる。あらかじめ存在する主権者が例外状態に際して決断するのではなく、例外状態で決断する者こそが本来の主権者なのだ。ここには例外状態の到来による、主権者の死と再生のドラマがある。

例外状態に直面しながら必要な決断を回避しようとすれば、古い主権者はその座を追われ、新たな主権者が誕生するだろう。また古い主権者による決断の回避は、敵からしかけられた闘争の敗北、敵による主権の奪取に帰結する場合もある。

例外状態が革命的蜂起や革命的内乱として訪れるとき、国家の統治権に挑戦する蜂起者や叛乱者の側でも同じようなメカニズムが作動しはじめる。「いま」が革命的情勢であり、権力奪取をめぐる決定的な闘争が決断されなければならないと一方は主張し、他方はもろもろの理由からそうした決断を拒否する。国家権力の敵である蜂起者や叛乱者の勢力内でも、例外状態と決断と主権の樹立を焦点とした抗争は不可避であり、それは政治権力の獲得やプロレタリア独裁をめぐるマルクス主義者とアナキストの長年の対立にも示されている。

「コードギアス」連作で主人公のルルーシュは、父である皇帝と帝国への挑戦を決断し、闘争の果てに帝位を奪取する。例外状態は決断に、決断は新たな主権の樹立にいたる。しかし「物語の結末で劇的に露呈されるのは、父との闘争を決断した自分だけは裏切ることができないという、ぎりぎりの倫理的な意思である。世界を例外状態に突き落とした人類の敵として、自分自身を葬り去ること。かつて親友であり、ギアスを獲得して以降は最大の敵対者だったスザクがルルーシュと入れ替わり、反帝国の解放闘争の英雄ゼロになる。欺瞞的に日本人を利用し、世界を破滅直前の状態に追いこんで帝位を簒奪した卑劣漢として、ルルーシュは自分が仕組んだ暗殺計画に斃れる。あらゆる汚辱と罪を背負いこんで」（「セカイ系と例外状態」）。

二一世紀的な例外状態／決断／主権という問題系に、アニメ作品として正面から挑んだ傑作「コードギアス」だが、結末で視聴者に提示されるルルーシュの選択は、共同体の罪責と汚辱を背負って荒野に追放されるオイディプス王の運命の反復にすぎない。この点に不満が残るという感想を、「セカイ系と例外状態」では最後に述べた。

二〇〇六年から〇八年にかけてTV放映された「コードギアス」の決断主義をめぐる主題は、〇九年四月～六月の神山健治監督「東のエデン」に引き継がれていく。またTV版「東のエデン」の続篇として「東のエデン　劇場版Ⅰ」(〇九年)、「東のエデン　劇場版Ⅱ」(一〇年)が公開された。劇場版はTV版のリメイクや総集編ではない。アニメ「東のエデン」の物語は、TV版と劇場版を通して展開される。

さらに神山健治は『小説　東のエデン』(〇九年)と『小説　東のエデン　劇場版』(一〇年)を刊行している。アニメの原作である小説版には、アニメ作品では詳しく説明されない設定や物語の細部が描かれている。本稿で「東のエデン」関係の引用は主として小説版からなされるが、これはTV版や劇場版のアニメと比較して、小説が作品的に優位であるとの判断からではない。神山健治の本領はアニメ作品にあり、もしも小説版が単独で刊行されたなら、筆者が本稿を書いたとは思われない。アニメ作品を論じるため必要な資料として、小説版は参照される。

神山健治は押井守が主宰する押井塾の出身者で、押井の劇場用アニメ「攻殻機動隊」と内容的に並行するTVアニメ「攻殻機動隊　STAND ALONE COMPLEX」が初の監督作品である。このような経緯からも想像できるように、アニメ作家として神山が押井から受けた影響は少なくない。

〈68年〉の政治的・文化的ラディカリズムを原体験として、世界的な評価を獲得したアニメ作家が押井守だ。押井の〈68年〉体験は、初期の代表作「うる星やつら2　ビューティフル・ドリーマー」にも濃密な影を落としている。たとえば、作中で描かれる終わらない学園祭は祝祭としての大学バリケードの、廃墟の街と人気ない海辺は東京を焦土にするという新左翼ラディカリストによる夢想の、それぞれフィクショナルな反復にほかならない[3]。

ところで「東のエデン」とは、アニメの作中に登場する学生サークルであり、このサークルが大学内で構築した携帯サイトの名称でもある。「東のエデン」の部室は、かつて「サヨク系学生サークル《東方革命学生連盟》」の拠点だった。春日という「東のエデン」部員の一人が、警察に追われても背負って逃げようとする部室の看板「東のエデン」もまた、「東方革命学生連盟」の看板を再利用したものだ。警官に追われ逃げこんだ地下トンネルで、サークル関係者の板津は春日に次のように切りだす。


「なるほど。団塊世代が闘争ごっこを繰り広げたトンネルにピンチを救われようとはのう」

「唾棄すべき世代の遺産をつかって敵を出し抜く——痛快な気分です！」

警察の捜索をかわした興奮に打ち震えている春日とは対照的に、板津は妙に冷めていた。

「じゃが、こういったモンを、ワシらも積極的に受け継いでいかねばならんかったかもわからんな」

（傍点引用者）


春日も板津も、架空の二〇一一年を舞台とする作中では二〇代の若者である。以上の台詞は一九六六年生まれで新人類世代、バブル世代に属する神山健治が、ポスト・ロスジェネ世代の板津に託して語らせた自身の実感かもしれない。「こういったモン」は《東革連》が掘ったトンネルであると同時に、神山が押井に見た〈68年〉体験でもあるだろう。とはいえ、六〇年代ラディカリズムが尖端ではテロリズム的に自壊し、生き延びたのはカルスタ派の文化左翼やＰＣ的な形骸にすぎないという事実もある。

このようにTV版および劇場版アニメ「東のエデン」には、一九八〇年代に二〇代だった作者、二〇一〇年代に二〇代である主人公の若者たち、そしてテロリズム的に自壊し、あるいは頽落的に延命した〈68年〉世代という三つの層が畳みこまれている。一九六〇年代と二〇一〇年代という、それぞれに固有な二つの時代経験。八〇年代に青年だった神山のアニメ作品「東のエデン」は、この両者を創造的に二重化しえているだろうか。

架空の二〇一一年として描かれるのは、いうまでもなく神山健治が捉えた「いま」である。「東のエデン」が前提としているのは、第二次大戦後に「ゆたかな社会」型の例外国家として形成された高度消費・福祉社会の崩壊であり、バブル崩壊以降の「失われた二〇年」で袋小路に迷いこんだ日本の「いま」でもある。

物語のヒロイン森美咲は「大学で、古着や教科書、中古の家電や家具を売買するリサイクルコミュニティを始めた」。咲を代表とするサークル「東のエデン」は、携帯サイトの運営で多少の利益まで得る。メンバーの平澤はサークルのベンチャー企業化を提案するが、姉夫婦の家に同居していて経済的に自立しなければならない立場の咲は、躊躇しながらも就職の道を選ぶ。

しかし一〇〇年に一度という大不況のもとで、就職活動は困難をきわめる。はじめから不採用が決まっている形ばかりの面接のあと、咲は社員食堂でスカートに牛丼をかけられ嘲笑を浴びせられ、会社を追い払われてしまう。また、かろうじて就職できた大杉は苛酷な新人研修でしごかれる。天才ハッカーの板津は就職を含め常識的な社会生活を断念し、木造アパートの四畳半でひきこもり生活を送っている。板津は典型的なニートだし、就活に失敗した咲にも似たような運命が待ちかまえているはずだ。

先に引用した春日の発言からも窺われるように、このアニメに登場する若者たちは累積した世代間格差に憤っている。たとえば咲は、次のように滝沢に語る。「私、本当は行きたい会社があったの……でも面接でね、『あなたたち若い世代こそが社会の主人公です』って言うくせに、実際は、私たちを使って自分たちだけうまくやっていこうとしているんじゃないかって思えてきちゃって、自分から断ったの……バカなことしたかな?」。また、「オッサンたちのインフラを利用しながら、オッサンたちには見えない楽園を創設」しようともくろむサークルの参謀格の平澤には、小説版に次のようなコメントがある。

これまで、一度も社会の主人公たりえなかった平澤たち——「高度経済成長」も「バブル」も経験することなく、時代の恩威に恵まれず、オッサンたちがやり散らかしたその後の煽りばかりを食らってきた。

それればかりでなく、「ニートだ」「ゆとりだ」と蔑まされてきた彼らは、一度としてこの国を「楽園」だと感じたことはなかった。

一〇発のミサイルによる正体不明のテロ攻撃にさらされた日本をあとに、サークル部員たちは卒業旅行に出発する。ニューヨークで他のメンバーと別れ、咲は一人でワシントンをめざす。以下の場面がTV版の冒頭に置かれているのだが、世界の「中心」に向けて祈るという個人的な儀式のため、ホワイトハウスの噴水にコインを投げこもうとした咲は、巡回警官にテロリストではないかと疑われる。拳銃と奇妙な携帯電話を手にした全裸の青年と二人で、ワシントンの街を逃げまわる羽目になるのだが、逃げこんだ滝沢の部屋には大量の武器弾薬が隠されていて、テロリストのアジトとしか思えない。

警察の追及を振りきって帰国した二人は、滝沢の自宅らしい豊洲のショッピングモールをめざす。その途上、夜空を照らす二本のサーチライトの光を背景に、二人はケータイ写真を撮る。直立した二本の光束を滝沢が、9・11で崩壊した世界貿易センターのツインタワーに見立てたのだ。この写真は、「劇場版I」で二人が再会するための重要な伏線となる。このように「東のエデン」には、二一世紀的な世界内戦とテロリズムをめぐるモチーフが、幾重にも埋めこまれている。

戦後社会が腐朽化した果ての荒地である「いま」に、神山は「ニート」と「テロ」のモチーフを重ねあわせようとする。戦後社会の最終的な崩壊、若年層に皺よせされた雇用危機、二一世紀的な戦争形態である大規模テロの三点を結んだ虚構の三角形として、神山は「東のエデン」を構想したようだ。しかし遡って9・11以前、現在に引きつけてリーマンショックや派遣村より以前であればともかく、この三題噺はいささか常識的にすぎるのではないか。

もちろん、問題はなにひとつとして解決されていない。〇九年の政権交代で名実ともに戦後政治は終焉したが、新たな二一世紀の統治システムは見出されないまま、日本の政治は無力に漂流し続けている。新卒者の就職難と若年層の雇用危機は第二の、新たなロスジェネを生みつつある。9・11の帰結であるアフガン戦争は泥沼化し、「イエス・ウィー・キャン」を唱えて誕生したオバマ政権を追いつめている。もしも以上の三点に注目するなら、時代的な難問は新たな角度から見直され、これまでとは異なる形で再提起されねばならない。

「DEATH NOTE」のデスノート、「コードギアス」のギアスに対応する特権的ガジェットが、「東のエデン」では「ノブレス携帯」だ。一〇〇億円の予算内で現実的に可能である限り、所有者のいかなる要求にも応える魔法の携帯電話。むろん「魔法」は言葉の綾で、実際には新たに開発された一二機の巨大コンピュータが、ノブレス携帯を通じた「セレソン」の要求に応えているのだが。

このアニメ作品を論じる前提として、物語の基本的な設定を簡単に紹介しておきたい。一代で財をなした運輸関係の大事業家にして昭和の黒幕、すでに一〇〇歳を超えた亜東才蔵という老富豪の思いつきが物語を起動させる。Mr.OUTSIDE（亜東才蔵に対応）と称して、一二人の救世主《セレソン》それぞれに一〇〇億円の電子マネーが入ったノブレス携帯（ノブレスは「持てる者の義務《ノブレス・オブリージュ》」の略とされる）を送りつけること。セレソンとして選ばれ《ノブ》た者《レス》は、その一〇〇億円を使って「この国を救うための救世主」にならなければならない。任務を果たさない者は、一二人のうちの一人であるらしい「サポーター」に処刑される。一二人のうち一人が救世主《セレソン》の義務を遂行し終えた場合も、他の一一人は失敗者と見なされて殺害される。

ノブレス携帯を一方的に送りつけられたゲーム参加者は、ヒッチコック「北北西に進路を取れ」のような巻きこまれ型サスペンスの主人公と同じ立場に追いこまれる。実際に、物語はサスペンスの興味を読者に喚起しながら進行していく。またＴＶ版では、みずから望んで記憶を失った主人公の滝沢朗が、ノブレス携帯やセレソンの意味するところを探究しなければならない。ＴＶ版の前半は、この謎解き興味によって駆動されていく。

ノブレス携帯の背後には、ゲームの管理者《コンシェルジュ》として審判者《ジュイス》が控えている。ジュイスの正体は巨大コンピュータにインストールされたプログラムだ。ノブレス携帯を通じたセレソンの要求に応じて、ジュイスは一〇〇億の予算内で可能なあらゆるサーヴィスを提供する。サーヴィスにはセレソンが殺害した屍体の処理から、総理大臣に「ぎゃふん」といわせること、さらには自衛隊のトマホークで日本をミサイル攻撃することまでが含まれる。

亜東才蔵にしても、一〇〇億円で日本が救えると考えたわけではない。政治家や官僚や財界人など、既成のエスタブリッシュメントでは絶対に思いつかない斬新なアイディアを、老人は若者たちに期待した。立ち腐れた日本社会を刺激し活性化するきっかけになるなら、たとえミサイル攻撃で日本を廃墟に変え、焦土から再出発するというアイディアでもかまわない。

一二人のセレソンのうち物語で重要な役割を果たすのは、SELECAO No9である主人公の滝沢を除外すると、SELECAO No1の物部大樹、SELECAO No10の結城亮、SELECAO No11の白鳥・ダイアナ・黒羽の三人だろう。高級官僚だった物部は次のように語る。「私は、亜東に百億を何に使うかと聞かれたとき、まずこの国にとってやるべきことは、国家規模の〝ダイエット〟だと答えたよ。使える人材を政府主導で振りわけ、世界に通用する部門だけを有効に機能させていく。そういった〝小さくて小回りのきく国〟に移行していくべきなんだ、とね」。

SELECAO No10の結城亮のモデルは、「『丸山眞男』をひっぱたきたい　31歳フリーター。希望は、戦争。」で注目を集めた赤木智弘だろう。「平等な振りをして搾取を続けるこの国の方こそおかしい――結城は百億円の入ったノブレス携帯をもらったその日に、この国をミサイル攻撃しようと決意」する。「戦後からやり直す」以外、非正規雇用と失業の無限ループに落ちこんだ若者に未来はない……。

セレソンとして結城は、一〇発のトマホークミサイルを東京湾岸に打ちこむようジュイスに命じる。ジュイスは自衛隊のコンピュータをハックして、この依頼に応じる。事件を国会で追及された首相が「迂闊だった」と答弁し、日本が正体不明のミサイル攻撃を受けた日は〝迂闊な月曜日〟と呼ばれることになる。

スタートラインの平等を達成するため、格差社会の総破壊を夢見た結城に物部が接近する。小さくて強い政府を樹立し、肥大化した受益者の重荷で潰れそうな日本社会を大リストラするきっかけとして、ミサイル攻撃は有効かもしれないと考えたからだ。二人は同盟を結び、第二のミサイル攻撃を準備しはじめる。

一方にネオリベラリストの周到に計画された、他方にフリーターやニートによる暴力的な救国プランが存在する。結城のモデルが赤木だとすれば、物部のモデルは竹中平蔵や渡辺喜美かもしれない。いずれにしても現実世界に先例が存在し、「この国を救う救世主」の発想としては虚構的なオリジナリティが希薄だ。ちなみに劇場版で滝沢を攻撃するSELECAO No6の直元大志は、肥大化した自我とルサンチマンにさいなまれる下積みの映画人で、性格類型としては結城のヴァリエーションといえる。

物部や結城にたいし、白鳥・ダイアナ・黒羽にはフィクショナルな個性がある。女性起業家として成功を収めた黒羽だが、義父から幼少期に受けた性的虐待を忘れることができない。ノブレス携帯はひたすら、性犯罪者の私的処刑のためにのみ使われ続ける。この点で黒羽というキャラクターは、『1Q84』の青豆を連想させる。両作の発表時期を考慮すれば、神山健治が村上春樹を模倣したとは考えられない。ある意味で黒羽と青豆は、六〇年代ラディカリズムの解体期に生じた差別糾弾主義の継承者であり、そのPC的頽落を暗示してもいる。

ネオリベ時代の若い起業家という点で、SELECAO No2の辻仁太郎も黒羽と同型的な人物だ。エア・プロデューサーの辻は、Mr.OUTSIDEから提供されるまでもなく一〇〇億程度ならすでに稼いだと豪語する人物で、「この国を救う」ためのゲームにも無関心だ。バブル時代のポストモダン感覚を温存しているようでもあり、「失われた二〇年」を前提としたゲームに興味がないのは、その結果かもしれない。

神山健治は「この国を救う」方向性として、第一に物部（小さくて強い政府をめざすネオリベ派エリート）、第二に結城（戦争を待望する若い非正規・不安定労働者）、第三に黒羽（過激化したPC派で、六〇年代ラディカリズムの頽落形態）に体現された三類型を提起する。第三類型のヴァリエーションとして、SELECAO No5 の火浦元を位置づけることができそうだ。

医師の火浦は二〇〇億円を、「過疎化が進む街の再開発事業に介入して、医療産業都市構想」を実現するため使いはたす。疲弊した地方と廃棄された老人のためのセイフティネット派である火浦は、むろん立場的に物部と対立する。

ネオリベ派の物部、戦争を待望する若年フリーターの結城、ネオリベ社会から落伍したぶん自我を肥大化させる直元。ネオリベ時代の成功した起業家という点では共通する、バブル時代のセンスを温存した辻と、過激化したPC派の黒羽。さらにセイフティネット派の火浦。以上のような類型化はいささか凡庸で、既視感を覚えざるをえない。むろん、こうした限界は神山も承知の上だろう。主題的に押しだされていくのは、SELECAO No9 の滝浦朗による、物部とも結城とも日浦とも異なる決断の行方だ。

ＴＶ版の前半はセレソンとノブレス携帯、「この国を救う」プロジェクトとしての奇妙なゲームをめぐる謎が物語を駆動した。後半になると、〝迂闊な月曜日〟のミサイルテロや二万人ニート失踪事件をめぐる謎が焦点化されていく。

謎と解明を骨子とするミステリ的プロットを組み立てるため、神山健治は滝沢の記憶喪失という設定を物語に持ちこんだのかもしれない。「東のエデン　劇場版Ⅱ」では、自分の記憶を消去するよう滝沢自身がジュイスに、二度にわたって命じた理由が説明されるが、さほど説得的ではない。不出来な探偵小説の多くと同様、アニメ「東のエデン」でも謎と解明をめぐるプロットが優先された結果、人物の心理や行動のリアリティに不自然性が生じているのだろうか。

咲と滝沢がワシントンから帰国するのに前後して、一一発目のミサイルが東京に飛来する。ミサイルに撃ち落とされた旅客機の乗客は、二人の子供を例外として全員が死亡する。しかし一一発目の真の標的は、二万人のニートをコンテナに詰めこんだ貨物船だった。偶発的な理由で到着が遅れた貨物船は豊洲の岸に乗りあげ、ジュイスを通じて滝沢が買収したショッピングモールは、二万人という全裸の若者たちで溢れる。

亜東が考案した「この国を救う」ゲームのルールでは、最初に目標を達したセレソンが勝者で、他の一一人は敗者としてサポーターに処刑される。日本の救世主となるためには、一〇〇億の予算内でなにができるのか、なにをしなければならないのか。この解答を求めるのが主眼だが、ゲームにはセレソン同士の先陣争いという要素も加味されるわけだ。そのためノブレス携帯には、他のセレソンによるジュイスへの依頼がデータとして配信される。この機能から滝沢は、結城によるミサイル攻撃計画を事前に察知しえた。

結城の計画を阻止するため滝沢は、ネット上に開いたサイトでニートたちに呼びかけ、ミサイルの着弾予定地域から住民を避難させた。しかし住民は、若者たちがミサイル攻撃を事前に予測しえたのは、テロリストの一味だからではないかという疑念を抱きはじめる。ニートたちもまた、自分たちに住民の避難誘導を呼びかけた青年こそ、テロリストの黒幕ではないかと疑いはじめた。「滝沢の真意も知らず、『騙された』と勘違いした若者たちは、彼に反感を抱いた。実際に避難誘導を行ったニートは二百人前後だったが、滝沢を罵る若者は二万人にも膨れあがっていた」。二重の疑惑に対処し、テロリスト集団として抹殺されかねないニートたちを守るため、滝沢はテロリストの汚名を一人で引き受けようと決意する。

不確かな情報や自分にとって都合のいい情報で、簡単に自分の意見を変えてしまう無責任な大多数――滝沢は、上から目線で匿名批判を繰り返す、当事者意識の希薄な二万人の性根を叩き直そうとしたのかもしれない。事件のほとぼりが冷めるまで、彼らを海外逃亡させるべく、ドバイ首長国連邦に送り込んだのだ。携帯と洋服を取りあげ、全裸の二万人（仕事ができるように眼鏡は取りあげなかった）をコンテナ輸送するという、大胆な方法によって――

以上のような背景説明は小説版によるもので、アニメの視聴者や観客は詳しい事情を知ることができない。しかし小説版の説明でも、ニートたちが携帯電話に加えて衣服まで取りあげられた理由は、かならずしも明らかではない。また短期ならともかく、コンテナに閉じこめられた若者たちが数十日の航海に耐えられるわけはないという、当然の疑問にも作品は答えようとしない。

TV版のクライマックスでは、全裸の若者の大群に追われ、咲たち「東のエデン」メンバーがショッピングモールを逃げまどう。いうまでもないだろうが、この場面はジョージ・A・ロメロの映画「ゾンビ」を下敷きにしている。ようするに神山は、ショッピングモールに溢れた二万人のニートをゾンビと重ねあわせたのだ。宮藤官九郎の新作歌舞伎「大江戸りびんぐでっど」にも、同じような発想が見られる。

NEET（Not in Education Employment or Training）という言葉はイギリスで使われはじめた。これをカタカナで表記したニートの場合、学生でもなく働いてもいない若者という規定はNEETと共通するが、両者の定義上の相違も無視できない。イギリスのNEETは一六歳から一八歳まで、日本で用いられるニートの場合は一六歳から三四歳までが対象である。またイギリスでは失業者を含むが、日本では含まれない。求職活動をしていない、しかも学生でなく職業訓練中でもないニートが八五万人に達したと報道され、社会的に注目されたのは二〇〇五年前後のことだ。それまで非正社員や派遣労働者は就業者で、ニートとは異なる社会層と見なされていた。しかし、リーマンショックにはじまる〇八年以降の大不況と大量の「派遣切り」は、ニートもアルバイトもフリーターも、派遣労働者も非正社員も、それぞれが日本資本主義の底辺に膨大に蓄積された非正規・不安定労働者の一断面にすぎない事実を暴露した。実際のところ一人の非正規・不安定労働者において、この四者は連続して体験されるのが常態であり、ニートだけを独立して論じる根拠はない。固有の領域として残るのは、たぶん社会的ひきこもりと部分的に重複するタイプのニートだろう。

用語としても社会問題としても、すでにニートは過去のものと見なされはじめた。としても、就業者でなく就業準備中でもない若年層が消失したわけではない。いわばニートとは「何者でもない者」、社会的アイデンティティを剝奪された存在である。同じことは失業者や無業者にもいえるが、アイデンティティの喪失をニートほど典型的に示すわけではない。どうしても正規の就職をしたい、いつかは正社員になれると思いこんだ非正規・不安定労働者は、アイデンティティが剝落した自身の実像を直視することがない。

アニメ「東のエデン」に登場する二万人のニートは、携帯電話と衣服を奪われている。通信可能な海域を離れるまで救援を呼んだりしないように、滝沢はニートたちの携帯電話を取りあげたのだとしても、それは物語内的な論理にすぎない。アイデンティティとコミュニケーションは表裏一体だから、現代的なコミュニケーションツールとしてのケータイは奪われなければならなかった。

同じことが衣服にもいえる。脱走を困難にするため、コンテナ内は温度が上昇するから、等々もまた物語内的な説明にすぎない。制服が典型だろうが、どのような衣服にも社会的記号という役割がある。純粋に「何者でもない者」は記号としての衣服を、あるいは社会的標識をまとうことが許されない。

二〇世紀人は「何者でもない者」、アイデンティティ喪失者を「群衆《フール》」あるいは「大衆《マス》」と呼びならわしてきた。ある個人を他と区別するのは、彼の所有物である。それには職業や所属する階級や社会的地位も含まれるだろう。無産者《プロレタリア》とは、たんに生産手段を奪われた者ではない。ある人間にアイデンティティを保証し、固有の人格たらしめる「なにか」を決定的に失った者、「何者でもない者」こそがプロレタリアートだ。したがってプロレタリアートは「階級」ではなく、「群衆」としてのみ存在しうる。「プロレタリアを階級に形成する」という『共産党宣言』の発想は、マルクスの自己撞着を暴露するものだ。階級に自己組織化し職業と地位とアイデンティティを獲得した者は、すでにプロレタリアートではない。階級の安定的地盤に深刻な亀裂が入るとき、階級からの脱落者が激増するとき、またしてもプロレタリア群衆が街頭に溢れだすだろう。プロレタリア群衆にとって最大の敵は労働者階級である。第一次大戦後のドイツ革命において、労働者階級は反革命の防壁として登場し、二一世紀の日本ではニートたちに抑圧者として君臨している。

だからTV版「東のエデン」のクライマックスで、二万人のニートが全裸で登場するのには理由がある。二一世紀日本を象徴する「何者でもない者」、アイデンティティの喪失者である以上、ニートたちは全裸でなければならない。しかも神山健治は、ショッピングモールを徘徊する全裸の若者たちをゾンビに二重化している。

生きている屍体《リヴィングデッド》としてのゾンビは、生者でも死者でもない。生と死の曖昧な中間領域を無限に漂流し続けるゾンビは、生者あるいは死者という画然としたアイデンティティを奪われている。ゾンビがおぞましいのは、生者を物理的に襲い、喉笛を喰いちぎろうとするからではない。生命を奪われた生者は、一般に死者となる。たとえ殺されようと、生者あるいは死者というアイデンティティは保全される。しかしゾンビは、生者あるいは死者という人間にとって最後のアイデンティティまでをも奪ってしまうのだ。ゾンビに殺された者はゾンビに変貌し、生者でも死者でもないグロテスクな中間領域をあてもなく漂い続けるしかない。

二〇〇八年に先行する一九二九年の大恐慌は、とりわけ第一次大戦の敗戦国ドイツを直撃した。マルクの暴落と企業の相次ぐ倒産で、巷には大量の失業者が溢れた。失業は人から生計の道を奪う。だが、それだけではない。失業によって人は帰属していた階級と社会的地位を失い、アイデンティティを剥奪されプロレタリア群衆に、ようするにゾンビになる。一九三〇年前後のドイツで、ゾンビたちを政治的に結集しえたのはナチスだった。階級による闘争に拘泥したコミュニズム勢力は、群衆の権力をめざしたナチスに徹底的に敗北する。

総統《フューラー》ヒトラーを主権者とするゾンビたちの権力は、新たなゾンビの大群を生産しはじめた。貨車に詰めこまれ絶滅収容所に移送されたユダヤ人たちから、アイデンティティは完璧に奪われている。腕に彫られた刺青の数字は、ある収容者を他の収容者から区別する標識であるにしても、唯一無二の個人性の証ではない。また収容者の多くは衣服を剝がされ、全裸でガス室に送りこまれた。

コンテナに詰めこまれての移送、コミュニケーション能力の剝奪、強制労働、そして全裸。これらのイメージ群を偶然の一致と見ることはできない。二万人のニートたちを神山健治は、六〇〇万ともいわれる収容所で絶滅されたユダヤ人に重ねあわせた。生と死の中間地帯を無力に漂流するしかない収容者の存在形態を、『ホモ・サケル』のジョルジョ・アガンベンはハンナ・アレント『人間の条件』を参照し、「剝き出しの生」

と呼んでいる。❖4

社会学的なカテゴリーである二一世紀日本のニートは、かつてナチス革命を支えた群衆に、また第三帝国がシステム化した強制＝絶滅収容所の「剝き出しの生」に通底する。このような神山健治の直観から、アニメ「東のエデン」では全裸の若者の大群が、ゾンビさながらにショッピングモールを徘徊することになる。

滝沢は咲の前に全裸で登場する。物語の冒頭場面で、どうして滝沢は全裸でなければならないのか。この疑問に、物語の結末まで視聴者や観客が納得できるような説明は与えられない。テロリストとして逮捕されることで、ノブレス携帯をめぐる秘密の暴露をめざしたとしても、滝沢がホワイトハウスの前で衣服を脱ぎ棄てる必要はない。

滝沢の全裸は、物語のメタレヴェルですでに決定されていた。「剝き出しの生」を寓意するものとして、二万人のニートは全裸でなければならない。群衆《ニートたち》の救世主《セレソン》である以上、滝沢もまた全裸で登場しなければならないのだ。

結城による破滅的な日本救済計画を阻止するため、滝沢は行動することを決断した。避難民とニートから二重に裏切られた滝沢は、《迂闊な月曜日》のテロ攻撃の犯人は自分であると名乗りでる。人命尊重を第一義とするヒューマニストだから、滝沢はミサイルの着弾予定地域の住民を避難させたのかもしれない。こうした常識的解釈は、二万人のニートたちと同様に滝沢も全裸で登場した事実によって裏切られる。「ニート＝プロレタリア群衆＝剝き出しの生」を単独で体現しうる固有のキャラクターが滝沢であることに、視聴者や観客は気づかざるをえない。

2

小説版『東のエデン』の冒頭には、次のようなエピグラフが掲げられている。文中の「彼」とは《迂闊な月曜日》のミサイル攻撃から住民を守り、みずからテロリストの汚名を着て表舞台から去った滝沢を、「私」は直接には咲を、寓意的には物語の読者をさしている。


彼はしかたなく王子になった。

少なくとも私たちの希望する明日は、誰かが王子という名の生贄になることでしかやって来ないと気づいていたから。

だから彼は不本意ながらも王子であろうとした。

この王様のいない世界で……。

とはいえ彼はいったいどうやって王子になったのだろうか?

その秘密を私はまだ知らない。


「その秘密」はTV版の結末までに、ほとんどが明らかになる。ルドルフ・オットーが『聖なるもの』で指摘したように、聖性には正（魅するもの）と負（戦慄すべきもの）の両面がある。オイディプス神話が示すところでは、原古の王にも同じ二重性が刻まれていた。

支配者として祀りあげられた王は、次に共同体の穢れや罪を背負わされ祀り棄てられる。王権の二重性は次の段階で、人格的にも正性と負性に分離され、一方に祀りあげられる王が、他方には王に代わって祀り棄てられる代理人が生じる。後者の役割は王の兄弟や子供が務める場合もある。日本神話では景行天皇とヤマトタケルの対立に、両者の関係が投影されている。追放され流離する王子とは、王権の永続性のために捧げられた犠牲でもあるわけだ。

「私たちの希望する明日は、誰かが王子という名の生贄になることでしかやって来ないと気づい」た滝沢は、テロリストの汚名を着て追放されることで「不本意ながらも王子であろうとした」。選ばれたセレソンとしてノブレス携帯を所有したことの、それは必然的な帰結でもあった。「追放」は、日本からアメリカへの空間的移動だけを意味しない。記憶喪失という自分自身からの追放、アイデンティティの完全な剝奪をも滝沢は自身に課した。

咲とホワイトハウスの前で出逢った滝沢は、記憶回復のための旅に出発する。かつて自分が「王子という名の生贄」だったと思い出したとき、第二の試練が到来する。SELECAO No1 の物部大樹と結んだ SELECAO No10 の結城亮が、今度は六〇発のミサイルで日本を攻撃するようジュイスに命じたのだ。

豊洲のショッピングモールに姿をあらわした滝沢は、二万人のニートにミサイル攻撃の切迫を告げる。攻撃地点には、国会や霞ヶ関、新宿や渋谷や池袋と並んで、豊洲も含まれていた。死の淵に立たされたニートたちは攻撃回避のために知恵を絞り、携帯電話で「東のエデン」のサイトに無数のアイディアを書きこみはじめる。

二万人分の携帯のボタンを操作する音が、屋上で響く。その圧倒的な様は、一国の王を崇める従順な民のようでもある。

「あいつらは直列に繋いでやれば結構なポテンシャルを発揮するんだ。きっと〝迂闊な月曜日〟の時のようにすっげえ奇跡を思いつく。もともと俺一人でやったわけじゃないんだよ」（傍点引用者）

イージス艦から発射されたトマホークは、自衛隊のパトリオット迎撃ミサイルやF‐15戦闘機の機関砲によって撃ち落とされていく。ショッピングモールの屋上に置かれたメリーゴーランドの上で、滝沢は指鉄砲を構える。この指鉄砲によって、あたかもミサイルが撃墜されていくようにニートたちには見える。

滝沢は板津に「お前ニートの仇をとるって言ってたろ？　俺も気持ちは同じなんだ。ニートってのは、そういったオッサンたちに対抗するために、一人一人が自発的に始めたテロ行為なんだろ？」と問いかけていた。徹底した無為というニートたちの孤立した「テロ行為」を「直列に繋いでや」ることで、「すっげえ奇跡」を惹き起こすこと。ニートたちが第二のミサイル攻撃から日本を救いえたのは、その成果であると滝沢は咲に語る。しかし本当だろうか。

たしかにジュイスはノブレス携帯で、『《東のエデン》の書き込みの中から、ミサイル攻撃回避に最適な方法を抽出いたしました」と滝沢に答えていた。だが、イージス艦の管制システムに介入して六〇発のトマホークを発射できたジュイスなら、ミサイル攻撃に対処するためパトリオットを発射することも、航空自衛隊のF‐15を緊急発進させることも容易だったはずだ。ニートたちのどのようなアイディアが、ジュイスの発想を超えた「ミサイル攻撃に最適な方法」だったのかを、アニメ「東のエデン」は語ろうとしない。

豊洲を標的としたミサイルが撃ち落とされた直後、爆風に吹き飛ばされた咲を救った滝沢は、ノブレス携帯でジュイスに最後の依頼をする。

「今回はテロリストを演じるだけじゃ、このかっこわりぃ国を庇いきれないんだ。だから残りの金で、俺をこの国の王様にしてくんない？」

〈王様、ですか……〉

「ああ。この国には頭のいい連中がいっぱいいいんのに、アイディアを実現するための損な役回りをやる奴がいないいんだ。できれば俺だってあんましやりたくないけどさ、一人だけ信じてくれた子がいたから……」

ここでTV版「東のエデン」は終幕を迎え、物語は劇場版に引き継がれる。滝沢はどうして「王子という名の生贄」の役割を棄て、「この国の王様」になることを決意したのか。王が「アイディアを実現するための損な役回り」にすぎないなら、世話役や幹事役をかって出たのと内容的に変わらない。しかし、共同体や集団の世話役や幹事役に「王」という称号はふさわしくない。サークル「東のエデン」の代表だった咲を、「王」に比喩するのが不適切であるように。

この点にTV版の滝沢自身は、また劇場版で滝沢を総理大臣にしようと努めるジュイスもまた無自覚である。民主主義国家の首相や大統領は代替可能な機能にすぎない。ようするに国政レヴェルの世話役や幹事役である。むろん、主権者そのものとしての「王」ではない。

アニメ「東のエデン」では、群衆の二一世紀的形態としてニートが描かれている。一九二九年にはじまる大恐慌の時代に、大量失業し階級的アイデンティティを剝奪されてドイツの街頭に溢れだしたアモルファスな群衆は、その対極に新たな主権者を総統として生じさせた。ワイマール共和国を襲った例外状態、ヒトラーの決断、そして新たな主権の樹立。この過程を理論的に先取りしていたカール・シュミットは、ナチス革命とヒトラー独裁体制の成立を支持する。王たろうとする滝沢は、この過程の再現を無意識的にめざしたのではないか。

　無数の砂粒の堆積は、ある限界で一方向になだれはじめる。無構造的な量としての群衆もまた。「あいつらは直列に繋いでやれば結構なポテンシャルを発揮するんだ」という滝沢の言葉は、有機的に自己組織化なしえないニートの限界を欺瞞的に隠蔽する結果にしかならない。外部から権威的に構造化されることを求め、ニートたちは第二のミサイル攻撃から日本を救った英雄として、滝沢を崇拝しはじめる。滝沢の意識は国政規模の世話役を引き受けたにすぎないにしても、無意識のレヴェルでは英雄的な決断と主権者の登場を待望するニートたちの要求に応じ、「この国の王様」たらんとしたのではないか。

　しかし、これだけでは群衆《ニートたち》が主権者《セレソン》を渇望した歴史の安直な再現にすぎない。アニメ「東のエデン」を構想するに際し、例外状態と決断主義をめぐる二〇世紀の歴史に、神山健治は異質な要素を持ちこもうとしたようにも見える。

　無構造的な量にすぎない群衆が自律的な集団を形成し、主体的に自己組織化していく。自己組織化する集団は、一九世紀の革命運動ではパリ・コミューンの「コミューン」が典型だろう。群衆が形成した集団は二〇世紀初頭のロシアでは「ソヴィエト」、第一次大戦末期から大戦直後のドイツでは「レーテ」と呼ばれた。[5]二〇世紀後半の評議会運動としては、ハンナ・アレントが賞讃した一九五六年のハンガリー革命、一九六〇

年代後半に西側先進諸国で高揚した学生コミューン運動、七〇年代イタリアのアウトノミア運動などがある。❖6
一方の極に群衆が、他方の極に決断する主権者が存在する。群衆は主権者による敵の名指しによってのみ、友として組織化されうる。このようなシュミット的構図から、群衆の自己組織化としてのコミューン的集団形成は決定的に逸脱する。では、砂粒の堆積のような群衆はどのようにして自己組織化し、評議会的な集団を形成しうるのだろう。
コミューン的な集団形成もまた敵の名指しを端緒とする。しばしば指摘されるように、集団形成の現場には祝祭的な雰囲気が溢れるが、しかし叛乱は祭ではない。祭は敵に対抗して組織されるわけではないが、叛乱を叛乱たらしめるのは群衆による敵の発見なのだ。
叛乱の現場でも敵が名指され、闘争が決断される。だが、それは一極化された超越的な主権者による決断ではない。たまたま群衆の一人が敵を名指す。名指された敵に向けて群衆は動きはじめる。そこには無数の微小な決断がある。次の瞬間には、敵を名指した一人は群衆の波に溶解してしまう。そして次の一人が登場する。このような一人を、『叛乱論』で長崎浩は「アジテーター」と呼んだ。アジテータと群衆はダイナミックな相克を演じ続ける。だから、叛乱する集団は制度的に固定化されえない。群衆の自己組織化は流動し沸騰する熱い運動としてのみある。❖7
しかし、砂粒のような群衆が形成する集団とは異なるそれも存在する。群衆的な貧民プロレタリアがしだいに組織化され、安定的な階級に変貌していく一九世紀末のフランスでは、革命的サンディカリストの運動が激発した。時代に追い越されようとしている昔ながらの熟練労働者が革命的サンディカの主力で、アイデンティティの剝奪を前提とする群衆の集団と革命的サンディカは質的に異なる。一八四八年革命のパリでは多種多様な同業組合《コルポラシオン》が自発的に組織され、職業を超えた知識人や民衆の連合組織《アソシアシオン》も広範に形成された。これらの子孫として革命的労働組合《サンディカ》を捉えることもできる。

マルクス主義のプロレタリア独裁論は、群衆によるコミューン的な集団形成には限界があり、それは制度化されなければならないと主張する。たとえば一九一七年のロシアでレーニンは、ケレンスキー政権とソヴィエトの二重権力状態は一元化されなければならないと語った。しかし運動としてのソヴィエトは、原理的に国家になることができない。代わってボリシェヴィキ党が政治権力を掌握しなければならないと。

その結果は歴史が示すところである。レーニンとトロツキーは群衆の自己組織化であるソヴィエト運動の弾圧と破壊に狂奔し、またたくまにプロレタリア独裁はボリシェヴィキ独裁の別名に転じる。亡命地から叛乱のロシアに帰国したレーニンは、シュミット的な主権者であることを決断したともいえる。ボリシェヴィキ革命（実態は、一九一七年二月のソヴィエト革命にたいする一〇月のボリシェヴィキ反革命）を参照してシュミット理論が築かれたとすれば、この順序は逆になる。正確にはシュミットがレーニンを模倣したのだ。

結城の計画を事前に察知した滝沢は、ミサイル攻撃との闘争を決断し、着弾の被害を最小限に喰いとめるためインターネットを通じてニートに協力を呼びかけた。ここには群衆の内発的な構造化、自己組織化の触媒たろうとするアジテータの意思が窺える。滝沢のアジテーションに応じて集団を形成し、避難誘導に活躍した二〇〇人は、しかし「迂闊な月曜日」を通過するや二万人の無構造的な集積に解体されてしまう。

ミサイル攻撃をしかけた結城たちの陣営を、滝沢は敵として名指し闘争を決断した。だが、それは滝沢一人の決断にすぎない。滝沢に続き、滝沢のように群衆を自己組織化するための第二、第三のアジテータがニートたちのあいだから登場しえないのは、滝沢が公然と敵を名指していないからだ。アジテータをめざしながら、しかし公然と敵を名指すという一点で、滝沢はアジテータの役割をみずから放棄してしまう。

このアジテータ志願者は、どうして群衆の前で公然と敵を名指し、敵との闘争を呼びかけようとしないのか。ノブレス携帯をめぐる秘密がそれを妨げたとか、敵対者の登場を知れば結城たちは作戦を変更するだろうからというのは物語内的な説明、たんなる辻褄あわせにすぎない。こうした滝沢の躊躇が、ニートによる集団形成の不徹底性と、無構造的な量への退行を許したともいえる。

闘争が闘争である以上、滝沢の敵陣営もまた決断し、滝沢や滝沢の呼びかけに応じて形成された集団を敵として名指そうとする。滝沢がミサイル攻撃を仕組んだテロリストの首領であり、その手先がニートたちなのだというデマゴギーが、物部によって意図的にばらまかれた。滝沢＝テロリストという「敵」の措定は、それ以外の日本国民を共通の被害者として、むしろ「友」として団結させるだろう。このような「友」集団に日本国民を結集することは、物部がもくろむネオリベ的社会改革の方向とも一致する。

もしも滝沢が本来のアジテータだったら、結城たちの陣営こそテロリストである、敵であると公然と名指したことだろう。群衆は二方向からの敵の名指しによって分裂し、それぞれにダイナミックな集団形成を開始する。しかし滝沢の選択は、「テロリスト」という敵側の名指しを進んで承認し、記憶を抹殺して姿を消すことだった。こうして滝沢は「王子という名の生贄」となる。

滝沢が闘争から身を引いた以上、結城と物部の前にもはや障害物は存在しない。二人は第二のミサイル攻撃を準備しはじめる。結城は日本列島を焼け野原にして、ロスジェネ世代にスタートラインの平等をもたらすため。そして物部は、決定的な脅威にさらされている事実を無自覚で怠惰な日本国民に突きつけ、それをネオリベ的社会改革の突破口とするために。

第二のミサイル攻撃に、記憶を回復した滝沢はまたしても立ち向かおうとする。しかし敵の名指しは、依然として公的にはなされない。豊洲に襲来するミサイルの脅威から逃れ、自分の命を守るため、二万人のニートは必死で携帯のボタンを打ったにすぎない。敵との闘争を意識しえないまま、台風や地震のような「災害」から本能的に逃れようとした。

六〇発のトマホークを空中爆発に追いこんだ滝沢は、「この国の王様」たろうと決意する。二万人という無構造的な群衆《ニートたち》の自然発生的な要求は、みずからを外部から強制的に秩序化するだろう主権者の登場だ。ニートたちの要求に滝沢は応えようとしたわけだが、しかしこれを主権者としての決断といえるだろうか。依然として滝沢は敵を名指そうとしないし、群衆に闘争を呼びかけようともしない。ようするに滝沢は、一方で集団のアジテータであることを拒否し、他方で主権者となることも拒否した。

王たらんとする滝沢の決断に、総理大臣の席を提供すればすむと判断したジュイスの反応を含め、問題はまたしても曖昧な濃霧の底に沈みこみ、なにひとつ明瞭な解決を迎えることはない。敵の公然たる名指しを回避した滝沢は、第一のミサイル攻撃のあと「王子という名の生贄」の立場を強いられた。かろうじて第二のミサイル攻撃を封じこめた滝沢が、以前と同じような躊躇を抱えながら「この国の王様」になろうとしても、はじめから結果は見えている。例外状態を前にしての決断は、新たな主権の樹立には向かいそうにない。滝沢もジュイスも主権者を、国家規模の世話役や幹事役としか理解していない以上、それも当然の結果といえる。

滝沢を飯沼朗として、前総理の飯沼誠次郎の隠し子に仕立てあげようとするジュイスや、新世代の英雄として祀りあげはじめたニートたち、それを煽りながら土壇場で滝沢を暗殺しようともくろむ SELECAO No2

の辻などの思惑が交錯しながら、劇場版の物語は進展していく。滝沢自身は、ゲームの上がりを賭けた物部との闘争に巻きこまれていく。

滝沢が王にならざるをえないのは、「この王様のいない世界で」あえて「王子という名の生贄」という役割を引き受けたからともいえる。すでに王権の負性が生じた以上、その正性が対極に生じなければならない。では滝沢はシュミット的な主権者とは異なる王、いわば正負の両面を兼ね備えた原古の王をめざしたのだろうか。しかし、それではオイディプスの運命を再演したルルーシュの場合と同じことで、「東のエデン」は「コードギアス」の結末を反復しているにすぎない。

アニメ「東のエデン」で描かれた自己組織化する群衆は、滝沢によるネット上の呼びかけに応えた二〇〇人の避難誘導ボランティア集団だけではない。咲を代表とするサークル「東のエデン」それ自体が、学生のリサイクル運動から手作りの携帯サイトの主宰にいたるまで、現代的な群衆による自己組織化の産物といえる。このような自己組織化の形態を、筆者は『例外社会』で「生存のためのサンディカ」と呼んだ。

ある意味でサークル「東のエデン」は、二一世紀の日本に再生した一九世紀のコルポラシオンやサンディカである。このような相互扶助組織は現在いたるところに遍在し、無数の泡のように形成と消滅を繰り返している。問題は砂粒の堆積のような無構造的な群衆と、「生存のためのサンディカ」の相互関係だろう。❖8

サークル「東のエデン」の板津は天才的なハッカー、みっちょんも優秀なプログラマーとして設定されている。咲は評価の高いコピーライターだし、平澤はマネージメントで才能を発揮する。ようするに「東のエデン」は、職人的な熟練労働者を主力とした一九世紀の革命的サンディカに類比的なのだ。すでに同じようなニートであるか、将来はニートになるしかない立場だとはいえ、職業能力や専門能力を含めて一切のアイデンティティを失ったニートたちと「東のエデン」メンバーは存在形態が異なる。

学生サークル「東のエデン」は滝沢の財政的支援を得て、劇場版では起業に成功し、有力なベンチャーとして注目されている。だが平澤たちは、劇場版の後半で独自の動きを見せはじめる。「この国の王様」たらんとする滝沢の意を受けて、ジュイスは滝沢の経歴を飯沼朗のそれに書き換えはじめた。滝沢朗のアイデンティティが奪われることを阻止しようと決断し、そのための闘争を「東のエデン」メンバーは開始する。しかし「この国の王様」になろうとしたのは滝沢自身だし、そうなることをニートたちも待望している。ようするに「東のエデン」メンバーは、滝沢本人とも、滝沢を主権者に押しあげたいニートたちとも対立する立場を選んだことになる。

咲をはじめサークルのメンバーは、滝沢のアイデンティティを守るため経歴の書き換えを阻止しなければならないと思う。あらゆるアイデンティティを剝奪されたニートたちの「王」となるために、滝沢は記憶というアイデンティティの根源さえ自分から放棄しなければならない。しかし咲たちは、そのようにして誕生する「王」の存在に、無視できない抵抗感を覚えている。ここには革命サンディカにも類比的な専門家集団の質性と、量にすぎない無構造的な群衆の立場的な相違が影を落としているのではないか。

劇場版の終幕で「ホワイトハウスんときみたいに、〝何者でもない俺〟として」滝沢は、「一度テロリストとして正式にこの国に〝要求〟を突きつけてみようと思う」。これまでテロリストの称号は、不本意ながら押しつけられ、他に選択肢がないから引き受けたにすぎなかった。しかし物語の結末で滝沢は、みずから「テロリスト」として積極的に行動しようとする。この場合の「テロリスト」とは、新たな主権者たらんとする者に既成の主権者が貼りつけるレッテルだ。

「俺はふたたび、大量の若者を連れて〝楽園〟に消えようと思っています。今度は半年前の二万人どころではない数を想定しています。それはつまり、この国が将来の貴重な労働力を一気に失ってしまうということです」と、滝沢は携帯電話を通じて全国に語りかける。「上がりを決め込んでいるオッサンたちは、今すぐ必死で貯め込んできたモノを捨て、彼らと一緒に新たな楽園に旅立つ決意をしてください。これが、俺からの要求です。受け入れられなかった場合には、じきに既存の価値観は失われ、あなた方の思い描いた楽園も喪失する」。

ここでようやく、滝沢はおのれの決断を公にする。敵は「上がりを決め込んでいるオッサンたち」だ。敵が降伏しないなら、友である若年世代は滝沢に率いられて「〝楽園〟に消え」なければならない。この闘争の結末は、次のように描かれる。

滝沢の呼びかけで豊洲のショッピングモールに集まった若者たちは、今や聖地となりつつあるショッピングモールで〈AKX20000®〉たちと、毎日がフリマな共同生活をはじめている。残念ながら、今のところそこに滝沢は現れていない。彼らは〈AiR KING®〉に憤慨しつつも、いつの日か彼が降臨するのを待ち望んでいる。

〈AKX20000®〉はマスコミに注目されタレント化したニートたち、〈AiR KING®〉は撃墜王の意味で、ミサイルを指鉄砲で撃墜した滝沢を示している。物語の結末で語られるのは、結城が望んだような暴力的変化に日本は見舞われることなく、いわば平穏な例外状態が訪れたらしいことだ。ベンチャー企業〈東のエデン〉は解散し「拠点を豊洲に移した。もっとユーザーフレンドリーなシステムをめざすべく、彼らとの共同生活をはじめている」。一見して、中途半端な結末といわざるをえない。

TV版と劇場版を通してアニメ「東のエデン」の設定やプロット、あるいは主人公の心理と行動に、無理や不自然や御都合主義を指摘する声は少なくない。すでに触れたように、第一の無理は二度にわたる主人公の記憶喪失だろう。最初の記憶喪失がTV版の物語をミステリ的に駆動し、第二の記憶喪失が劇場版の物語を釣り支える。しかし物語内的な説明で、視聴者や観客は滝沢の発想と思考を自然なものとは了解しえない。視聴者や観客の興味を惹きつけるプロットの構築のため、滝沢は物語外的な理由から記憶を奪われたのではないか。とすれば、これは物語作家としての神山健治の不手際にすぎないだろう。

ミサイル攻撃や犯人である結城たちとの闘争を決断しながら、それを公にしようとしない滝沢の、優柔不断とも見える言動が第二の無理だ。「不本意ながらも王子であろうとした」のは、この躊躇の帰結にすぎない。さらに「この国の王様」たらんという決断もまた、劇場版では奇妙な宙吊り状態に追いこまれてしまう。国政レヴェルの世話役や幹事役が「王」であるなら、それをめざすことに決断というほどの重さはない。

第三の無理は、ミサイル攻撃の撃退に実質的には貢献していないニートたちへの、滝沢による過大評価である。明確に名指された敵との闘争に、主体的な決断で参加するという前提が与えられない以上、ニートたちも貢献のしようがないだろう。そうしなければ命が危ういという脅迫から、創造的なアイディアが生まれるわけはない。ニートたちを無能力状態に追いこんでいるのは、滝沢の躊躇や優柔不断なのだ。その責任を回避するため、意識的にか無意識的にか滝沢は、「あいつらは直列に繋いでやれば結構なポテンシャルを発揮するんだ」という空疎な賞讃を口にせざるをえない。

これらの無理や不自然を、神山健治の人物造形力やプロット構築力の限界として批判するのはたやすい。しかし、たとえばサークル「東のエデン」のメンバーを描き分ける際に、神山は演出家として優れた手腕を発揮している。サークルのベンチャー企業化でイニシアチブをとる平澤や、咲に片想いをよせる大杉の性格設定には図式的な印象もないではないが、春日や板津のキャラクター造形は秀抜といえる。

深夜アニメとしては定型的だが、おネエとみっちょんのキャラクターにも説得力はある。こうした点で技倆を証明しているアニメ監督が、滝沢の人物造形をめぐる不自然性に無自覚だったとは思われない。以上のような無理を、神山は作品に意図して埋めこんだのではないか。

これまでの記述で部分的には触れてきたが、あらためて以上三点にわたる無理が生じた根拠を検討してみよう。それが、アニメ「東のエデン」を評価する基軸ともなるはずだ。

まず、第一の記憶喪失である。この設定にかんして、逮捕され訊問されても余計なことを喋らないためという、物語内的な理由づけの説得力は希薄といわざるをえない。物語のメタレヴェルが不自然性を承知の上でこの設定を要請したに違いないのだ。ミステリ的なプロットを効率的に構築するのが、その目的だろうか。たしかにノブレス携帯の謎と自身の正体を探し求める主人公は、視聴者の興味を掻きたてる。しかし、プロット的な効果は結果にすぎない。アイデンティティの源泉である記憶さえ失った全裸の青年とは、階級や社会集団から脱落し、職業も地位も失ったニートたちを象徴する。物語のメタレヴェルは、主人公を二一世紀的な群衆の典型とするため、その記憶を奪ったのではないか。

第二は、主人公の英雄らしからぬ躊躇や優柔不断だ。すでに例外状態は到来しているが、二一世紀的な例外状態にカール・シュミットが想定したような主権的決断は存在しえない。敵は名指さなければならないが、名指すことができない。対抗陣営から自分が敵だと名指された場合、お前たちこそ敵だと反撃するのではなく、敵という名指しを黙って認めて姿を消さなければならない。である以上、たとえ主権者をめざそうとも主権者になることは許されない。鮮明な対立の構図がなし崩しに曖昧化され、すべてが生ぬるい沼地に呑みこまれてしまう二一世紀的な例外状態を、神山健治は「東のエデン」で描こうとしたのかもしれない。

消極的には、このようにいえる。しかし滝沢の動揺や優柔不断とも見える態度には、もっと積極的な意味が込められてもいる。ミサイル攻撃と闘うことを決断しながら、滝沢はそれを公に語ろうとしない。いったんは王＝主権者たることを決断しながら、最後まで滝沢は、豊洲のショッピングモールに集う臣下たちの前にあらわれようとはしない。

無構造的な群衆は、対極に決断する主権者を析出せざるをえない。この必然的なメカニズムを、滝沢は失効させようとしたのではないか。しかも劇場版の物語では、無構造的な群衆と超越的な主権の相補的なメカニズムに、サークル「東のエデン」という「生存のためのサンディカ」が必死の抵抗戦を挑む。

例外状態の群衆と主権をめぐるシュミット的図式を覆しうるのは、いうまでもなく群衆のコミューン的な集団形成である。とすれば第三の、「あいつらは直列に繋いでやれば結構なポテンシャルを発揮するんだ」という、滝沢の誇大なニート評価も新たな意味を帯びはじめる。命の危険をまぬがれるため必死で携帯電話のボタンを打ったニートたちや、ショッピングモールで主権者の登場を待ちわびるニートたちは、いまだ自律的な集団形成の道に踏みだしていない。どうすれば二一世紀的な群衆を「直列に繋」ぐことができるのか、その方途を滝沢もまた見出しえていない。誇大ともいえる評価は、新たな集団形成の可能性への期待と解することができる。

滝沢は徹底した非暴力主義者として描かれる。旅客機を誤射した一一発目のミサイルを例外として、残る七〇発のミサイルを一人の犠牲者も出すことなく処理するのだから。主人公の滝沢が非暴力的なだけではない。アニメ「東のエデン」の全篇が残虐な死、大量の死をあえて排除しようとしている。絶命の光景がリアルに描かれるのは、歌舞伎町の広場で妻に刺殺されるSELECAO No4の近藤くらいではないだろうか。死と暴力を作品空間から排除することは、片腕を縛ってボクシングの試合に臨むようなものだ。ミステリ的興味で物語を牽引するSF的アニメとしては、かなりの冒険といわざるをえない。

アモルファスな暴力が瀰漫するホッブズの自然状態が、例外状態では再来する。例外状態を舞台とする以上、作品空間に死と暴力が溢れるのは必然的なのだ。「東のエデン」は、この必然性に抵抗している。むろん神山健治が、原理的に暴力描写を否定しているわけではない。たとえばTVアニメ「攻殻機動隊 STAND ALONE COMPLEX」の初回では、中国大使館を占拠したテロリスト全員が公安九課によって惨殺される。

例外状態をアモルファスに満たす群衆は、本質的に暴力的である。六〇年代ラディカリズムの尖端は、群衆の暴力性を無警戒に礼讃し、それに溺れることでテロリズム的な自滅の道を辿った。

例外状態の到来と群衆化が時代の必然性であるとしたら、暴力の露出もまた不可避だろう。ミサイル攻撃で日本列島を焦土に変えるという結城の発想には、例外状態に巻きこまれた群衆の暴力性が無自覚に投影されている。問われているのは、必然的である群衆の暴力を浄化することだ。この課題を自覚した滝沢は、とりあえず非暴力的であろうとしたのではないか。

群衆の集団形成と大衆叛乱は本質としてユートピア的である。群衆が蜂起するのは、い、ま、こ、こ、にユートピアを実現するためだ。アニメ「東のエデン」の結末で、ようやく滝沢は「オッサンたち」の既得権体制として敵を名指し、群衆《ニートたち》に楽園《ユートピア》を約束する。しかしユートピアの夢に導かれた集団形成は開始されないまま、物語は幕を閉じる。この中途半端さが「いま」のリアリティであると、「東のエデン」の結末は暗示しているのだろうか。

❖1　カール・シュミットによれば、「主権者とは、例外状況にかんして決定をくだす者をいう」(『政治神学』)。また主権者は「現に極度の急迫状態であるかいなかを決定すると同時に、これを除去するためになにをなすべきかをも決定する」。

❖2　ハンナ・アレントは、例外状態や決断や主権をめぐるシュミット政治理論に真正面から対抗した。アレントによれば、大革命によって成立したフランス共和国は主権国家にすぎないが、少なくとも成立当初のアメリカ合衆国は、評議会的な自治組織の地域連合(「州《ステート》」)が相互同盟した連邦だった。それは「絶対的支配者の原理と国民の原理をともに含んでいる」(『革命について』)主権国家を原理的に超える、完全に新しい政治体として設立された。「権力が約束によって構成される相互契約のほうは、最小限、共和政の原理と連邦制の原理をともに含んでいる。共和政の原理によれば、権力は人民のなかにあるが、その場合、『相互服従』のおかげで支配は不合理なものとなる」。また「連邦制の原理は、(略)『増大のためのコモンウェルス』の原理であって、それによれば、政治的構成体をいくつも結びつけることができ、それぞれの個性を失わずに、永久的な同盟関係にはいることができる」。初期のアメリカ合衆国は国家規模の巨大なコミューン連合だったというアレント説だが、南北戦争を画期としてアメリカもホッブズ的な主権国家への変質を完了した。

❖3　この点の詳細は、『立喰師、かく語りき』に収録された押井守と筆者の対談を参照のこと。

❖4　アレントは『人間の条件』で、古代ギリシアの「単なる生命と区別された生《ビオス》」に注目した。これを敷衍して、アガンベンは次のように述べている。「ゾーエー《ゾーエー》は、生きているすべての存在(動物であれ人間であれ神であれ)に共通の、生きている、という単なる事実を表現していた。それに対してビオスは、それぞれの個体や集団に特有の生きる形式、生き方を指していた」(『ホモ・サケル』)。アレントが重視したのは「活動《プラクシス》」に通じる文化的な生としてのビオスだが、アガンベンは動物的な生でもあるゾーエーから、絶望し無気力状態に陥ったナチ収容所の囚人(「イスラム教徒《ムーゼルマン》」と呼ばれた)に典型的な「剝きだしの生」の概念を導いた。アレントの文脈に戻せば、喰わねばならない動物的な必然性に呪われた労働人が「剝き出しの生」に該当する。古代アテネで「剝き出しの生」を生きていたのは、生殖と生産の場としての「家《オイコス》」に閉じこめられた奴隷と女である。

❖5
フランスのコミューンは中世から存在した地域のコミュニティで、今日でも小規模な基礎的自治体はコミューンと呼ばれる。コミューンが英語のコミュニティに等置されえない、革命的群衆の集団を普遍的に意味しはじめたのは、いうまでもなくパリ・コミューン以降のことだ。共産主義《コミュニズム》の原義はコミューン主義であり、一九世紀中頃のフランスでは一般にブランキ主義を指していた。

❖6
アレントはロシアとハンガリーの評議会運動にかんして、次のように述べている。「ロシアのばあいは、労働者、農民、兵士の評議会、ハンガリーのばあいは非常に雑多な評議会というように、この二つの事例では、相互にまったく無関係に、いたるところで評議会あるいはソヴィエトが発生した。(略)このような種々雑多な集団のなかにそれぞれ評議会がつくられた結果、多かれ少なかれ偶然的であった近接関係は、一つの政治制度にかわった」(『革命について』)。

❖7
アジテータの実存的性格を、長崎浩は次のように描いている。「アジテーターの存在は不断の疲労に満ちている。八面六臂の活躍が休む間を与えないということではない。彼は大衆との緊張関係に固執するものとしてアジテーターの存在を選びとったのだったが、結局大衆との一体化をかちえんがためにそうしたのだった。いいかえれば、彼は自分の存在を否定するためにアジテーターの存在を決意したのである。(略)彼は政治関係の外にとどまっていたかつての自分の存在をうらやむ。市民であれ労働者であれ、また知識人でもよい。それらは政治の外にあるときには日常的関係のなかでしっくりと安定していたようにみえる。彼は自分の敵=権力すらうらやむ。けれども、アジテーターとして政治の関係と行為にとどまる以上、彼は彼の政治が成就してこの流動のうちに大衆と一体化していく以外に、自分を否定する方途は残されていない」(『叛乱論』)。市民、労働者、知識人というような社会的規定性が崩壊して、人々は群衆化する。アジテータもまた群衆の一人だが、群衆の前に立ち特定の行動を呼びかける点で、群衆から分離し群衆に対峙する。しかも、この分離は合一をめざしての分離にすぎない。群衆がアジテータの言葉を受けいれて行動しはじめるとき、アジテータは群衆の一人にもどる。コミューンや評議会への群衆の自己組織化は、このように相互否定を不可欠の契機とした群衆とアジテータの一体化という、政治的なダイナミズムをはらんで進行する。群衆の集団化は一人の「救世主《セレソン》」、ようするに一人の指導者の前に、残る全員が秩序だって整列するような組織化の原理的とはラディカルに相違する。

❖8

フランス大革命からパリ・コミューンにいたる歴史では、すでにある民衆の自治組織《コミューン》が、情勢の急迫に促され闘争や蜂起の集団に転化したように見える。しかし、その場合でもアジテータと大衆の相互否定による政治的ダイナミズムが作動した事実は見逃せない。フランス革命史に登場する同業組合《コルポラシオン》や結社《アソシアシオン》や労働組合《サンディカ》は、構成員がもともと属していた地域的なコミューンとは違って、諸個人の盟約によって結成される団体だ。四季協会と称していたように、ブランキによる武装蜂起の秘密結社もまたアソシアシオンの特殊な一例といえる。ブランキは武装したアソシアシオンの先行的な蜂起によって、政府を転覆するような巨大叛乱を惹き起こしうると信じていた。しかし二一世紀の今日、アソシアシオンとコミューンの関係をブランキのように想定しうる根拠はない。そもそも、アソシアシオンの先行的蜂起によって革命に点火するというブランキの構想は、その当時でさえ失敗を繰り返し続けた。二〇世紀に入って、ナポレオン時代以来のパルチザン戦争が革命運動と結合される。ゲリラ部隊を武装したアソシアシオンに、解放区の自治組織を革命的コミューンに類比することは可能だろうが、両者の関係は一九世紀から二〇世紀までのヨーロッパ諸国のそれと大きく異なる。イラクやアフガンでは今日も、中国革命やキューバ革命の構図が反復されているようだ。しかし一方からいえばイスラム革命の国際ネットワーク、他方からいえば国際的なテロのネットワークであるアルカイダを、四季協会のような武装アソシアシオンと同一視はできないだろう。

第 II 部

デモ／蜂起の新たな時代

1　制度的アイデンティティの危機

チュニジアのジャスミン革命やムバラク政権を倒したエジプト革命、アメリカの「オキュパイ・ウォールストリート」、ギリシアやスペインの反貧困運動をはじめ、二〇一〇年末から一一年にかけて世界各地で大規模デモが発生した。日本でも福島事故以降の脱原発運動が、大飯再稼働をきっかけに新たな段階に入る。とりわけ注目を集めたのは、毎週金曜夕方に行われる首相官邸前抗議行動で、六月からは万単位の参加者を算えた。〈68年〉以来の、〈68年〉を超えるかもしれない大衆的高揚を前にして、さまざまに「デモ」の意味が語られはじめた。9・11新宿駅前集会での「デモで社会は変わる、なぜなら、デモをすることで、『人がデモをする社会』に変わるからだ」という柄谷行人の発言は注目を集めたし、新しいデモを主題にした津田大介『動員の革命』、五野井郁夫の『「デモ」とは何か』、小熊英二の『社会を変えるには』なども刊行された。前提となる発想は対極的ながら、この流れと無関係ではない著作として東浩紀『一般意志2・0』もある。

たとえば五野井は、柄谷行人の発言を次のように引用している。

確かに、デモ以外にも手段があります。そもそも選挙がある。その他、さまざまな手段がある。しかし、デモが根本的です。デモがあるかぎり、その他の方法も有効である。デモがなければ、それらは機能しません。今までと同じことになる。

（柄谷行人「9・11原発やめろデモ」でのスピーチ）

ここで柄谷は、デモという言葉に大衆的示威行動という以上の意味を込めている。その点は五野井も同じだが、辞書的な意味とは異なるものとしてデモを再定義してはいない。

まだデモという言葉が一般的でなかった明治時代、足尾鉱毒反対闘争でデモは「押出し」と称された。隊伍をなして東京に向かおうとする農民と警官隊との衝突は、前後六回におよんだ。

足尾農民の押出しは、同時代の欧米の近代的なデモではなく、祖先たちの一揆の記憶に触発されたものだったろう。一揆はまた蜂起でもある。

室町時代の公卿の日記に、「土民蜂起す」という記述がある。蜂起という言葉が日本で使われはじめたのは、この時代のことらしい。ムシロ旗を掲げ、ありあわせの武器を手にした農民たちが徳政を要求して街道や町に繰りだす。これは、たしかに「蜂が起きる」光景を思わせたろう。近畿地方を中心とした室町時代の農民蜂起（土一揆）は、戦国時代になると大規模な一向一揆として全国化していく。

年貢を納めるため朝から晩まで田畑で鋤鍬を振るっていなければならない農民が、たがいに一揆の盟約を結び要求を掲げ、本来の居場所を離れて街道や町に溢れだす。本来の居場所とは、もちろん支配的制度による規定にすぎない。この点で一揆の盟約による農民蜂起は、封建社会の底辺に置かれた制度的役割（社会的アイデンティティ）の自己破壊であり、そこからの自己解放でもあったろう。

土一揆は江戸時代の農民一揆と違って、飢餓寸前という経済的困窮のみを動機としてはいない。天皇や将軍の死、あるいは代替わりなどをきっかけに、徳政を要求する一揆が頻発した。徳政の要求を支えていたのは、人為的に移動させられた物（財を含む）は元の位置に戻らなければならないという観念である。近代的な言葉に置き直せば、ようするに所有の自然権をめぐる倫理的な要求。

王の死が共同体に儀礼的な無秩序を生じさせる事例は、民族学や社会人類学でしばしば報告されてきた。王の死による社会秩序の象徴的な危機が、社会的アイデンティティの崩壊としての蜂起を惹き起こしても不思議ではない。リヴォリューションが星座の一巡を語源とするように、王の死は、治世のあいだに乱れた世界の秩序を本来の状態に戻し、共同体が蘇生し復活するための機会である。だから、借金を棒引きにしろ、あるいは高利で奪われた所有権を元に戻せという徳政の要求が、将軍の死や代替わりを機に蜂起として爆発した。

反民衆的な抑圧体制の頂点を攻撃したという宣伝効果を狙って、〈人民の意志〉党や社会革命党のテロリストはツァーリ暗殺を企てたわけではない。少なくとも、それだけではない。王の死が無秩序と混沌を、さらにリヴォリューションとしての社会の蘇生と更新をもたらすだろうという、原古からの無意識的な記憶がテロリストたちの情熱を駆動していた。

日本では土一揆から一向一揆にいたる時代、中世末期にあたるヨーロッパでも無数の農民蜂起が、あるいは大規模な農民戦争が闘われていた。代表例はエンゲルスが『ドイツ農民戦争』で、エルンスト・ブロッホが『トマス・ミュンツァー　革命の神学者』で論じたドイツ農民戦争だろう。中世末ヨーロッパの農民蜂起や農民戦争は、カトリックの教権支配に抵抗する異端的な千年王国主義運動でもあった。農民蜂起が民衆的な宗教改革運動として闘われた点は、日本の一向一揆の場合も変わらない。

一揆は共同行動の盟約を意味するが、外から見れば蜂起である。蜂起、一揆、押出しに共通するのは、固定化された社会的アイデンティティからの離脱であり、主体性の死と再生の経験だろう。それはまた自由の経験でもある。

市民革命は自由を要求して闘われたといわれる。この場合、自由とは絶対主義王権の抑圧にたいし、将来に実現されるだろう自由な社会、自由が保障された社会制度を意味する。蜂起は、こうした目標を達成するための手段にすぎない。しかし、このような目的／手段の理解は一面的である。

たとえば、会社に行くために電車に乗る。目的は会社に行くことで、電車に乗るのは手段にすぎない。タクシーに乗るとか他に有効な手段があれば、電車という手段は変更可能、代替可能だ。しかし登山の場合はどうだろう。登山の目的は山頂に立つこと、手段は坂を歩いて登ることだ。山頂に立つためには代替手段がある。ヘリコプターに乗ることも、強力に背負ってもらうこともできる。しかしヘリコプターで山頂に降りても、登山とはいわない。自分の足で歩いて登る行為（手段）と、山頂に立つという目的は機械的に分離できない。出勤と違って登山では手段と目的は一体である。マックス・ヴェーバーの目的合理性の概念を参照するまでもなく、目的と手段の形式的分離は、魔術から解放された近代の産物にすぎない。

同じように自由の場合もまた、自由な社会の実現という目的と、大衆蜂起という手段を分割することはできない。蜂起とは、固定化された社会的アイデンティティを自己破壊して自由になることだ。制度的な

〈私〉は象徴的な意味で死を迎え、自由な〈私〉に再生する。自由な集合的行為としての蜂起こそ、目的である新たな社会制度の自由を支える。啓蒙君主によって民衆に与えられた自由を、本来の意味での自由とはいえない。天皇によって明治憲法を与えられ、占領軍によって戦後憲法を与えられた日本人の自由の脆弱性が、この事実を端的に示している。

憲法で保障されるような自由とは、大衆蜂起で生きられる自由の制度化にすぎない。むしろ、このように捉えるべきではないか。デモとは近代に持ちこまれた一揆、蜂起である。蜂起を武装蜂起、とりわけボリシェヴィキ党による一〇月クーデタを典型例とするような武装蜂起として理解すると、デモが蜂起であることの意味がわからなくなる。蜂起とは、個々の社会的アイデンティティを破砕して街頭に溢れだす群衆の集合的行為である。

大規模であろうと小規模であろうと、暴力的であろうと平和的であろうと蜂起は蜂起だ。またデモが蜂起である限り、そこにはかならず社会的アイデンティティからの離脱や制度化された主体性の死と、蜂起者＝デモ参加者としての再生という内的過程が刻まれている。逆にいえば、歴史に大文字で記録されるような巨大蜂起は、しばしば社会的アイデンティティの動揺と危機の時代に生じる。

日本の〈68年〉に際し、大衆蜂起の核心を主体性の死と再生として唯一、的確に提示しえたのは長崎浩だった。当時の長崎は、「主体性の死と再生——自分は誰なのか」（『結社と技術』所収）で次のように述べている。

よく知られているように、いまこの社会の底辺では、「流民型労働者」と呼ばれたりする、非定着的労働者たちが動きまわっている。この現象は、世の秩序の根幹をなす諸組織の秩序と論理からの、労働者たちの端的な「脱落」を意味している。そして、これは同時に、戦後の過程で労働組合へと組織されてきた労働者階級の「階級（意識）」からの〈脱落〉でもある。学生の場合も同じだ。大学で教育をうけるという特殊な価値意識は崩壊し、学生層の組織としての「自治会」は形骸化を深めている。

ヨーロッパの千年王国主義運動は多くの場合、災害や飢饉をきっかけに開始された。土地を離れ流浪する群衆の前に預言者があらわれ、邪悪な世界を糾弾し、キリストの再臨と千年王国の到来が切迫していることを告げる。これまでと同じように暮らしていけない事実は、農民としての主体性の解体を意味する。古い主体性の死が、蜂起者という新たな主体性への再生を促した。

長崎によれば、これと類比的な事態が一九六〇年代後半の日本にも生じていた。「自治会組織の解体によってイメージされたものも、学生層という社会的規定の解体である。総じて、知識人の問題を解体することで、学園闘争は逆説的にも、『大学生』を『何者でもない者』へと壊していった」。このように「何者でもない者」、あてどなく浮遊する空虚な主体の大群こそが蜂起の前提となる。

戦後革命期ともいわれる敗戦直後の日本では、天皇の臣民という社会的アイデンティティの崩壊が大衆を街頭に駆りたてた。しかし戦後復興と高度成長の過程は、人々に新たな社会的アイデンティティをもたらした。勤労者は企業と労働組合に二重に組織化され、喰うに困らない安定した生活と居場所を与えられていく。しかも、しばしば労働組合は組合員をデモに動員する。組合に組織された労働者が中央の指令のもとに行うデモは、当然のことながら蜂起としてのデモではない。そこには制度的に固定化された主体性の死が、したがって蜂起者としての再生という経験が根本的に欠けているから。

このように考えてみてようやく、「デモが根本的です」という柄谷行人の言葉の意味が、あるいは柄谷の意図を超えて明らかになる。組合動員型のデモは、本来的な蜂起としてのデモとはいえない。それはデモ／蜂起の頽落形態にすぎない。

日本の戦後史で蜂起としてのデモが一時代を画したのは、皇居前広場を占拠した食糧メーデー（米よこせデモ）から血のメーデー事件にいたる戦後革命期と、一九六〇年代後半の全共闘運動の時期である。労働者を中心に諸階層が街頭に溢れだした前者と、学生層を主とした後者を同列に捉えるわけにはいかない。とはいえ〈68年〉の場合、労働者が階級として自足している「ゆたかな社会」（ガルブレイス）の大衆蜂起だった点に、西側先進諸国に共通する画期性が認められる。

今日まで最大規模のデモとして記憶されている一九六〇年の安保闘争だが、蜂起としての質は希薄だった。強行採決後の統一行動では、数次にわたり東京で数十万、全国で数百万というデモが組織されたが、その中軸は総評や全学連、原水協をはじめとする平和団体などの組織動員だった。「国民運動」と称されたゆえんだろう。国民運動から逸脱して過激化した全学連のデモに、蜂起の質はかろうじて宿されていた。行動が過激だったからではない。戦後復興の過程で蓄積された漠然とした社会的不安や、日本社会の変貌を予感したアイデンティティの危機や群衆化を無意識的に捉えた限りで、全学連の国会突入は蜂起的だった。

『社会を変えるには』の小熊英二は、ポスト工業化社会がもたらした自由の増大に、脱原発デモの画期性の根拠を見ている。それは、新自由主義的な「自由」による社会的流動化の増大とも言い換えることができる。

小熊によれば、福島原発事故以降の脱原発デモで「新しく目立ったのは、二〇〇〇年代以降に急増した、三〇代を中心とする『自由』労働者たちです。『一億総中流』の日本型工業化社会が機能不全になって、増加してきた社会層といえます」。既成の運動や組織に属さない「『自由』労働者」層が、SNSを活用しながら脱原発デモを中心的に支えている。

小熊の観察は妥当だとしても、デモの考察としては没歴史的で一面的といわざるをえない。デモの名に値するデモ、蜂起としてのデモの主体は原理的に自由である。自由とは、制度化された社会的アイデンティティからの自由だ。企業の従業員、その妻や子供、企業に就職するまでの訓練生（学生）というアイデンティティの、二〇〇〇年代に入って歴然としてきた危機と内的崩壊が、新しいデモの背景にはある。

一九三〇年代前半のドイツでは、二九年恐慌の波及による失業者の急増が深刻な社会危機を生じさせた。職業という社会的アイデンティティの解体が、左右のデモ／蜂起を激化させ、最終的にはナチス革命にいたる。同じようにリーマンショック以降の世界的な経済危機が、若年失業率が五〇パーセントに達したギリシア、あるいはスペインなど南欧諸国での大衆蜂起の背景にはある。北アフリカ諸国の民主化運動も「オキュパイ・ウォールストリート」の反貧困運動も、世界的な経済危機という共通の背景をもつ。

しかし日本では、二〇〇〇年代からの格差化／貧困化の進行にもかかわらず、北アフリカ諸国や南欧諸国のようなデモ／蜂起は生じなかった。劇的な解雇の嵐ではなく、非正規・不安定労働者の傾向的増加という真綿で首を締めるような形で、労働の危機がじわじわと進行してきたからだろう。また円高傾向にも見られるように、リーマンショック後に南欧諸国を襲った深刻な経済危機を、いまのところ日本経済は回避しえている。

日本人の社会的アイデンティティを根柢から揺るがしたのは、経済危機よりも福島原発事故だった。原発事故と放射能汚染は、もう昨日と同じようには暮らしていけないという危機感を、福島の被曝地域の住民を中心に国民的なものとした。戦後日本の「平和と繁栄」の破局的な終着点こそ原発事故だったという直覚は、繁栄に自足してきた戦後日本人に決定的な変化をもたらした。すでに進行していた社会的流動化とアイデンティティの崩落もまた、原発事故の衝撃をきっかけとして急速に自覚化され、脱原発デモと結合していく。

蜂起としてのデモの主体は、どの時代でも自由だった。日本の戦後史に即するなら、天皇の臣民というアイデンティティからの自由が、戦後革命期というデモの一時代を生じさせた。もちろん工場も家も焼け落ち、労働者や家庭人という社会的な存在根拠も崩壊していた。続いて一九六〇年代の後半には、学生層に集中してアイデンティティの危機が露呈され、〈68年〉の大衆蜂起が闘われる。

世界史的には、さらに大きな射程で同じことがいえる。市場経済の浸透と伝統的な農村共同体の解体による大都市への人口集中は、プロレタリア貧民を激増させた。屑拾いや水売りのような半端仕事《プティ・メティエ》で生計を立てるしかない点で、プロレタリア貧民をマルクスのように「二重に自由な」存在と定義することはできない。農民としてのアイデンティティを失った結果として、たしかに封建的束縛からは「自由」になっていても、しばしば労働市場から排除され、労働力を売る「自由」さえ与えられていなかったとすれば。バルザックの小説でリアルに描かれた都市貧民こそ、フランス大革命からパリ・コミューンにいたる一九世紀フランスのデモ／蜂起の主役だった。

しかし資本主義の発達と帝国主義化は、プロレタリア貧民という「危険な階級」を機械制大工業の産業労働者に変貌させていく。産業労働者は資本によって組織されると同時に、社会民主主義の労働組合と政党にも組織された。この過程は、第一次大戦を前にした二〇世紀初頭に完成を見る。

第一次大戦と第二次大戦に挟まれた「危機の二十年」（E・H・カー）には、またしても社会的アイデンティティの崩壊現象がヨーロッパを襲った。こうしてロシア革命の勝利とドイツ革命の敗北、ファシズムの台頭、フランス人民戦線、スペイン戦争という大衆蜂起の一時代が到来する。

第二次大戦後には西側先進諸国で、ケインズ・フォード主義体制による「ゆたかな社会」が確立される。その一環として戦後日本では、小熊のいわゆる『「一億総中流」の日本型工業化社会」が形成されていく。『「一億総中流」の日本型工業化社会」の解体と「自由」労働者層の増加が、脱原発デモに新たな質をもたらしたという小熊の見解は、だから没歴史的で一面的といわざるをえない。この点は五野井郁夫にも共通するのだが、脱原発デモの「新しさ」を強調しようとして、土一揆から足尾鉱毒反対闘争にいたる、とりわけ戦後革命から〈68年〉にいたるデモ／蜂起の歴史的経験を軽視する。あるいは意図的に切断しようとする。こうした姿勢では、新しい事態の意味するところを正確に把握することもできない。

2 「失われた二〇年」と「与えられた二〇年」

二〇一二年八月二七日の朝日新聞に掲載された「ぼくたちの失敗（上）」に、「学生運動に失敗、すぐ企業戦士に転向したくせして『後続世代は無気力』と批判、年金は潤沢にもらう……このあたりが今の若者の〝団塊世代観〟だろうか」とある。これを日本の〈68年〉をめぐる後進世代の第一の「常識」としよう。

第二の「常識」は、必要な妥協を拒んで無意味に過激化・暴力化し、いかなる成果も残すことなく消滅した、というところだろうか。無展望な暴力的過激化が、その後の社会運動に甚大な被害をもたらしたという観点から、たとえば小熊英二は『１９６８』を書いている。

日本の〈68年〉をめぐる後進世代の「常識」は無知の産物、あるいは歴史的事実の意図的な歪曲だと反論してみても、若い世代を説得するための効果は期待できそうにない。二つの「常識」が定着し終えた根拠を明らかにしなければ、どのような反論もリアリティをもちえないだろう。こうした「常識」も半分は妥当で、完全な捏造とはいえないが、としても放置しておくわけにはいかない。団塊世代や全共闘世代の自負や名誉など、たいした問題ではない。そうではなく、二つの「常識」は後続世代の運動の発展を制約しかねないからだ。

とりあえず、第二の「常識」のほうから検討していこう。『「デモ」とは何か』で五野井郁夫は、「二〇一一年という現在」と「四三年前の一九六九年一〇月二一日、いわゆる『新宿騒乱事件』」を対比し、次のように述べている（ちなみに一九六九年というのは五野井の間違いで、騒乱罪が適用された新宿闘争は六八年）。

しかし、二〇一一年六月一一日に新宿駅東口のアルタ前広場に集まった群衆らの行動には、四〇年以上前の物騒なイメージの出来事とは決定的に異なる点があった。それは、参加者側の徹底した「非暴力」、そしてデモ自体の「祝祭性」、すなわち平和なお祭りのような賑わいである。

「カーニバルのようにわくわくする『祝祭』の雰囲気と『非暴力』というこの二点で、戦後史における暴力の鉄鎖との訣別が明瞭なかたちでなされた」という五野井の主張には、六八年と六九年の事実誤認とは水準の異なる、見過ごせない問題点が含まれている。そもそも「祝祭」と「暴力」は、五野井が思いこんでいるように対立的ではない。

〈68年〉の時点でも、アンリ・ルフェーブルの著作から「パリ・コミューンのスタイルは祭《フェート》のスタイルだった」（『パリ・コミューン』）という冒頭の一句はしばしば引用されたし、全共闘運動では「祝祭としての叛乱」という言葉が好んで用いられていた。山口昌男は「失われた世界の復権」（『現代人の思想15　未開と文明』所収）で、ヘルメットに角材という学生デモの「異装」に祝祭的なものを見て、〈68年〉の大衆蜂起を「世界の再聖化」運動として評価した。

大衆蜂起は「世界の再聖化」運動だという定義は、文化的アナキズムの無内容なまでに一般化された認識にすぎない。そこでは未開社会のイニシエーションから、中世末の千年王国主義運動やフランス大革命のバスティーユ蜂起、さらには大戦間のモダニズム芸術運動までが「世界の再聖化」運動として平板に一括されてしまう。山口のような文化的アナキズムの立場では、「近代」の「政治」という特殊な磁場に置かれた大衆蜂起の経験を、独自の領域として捉えることができない。

文化的アナキズムの一般論を超え、事実として大衆蜂起は祝祭として体験された。東大全共闘や日大全共闘をはじめとする大学のバリケードは祝祭空間だったし、街頭闘争でもそれは変わらない。たとえば一九六九年一月の佐世保闘争は、佐世保の市街全体を一種の祝祭空間に変えた。この点は、体験者である村上龍の『69　sixty nine』で説得的に描かれている。五野井が否定する六八年10・21の新宿でさえ、祝祭的な体験として語る者はいくらもいる。

佐世保闘争も新宿闘争も、角材や投石などの点で「暴力」的だったといえなくはない。しかし、こうした実力闘争の要素を含めて市民の多くは好意的だったし、街頭署名や募金という点でも広範な大衆的支持が実感された。

そもそも暴力と祝祭を対立させる発想に、いかなる根拠もない。日常の時間に挟まれた祝祭の時間では、前者で抑圧されている暴力とエロスが一時的に解放される。今日の祭でさえ、しばしば暴力的であることは、死者が出ることも稀ではない諏訪大社の御柱祭などに示されている。六年に一度の御柱祭だけでなく、負傷者を出す祭は全国各地でいまも毎年のように行われているし、近代以前はさらに暴力的だったろう。半裸の踊り子が乱舞するリオのカーニヴァルでさえ、観光化され頽落してはいても、日常的に抑圧されたエロスの解放という祝祭性は歴然としている。

祝祭の暴力性にかんしては、モース、バタイユ、ジラールなどがすでに論じているし、ここで詳説するまでもない。祝祭と暴力を機械的に対立させ、六八年と現在の大衆蜂起を「暴力から祝祭へ」と要約する五野井の発想は、歴史的事実としても原理の問題としても的を外れている。

ただし、血のメーデー事件から〈68年〉にいたる一連の闘争が「デモと直接行動というごく当たり前の民主主義のレパートリーに、暴力というネガティブなイメージをある種の観念連合として結びつけることになってしまった」結果、「そのツケを、今デモに参加している若い世代は払わされており、イメージ自体を塗りかえる努力を余儀なくされている」という五野井の実感が、まったくの被害妄想であるともいえない。日大闘争までは心中で共感していたが、学生運動の暴力化には「危機管理」で応じざるをえなかったと語る佐々淳行『連合赤軍「あさま山荘」事件』（文春文庫、一九九九年）の公安史観や、それに棹さしたマスコミの宣伝を鵜呑みにしているきらいはあるとしても。

大衆蜂起の常である〈68年〉の祝祭的暴力や大衆実力闘争が、陰惨でグロテスクな観念的暴力に転落していった事実もまた否定はできない。連合赤軍事件を転機として、デモ／蜂起への大衆的共感は急激に失われた。

とはいえ連合赤軍事件でも、浅間山荘銃撃戦が流れを一挙に変えたわけではない。決定的だったのは、銃撃戦に続いた山岳アジトでの連続「総括」死の発覚である。連合赤軍の仲間殺し、同じ時期から全面化していく革マル派と中核派・革労協の内ゲバ殺人は、〈68年〉の祝祭的暴力が異質なものに変貌し終えたことを示した。

大衆的共感が断たれた理由の第一は、連合赤軍事件から革共同内ゲバ戦争にいたる腐敗した暴力の連鎖だった。第二は、東アジア反日武装戦線の三菱重工本社爆破だろう。無差別テロの思想的背景には倒錯した倫理主義があった。たとえば、次のように小熊英二は書いている。


日本での社会運動嫌悪の典型は、「倫理的すぎる」だった。革命、正義、責任などの絶対的な抽象理念や、否定しようのない弱者を持ち出して、「あなたはどうするのか」を迫る。それが押し付けがましい、抑圧的だ、自己陶酔だ、行き着く先は連合赤軍だ、といったところだろうか。

（「『分岐点』をむかえて」、「一冊の本」二〇一二年二月号）


この文脈では、連合赤軍より「行き着く先は東アジア反日武装戦線だ」のほうが的確だろうが、いわんとするところは理解できる。血債主義という倒錯した倫理主義は、ノンセクト活動家による三菱重工爆破事件のあとも生き延び、ほとんどの新左翼党派のあいだで旺盛に繁茂していく。

一九九〇年代の日本では、アメリカの文化左翼を後追いするように、党派的な血債主義の微温的な水増し形態が流行した。アメリカのPC（ポリティカル・コレクトネス）というより、フランスやドイツの歴史修正主義論争やアウシュヴィッツの表象不可能性をめぐる議論に触発された高橋哲哉も、微温的血債主義者に分類できる。

一九七〇年代以降に大衆が社会運動から離れたのは、全共闘時代に学生が暴れすぎたからだという、五野井や小熊が多かれ少なかれ共有している第二の「常識」。しかし、全共闘運動を含む新左翼運動が大衆的共感を失ったのは内ゲバや血債主義が横行した結果で、第二の「常識」は公安史観を流布したマスコミの捏造の産物にすぎない。

〈68年〉の大衆蜂起と、その後の内ゲバや血債主義の横行はまったく無関係ではないが、完全に連続的ともいえない。内ゲバにしても、日比谷公園で対立党派が竹竿で突きあう程度と、密室でのリンチ殺人や殺害を目的とした路上襲撃のあいだには決定的な断絶がある。

学生が暴れすぎて日本から社会運動は消滅したという公安史観を、当時の体験のない研究者や新世代の活動家の少なからぬ部分が信じこんでいるようだ。このような錯覚を生じさせた思想的責任は、主として〈68年〉体験者の側にある。解放的な大衆蜂起と陰惨な内ゲバや血債主義を、マルクス主義とテロリズムという最深の根拠にまで遡って切断する思想作業を放棄した体験者の大勢が、結果として公安史観を蔓延させた。

また五野井は、「二〇一〇年代になってもロンドンやアテネでは暴動となり、オキュパイ・ウォールストリートですら、しばしば警官隊との衝突がみうけられた。ひるがえって日本では暴力沙汰にはならずに、老若男女が平和のうちにデモをすることができる」とまでいう。大衆蜂起の暴力と軍事を混同し、大衆実力闘争と戦争（都市ゲリラ闘争）を連続的なものと見なしたのは、反論の余地ない理論的な錯誤だった。しかしデモと大衆蜂起を切断し、デモから「暴力」を完全脱色しようとする五野井のような主張は、かつての錯誤の単純な裏返しにすぎない。

大衆がデモを敬遠するようになったのは、全共闘時代に学生が暴れたからだという第二の「常識」は、日本でだけ通用する俗論にすぎない。フランスの新左翼は都市ゲリラ的な軍事闘争を回避したが、イタリアと西ドイツでは事情が違った。アメリカではBPP（ブラック・パンサー党）など黒人解放闘争の急進派が都市ゲリラ戦に突入した反面、SDS（民主社会のための学生連盟）などの学生運動は軍事闘争に踏みきっていない。

西ドイツ赤軍（バーダー・マインホフ・コンプレックス）やイタリア赤い旅団の軍事闘争は、その徹底性と苛酷性という点で連合赤軍とは比較にならない。浅間山荘銃撃戦も、西ドイツ赤軍や赤い旅団が展開した都市ゲリラ作戦と比較すれば子供の火遊びにすぎない。極左派が暴れた点では、西ドイツやイタリアのほうがはるかに徹底的だったが、にもかかわらず両国では、七〇年代以降の日本のようにデモの伝統が消えたような事実はない。とりわけイタリアは、「鉛の時代」という大弾圧時代を経過したにもかかわらず。

学生が暴れたから云々という第二の「常識」が普及したのには、〈68年〉体験者の思考放棄に加えて、大衆蜂起を脅威と感じる勢力による宣伝の効果が大きい。しかし宣伝を受けいれて信じこむ、信じこみたいと潜在的に望んでいる大衆が存在しなければ、それも実現されたわけがない。ここで、第二の「常識」は第一の「常識」に接続する。

一九七〇年代に三里塚闘争、八〇年代後半に反原発運動、一九九一年に湾岸戦争反対闘争が闘われたように、日本でもデモが根絶されたわけではない。ただし根絶できないまでも、蜂起としてのデモを不可視の領域に押しこんでしまう決定的な条件が、西ドイツやイタリアとは違って七〇年代以降の日本社会では強力だった。

『例外社会』でも検証したように、バブル崩壊以降の一九九〇年代、二〇〇〇年代の「失われた二〇年」に先行して、日本には「(繁栄を)与えられた二〇年」が存在した。第二次大戦後の高度経済成長は、アメリカを含めて西側先進諸国に共通する現象である。本国が戦火に見舞われていないアメリカと比較して、戦争で壊滅的打撃を蒙った西欧諸国と日本では、さらに著しいものとして戦後の高度成長は経験された。

イギリス、フランス、ドイツなどの西欧諸国では、七〇年代初頭のオイルショックを転回点として戦後の高度成長時代は終わる。低成長、スタグフレーション、失業率の増大に悩まされはじめたのは、ヴェトナム戦争の戦費負担に喘いでいたアメリカも同じだった。しかし日本のみ例外的に、オイルショックを乗り切って安定成長に移行していく。

七〇年代と八〇年代は欧米諸国の「失われた二〇年」だったが、同時期の日本は繁栄を「与えられた二〇年」を謳歌することになる。この趨勢が逆転するのは九〇年代以降で、アメリカ資本主義は新型の情報・金融産業を基軸として新たな繁栄の局面に入る。バブル崩壊の後遺症から逃れられないまま、それまで一人勝ち状態だった自動車・家電も新興国に追いあげられた日本は、デフレと低成長の「失われた二〇年」に突入した。

アメリカと西欧諸国が経済的に落ちこんでいた一九七〇年代と八〇年代の二〇年間、日本は未曽有の繁栄を謳歌し続けた。バブル崩壊のあとも、この不況は景気循環による一時的な局面にすぎないと、政府もエコノミストの大半も信じこんでいた。バブル時代の蓄積や景気刺激の財政政策もあって、九〇年代の日本は「失われた二〇年」に入っている事実から目を塞ぎ続けることができた。時代の変貌は、阪神大震災と地下鉄サリン事件の一九九五年になって、ようやく社会的に自覚されはじめる。長引く不況は景気循環の一局面ではなく、戦後日本経済の構造的な問題ではないかという社会意識が定着するのは、一九九七年の金融危機を通過して以降だった。

赤字の増大のため財政出動は限界に達した。小泉改革による規制緩和や企業のリストラと雇用形態の変質は、戦後社会の空洞化と内的崩壊をもたらし、二〇〇〇年代には格差化と貧困化が急速に進行していく。しかし復活したアメリカ経済も、二〇〇八年のリーマンショックで大打撃を蒙った。金融危機はEUに波及し、ギリシアをはじめとする南欧諸国は泥沼のような不況と大量失業に喘ぎはじめる。

第一次オイルショック以降の過程を簡単にまとめてみたが、このように二〇一二年現在では、アメリカ、日本、EU諸国のいずれもが経済危機の渦中にある。しかし七〇年代と八〇年代は違っていた。七〇年代の安定成長から八〇年代後半のバブル経済にいたる繁栄を、日本だけが謳歌しえたのだから。西側先進諸国では他に類例のない「与えられた二〇年」こそが、日本から蜂起としてのデモを消滅させた最大の根拠である。繁栄の余韻は九〇年代まで続き、戦後社会の内的解体と格差化や貧困化が可視化される二〇〇〇年代に入ってようやく、反貧困運動として社会運動の復活が模索されはじめ、福島原発事故をきっかけとして新たな脱原発運動がはじまる。

この点について小熊英二は、「就職が決まって髪を切った元学生活動家が、『もう若くないさ』と言い訳する」荒井由実作詞作曲の「『いちご白書』をもう一度」を引用し、日本の〈68年〉活動家とは違って「同時代のアメリカや西欧の若者たちは、髪を切っても就職できない不況に苦しんでい」(『社会を変えるには』)たと指摘している。

『1968』では見落とされていた、日本に固有の「与えられた二〇年」に新たに注目した点は、遅きに失したとはいえ一歩前進と評価してもいい。ただし、一九七〇年を前後する時期からポスト工業化社会に入った欧米とは違って、同時期の日本は「農林水産業がまだまだ多い初期工業化の時代から、製造業中心の後期工業化社会」に入ったところに、「与えられた二〇年」の根拠を見てしまうのは的外れといわざるをえない。「もし日本で、一九九〇年ごろに学生叛乱がおき、その活動家の一部が、二〇〇〇年代以降の非正規雇用労働者運動や脱原発運動の中核にいたりしていたら、まったく違うイメージになったかもしれません」(『社会を変えるには』)と小熊は書いている。

『例外社会』でも検証したように、二〇世紀前半まで日本資本主義の後進性と見なされていた経済の二重構造、とりわけ前近代的・半封建的な農村の存在が、世紀後半の爆発的な高度成長を可能にした。農村部に膨大に蓄積されていた過剰労働力を都市部に移転することで、戦後の日本資本主義は労賃の高騰と利潤率の低下をまぬがれえたのである。これに第二次大戦直後のベビーブームと人口ボーナスの効果が加わった。小熊のように産業構成の変化だけに注目していては、労働力の供給をめぐる戦後資本主義のダイナミズムを捉えそこねてしまう。

この点は西欧諸国の戦後成長が、日本と違って移民労働力に支えられた事実にも関係がある。ドイツやフランスと違って移民労働者という「危険な階級」を抱えこんでいない日本だから、製造業のポスト・フォーディズム的な多品種少量生産とトヨティズム的な発展も可能だった。それが「与えられた二〇年」の繁栄を支えたという観点が小熊にはない。

さらに問題なのは、小熊も共有しているマルクス主義的な「後追い発展史観」だろう。マルクスによれば

「明日のドイツは今日のイギリス」である。しかし今日では、ウォーラーステインのようなマルクス主義者でさえ、後発国は先発国を後追いして進歩するという後追い発展史観を放棄している。

レーニンは日露戦争の旅順陥落を論じた短い文章で、「新興日本資本主義の熱病のような発展」に注目した。後発国が先発国に追いつこうとするとき、先発国を越える「熱病のような」先進性や現代性が局所的に生じる。だから「明日の中国は今日の日本」とはいえない。たとえば韓国や中国の沿岸部では、すでに「今日の日本」を超えるような先進性と現代性が達成されている。日本はフォーディズム的、ポスト・フォーディズム的な製造業で韓国や中国に追い越されると同時に、ポスト工業化社会的なＩＴ関連でも追い越されようとしている。

こうした先発と後発のダイナミズムに無自覚である結果として、小熊のような〈68年〉論が生じてしまう。初期工業化社会と後期工業化社会の移行期に起きた日本の〈68年〉には、後進国型の質と同時代の欧米に通じる質とが二重化していたと小熊は強調する。しかも後進国型とはいえない新たな質にしても、前近代的な農業社会が近代的な工業社会に移行する際に、しばしば若者や学生に集中的に生じるアンデンティティの不安として説明される。

先発国の後を追う後発国は、部分的に先発国よりも突出して先進的・現代的な様相を呈する事実を見ようとしない。だから日本の〈68年〉は、当時の韓国のような後進国型と、フランスのような先進国型の中間形態として位置づけられてしまう。日本でバブル時代に頂点に達する「与えられた二〇年」の高度消費社会は、生産的基礎が後期産業社会的な製造業であるにもかかわらず、その段階を超えたはずの欧米を圧倒していた。こうした特殊性がまた、日本からデモを消滅させる力として働いた。

第一の「常識」である「学生運動に失敗、すぐ企業戦士に転向した」という批判を、当人の倫理や決意性の問題に向けるのは見当違いだ。実のところ、逮捕歴・起訴歴がある活動家は大企業に就職することなど困難だった。全共闘運動や新左翼運動の中軸を担った数千の活動家は、前歴からして「企業戦士に転向」できたわけがない。転向できたのは、デモの尻尾にくっついていた程度の行動的大衆だろう。ただし、こうした万単位の支持層が存在しなければ、社会を揺るがすほどの大規模なデモ／蜂起は実現されなかったわけで、第二の「常識」による転向批判は運動全体が受けとめなければならない問題といえる。

日本の〈68年〉を主導した活動家の多くは、「与えられた二〇年」を日本社会の底辺で非正規・不安定労働者として生きてきた。前掲の「主体性と死と再生」で長崎浩は、すでに全共闘の時代からその将来を的確に予見していた。

> 闘いののちに物理的バリケードを追放されたときも、人は、ふたたび帰還し帰属すべき日常世界が、もはや実のところ失われていることに気づかざるをえない。闘いによって自らの退路を断った者が、しかもなお物理的バリケード空間の生でもなくまた死でもなく、ただ白々しい生活世界を生きる以外にないとき、彼は自分（たち）の主体の規定不可能の漠然さ、その広がりの気味悪い客観性に思いいたる。いま、闘いの創造が、なおこうした状況の成熟をすすめる結果にしかならぬとしても、闘いを繰り返す以外にない。

「闘いによって自らの退路を断った者」たちは、どのように以降の四〇年を生きてきたのか。空疎な繁栄のただなかで、「自分（たち）の主体の規定不可能の漠然さ、その広がりの薄気味悪い客観性」に、自由であり続けることに自覚的に耐え続けたろうか。四〇年前に「自らの退路を断っ」て制度的アイデンティティの外に出た元活動家が、固定化されたアイデンティティを最初から奪われている非正規・不安定労働者の「自由」な若者たちと充分に共鳴しえていない点に、検証しなければならない思想的課題がある。これと比較すれば、第一の「常識」による転向批判など皮相な問題にすぎない。

全共闘世代が大量転向したように見える光景の背後には、日本資本主義に固有の「与えられた二〇年」が存在した。「与えられた二〇年」の空疎な繁栄に迎合したのは、「おいしい生活。」の糸井重里や無数の企業戦士などの転向活動家だけではない。「与えられた二〇年」のイデオロギーである日本型ポストモダニズムに浮かれた新人類世代も、それ以降の世代も日本からデモを消失させた点では、転向活動家と同罪といわなければならない。

そもそも連合赤軍を山岳アジトに追いあげたのは、「与えられた二〇年」がはじまろうとする時期の高度消費社会だった。この強大な引力に倫理主義的に抵抗しようとして、連合赤軍は暴力的過激化を強制された面がある。だから、第一の「常識」が攻撃する全共闘活動家の大量転向と、第二のそれが非難する運動の暴力的過激化は、メビウスの環のように連続している。この複雑なねじれを、二つの「常識」は作為的に単純化することで解消する。

求められているのは、「与えられた二〇年」のあいだも執拗に持続された、〈68年〉にはじまる系譜を洗いだし、それを継承することではないか。小熊が強調する後進国型学生運動の理念が一九世紀的な啓蒙主義だとすれば、二〇世紀的な行動的ニヒリズムという点で日本の〈68年〉の感性は突出していた。こうした感性的突出が、「与えられた二〇年」の繁栄の波間に泡と消えたとはいえない。闘争が継続されたのは、諸条件からして政治運動や社会運動ではなく文化的闘争の場面が主だったとしても。

しばしば語られるように、インターネットとネット文化の有力な源流のひとつはアメリカの〈68年〉である。アメリカがスティーヴ・ジョブズを生んだとすれば、日本は「攻殻機動隊」の押井守を生んだ。押井に象徴されるアニメ文化や、しばしばオタク文化と称されてきた現代日本のユースカルチャーを。

「それぞれ自分で作成したプラカードを手にしたり、気ままな恰好の人もいれば、浴衣やコスプレや着ぐるみを着ている人もいた。ドラムやトランペットを演奏する人も見受けられた」と五野井は語っている。脱原発デモの祝祭的な感性が、現代日本のユースカルチャーを土壌としていることは疑いえない。小熊は頑強に「否認」するが、押井守が全共闘時代の高校生活動家だった事実にも示されるように、その起源は〈68年〉にある。

3　民主主義国家とセキュリティの権力

六〇年安保当時の丸山眞男の発言「院内と院外のずれをなくしていかなければ議会政治は健全にならない。国会の中と外の風通しをよくしろということ」(「議会政治を築くには」、『丸山眞男集　第八巻』所収)を参照しながら、市民の直接行動であるデモと代表制民主主義の関係を、『「デモ」とは何か』で五野井郁夫は次のように語る。

いま、わたしたちが持っている政治の幅は、議会制民主主義というルールの幅だ。その「院内」の政治の幅と、わたしたちの生活の幅が一致しない場合、かつ「院内主義」からくるところの、いわゆる「院外」の力の軽視が看守《ママ》される場合は、わたしたちは自分たちの未来と将来世代のために何をなすべきか。端的にいえば、デモをすることだ。それが「院外」の政治たる直接民主主義の表現となるのだ。

議会が「『院外』の力」を充分に反映していないと思われるとき、「わたしたち」はデモによって意思を表明し、それを「院内」に伝えなければならない。議会が順調に機能していればデモなど必要ないという以上、デモ（直接民主主義）は間接民主主義の賦活剤にすぎない。しかし、「いま、わたしたちが持っている政治の幅」、「議会制民主主義というルールの幅」を五野井のように自明視しうるだろうか。

たとえば、フランス大革命の発端もまたデモにある。ヴェルサイユの三部会が旧体制の支配層（第一、第二身分）と第三身分の代表者の対立で膠着状態に陥ったとき、情勢を打開したのは一七八九年七月一四日のパリの下層市民によるデモだった。貧民プロレタリアの大群が自然発生的に労働者地区の街路を占拠し、軍隊との衝突から、バスティーユ監獄を標的とした武装蜂起にいたる。その後も一〇月五日のヴェルサイユ行進のように、下層市民の大規模デモが三部会や国民議会の政治過程を攪乱し続けた。

イギリスの清教徒革命やアメリカの独立革命でも、集会やデモなどの民衆運動が絶対主義王権からの解放を要求する内戦に先行していた。フランス型と英米型の相違は根本的ではなく、与えられた条件の相違から生じるにすぎない。「アラブの春」でも、チュニジアとエジプトはフランス型、リビアとシリアは英米型の進行過程を辿った。いずれにしても近代の民主主義国家がデモから誕生したこと、民主主義国家の原点にデモが存在した事実は疑いえない。

日本でも、明治憲法体制の前には西南戦争と自由民権運動があった。ようするに、明治憲法体制には内戦とデモが先行している。欽定憲法によって立憲国家の体裁を整えた日本だが、表現の自由（集会結社の自由や言論出版の自由）は極度に制限され、デモの合法性が保障されるにはいたらない。足尾鉱毒反対闘争での押出しが非合法とされ、官憲によって弾圧されたように。

こうした制限を一応のところ解除した戦後憲法体制もまた、第二次大戦と大戦直後の民主化運動や皇居前広場の大集会（食糧メーデー）などのデモを背景に成立している。ただし占領軍権力から与えられた点で、デモが憲法を作ったとまではいえない。表現の自由は憲法で保障されたにしても、この不徹底性に戦後民主主義の限界があった。

デモという直接行動は議会政治の賦活剤にすぎないという、五野井も踏襲している通説は、立憲国家の議会制民主主義それ自体がデモから生じた歴史的事実を見ようとしない。しかし民主主義国家もまた、絶対主義国家が歴史的に形成した統治権力という本質を継承している。民主主義国家であろうと、領域内の暴力を独占し、構成員を支配する最高権力である点は絶対主義国家と少しも変わらない。

前体制を破壊するデモから生じた国家もまた、暴力を独占した統治権力である限り、おのれが破壊されることを許容するわけがない。とはいえ民主主義国家は表現の自由を、ようするにデモを否定しさることもできない。この自己矛盾を糊塗するために要請されるのが、国家体制の番人としての公安（セキュリティ・ピュブリック）権力、ようするにセキュリティの権力である。

革命直後のフランス共和国やロシアのボリシェヴィキ国家が典型的だが、公安権力は革命を防衛すると称して暴走し、革命を最悪の抑圧体制に転化させる。旧体制を破壊した「われわれ」のデモは正当だったが、デモによって樹立された新体制へのデモは徹底的に弾圧しなければならない。これがフランス革命時の公安委員会やロシア革命時の秘密警察《チェーカー》の役割だった。

リビアやシリアのような権威主義体制とは違って、民主主義国家では通常、軍隊を動員しやみくもにデモを弾圧することはない。「院外」の直接行動など存在しないことが望ましいにしても、憲法上の建前から表現の自由は否定できない。だから民主主義国家の公安権力は、デモを議会制民主主義の補完物、その賦活剤という水準に押しとどめようとする。道交法をはじめとするデモ規制の法律が制定されたのは、そのためだ。道交法の建前は、表現の自由と他の人権を調和させる点にある。国家はデモの権利を尊重する同時に、それが公共の福祉と両立するように調整しなければならない。しかし真の目的は、デモを合法と違法に分割し、抵抗権や革命権として理念化された蜂起としてのデモを、違法として弾圧するところにある。

苦痛と流血をともなう生誕の瞬間を忘れ去り、はじめから理性的な主体だったと信憑し、大人としての「健全」な暮らしを営んでいる日常人が、比喩的にいえば民主主義国家である。いや、本当は忘れていない。暴力と血を流す権利を独占し続けなければならないのだから。

おのれの出自を忘却した、あるいは隠蔽しようとする民主主義国家は、出生の現場で体験した苦痛や流血という外傷に呪われている。トラウマは神経症的な症状として反復されるだろう。民主主義国家にとってデモとは抑圧されたものの回帰であり、症状として反復されるトラウマである。禍々しい部分は公安権力という不可視の領域に集中し、無意識化することで、民主主義国家はおのれを民主的・平和的であると主張しうる。

しかし、どのように小規模で地域的なデモであろうと、デモには自由を求める大衆蜂起の質が多かれ少なかれ宿されている。二一世紀のコントロール的な公安権力は、一九〇五年ロシア革命の血の日曜日事件のように、大衆デモを銃剣で制圧するようなことは、とりあえずしない。その代わりに、デモ参加者を端からビデオ撮影し、膨大にデータ化し、銃剣の弾圧よりも陰湿で効果的な切り崩しをはかるだろう。

先にも述べたように、デモの経験とは古い主体性の自己破壊による新たな再生である。現代の公安権力は、自由を求めて飛散するデモの集合的主体性を、電子テクノロジーとデータベースを駆使して特定の個人に引き戻そうとする。この主体／個人は、能産的で充実した近代的なそれではない。自己責任論で縁どられた無限に貧しく空虚な、電子的に識別される無数の属性の塊であるような主体／個人にすぎない。

しかし、このように貧しく空虚な主体／個人こそ、蜂起としてのデモの今日的な主体と隣接する。二〇一二年六月からの脱原発デモが示しているのは、コントロール的な公安権力と、その周密な監視の網からさえ逃れてしまう新しい主体＝個人がせめぎあう光景ではないだろうか。このところデモの現場で対立を生じさせている、デモの合法性や非暴力性の問題、旗の持ちこみに象徴される団体参加や組織動員の問題、シングルイシューをめぐる問題などは、以上のような観点から根本的に再検討したほうがいい。対立が凡庸な世代間対立に回収されることは公安権力、パブリックなセキュリティ権力が望むところだから。

蜂起としてのデモには、公安権力の阻止線を越えていく必然性がある。阻止線を越えれば「違法」であり、暴力を独占した国家は違法行為を暴力的に制圧する。公安権力の弾圧に実力で抵抗すれば、デモもまた暴力的にならざるをえない。ただしデモ側の暴力は、公安権力の暴力には屈しないという象徴的・例示的な暴力にすぎない。

第一の「常識」は〈68年〉の暴力的に過激化したデモに、合法的・非暴力的なデモを対置する。しかし、合法的と非暴力的を等号で結ぶことはできない。アメリカの公民権運動で再発見された市民的不服従とは、いまここでの抵抗権の行使である。国家の法が間違っているなら、それに従うべきではないという市民的不服従の行動は、当然のことながら合法の範囲を超えざるをえない。公安権力が期待するような絶対化された合法主義と、市民的不服従は原理として対極的である。

では、非暴力直接行動はどうか。公民権運動の活動家には宗教的な絶対的非暴力主義者も含まれていたろうが、それが大勢だったとはいえない。抵抗権の行使としての市民的不服従による非暴力直接行動は、国家の暴力を引きだし国家の暴力に身をさらすという点で、やはり暴力的な行動である。公安権力の抑止に実力で抵抗する結果、「違法な暴力」として弾圧されるデモと、市民的不服従による非暴力直接行動を原理的に対立させることはできない。当面する情勢や力関係のもとで、どのような戦術が有効なのかを判断するのはデモ／蜂起の政治意識であり、ある場合には非暴力（という暴力）が、ある場合には公安権力の抑圧にたいする実力抵抗が戦術として選択されるにすぎない。

デモを議会政治の賦活剤、補完物と位置づける五野井は、「ただデモだけを行ったり、アナルコ・サンディカリズムのようなゼネストによる『院外闘争』の結果としての社会革命をめざすような労働組合至上主義だけではだめ」だという結論にいたる。こうした主張は、社会主義の崩壊から二十数年のあいだ社会思想の主流だった公共性論や熟議民主主義論の流れに棹さしたものだ。公共性を先験化する立場は、原理的に公安権力を否定しえない。公安権力とはパブリックなセキュリティ権力である。

もろもろの公共性論が、特権的な先行者として評価するのがハンナ・アレントだ。しかし公共性論者のほとんどは、ローザ・ルクセンブルクに憧れた少女時代から、一九五六年のハンガリー革命を目撃した時期まで、あるいは『暴力について』を書いた晩年まで、アレントが一貫して非妥協的な評議会主義者だった事実に目を塞いでいる。フランスではコミューン、ロシアではソヴィエト、ドイツではレーテと呼ばれた、自然発生的な民衆の自治／自律／自己権力の運動体である評議会。個人加盟制の固定的な組織ではなく、むしろ運動そのものであるような開かれた組織としての評議会。一九世紀末のフランスで頂点に達したアナルコ・サンディカリズムの「サンディカ」もまた、パリ・コミューンを継承し、ロシアのソヴィエトやスペインのCNA／FAI（全国労働連合／イベリア・アナーキスト連盟）の運動に先行する評議会運動の流れに位置づけられる。

フランス大革命は二重構造をなしていた。バスティーユ蜂起やベルサイユ行進を現場で闘った大衆の蜂起と、三部会や国民議会を舞台に「代表者＝選ばれた者」の諸党派が演じた政治過程とに。いうまでもなく、革命の原動力は前者にある。バスティーユ蜂起が起こらなければ、第三身分の代表者によるテニスコートの誓約も無に帰したろう。

しかし、バリケードに血の最後の一滴までを捧げたプロレタリア貧民の闘争は、議会内の政治過程に回収され、ジャコバン派に主導されたフランス共和国が樹立される。二〇一一年のエジプト革命にも見られたように、同じことは今日も繰り返されている。ムバラク政権を打倒したタハリール広場占拠とデモの主役だった青年たちを排除したところで、「代表者＝選ばれた者」によって新体制が確立されていく。

イスラム同胞団にデモの成果を簒奪された程度なら、まだ幸運なほうだといわなければならない。大衆蜂起の自己組織化であるソヴィエト運動を、ツァーリ国家打倒の「物理的打撃力」として利用し中央権力を奪取したレーニンの党は、同じ「物理的打撃力」がボリシェヴィキ権力に向けられることを恐怖し、そのために創設した公安権力でソヴィエトそれ自体を暴力的に押し潰したのだから。

現場で闘う大衆自身の自治／自律／自己権力という評議会運動の思想は、こうした二重構造の打破をめざしてきた。パリ・コミューンとアナルコ・サンディカリズムのゼネスト構想、あるいはロシアのソヴィエト運動とドイツのレーテ運動など、一九世紀と二〇世紀前半までの評議会運動は、圧倒的だが短い高揚と結果的な挫折に終始した。アレントが支持したハンガリーの評議会運動は、ソ連の戦車に挽き潰されたし、西側先進諸国で世界同時的だった〈68年〉の評議会運動もまた、日本の全共闘運動を含めて無に帰したように見える。

五野井や小熊のような論者は、だからパリ・コミューン以来の評議会運動など無意味だったというのだろうが、しかし違う。代表制による民主主義国家は、原理的な不安定性を抱えこんでいるからだ。デモ／蜂起によって作られた体制でありながら、新たなデモ／蜂起によって体制が破壊されることは阻止しなければならない。デモを禁止することはできないから、公安権力によってデモを合法／違法に分断し、デモが蜂起という本来性に目覚めることを抑止しようとする。

いかなるデモも蜂起である。どんなに小さなデモであろうとデモがデモである限り、そこには例外状態（カール・シュミット）のかけらが宿されている。たとえ合法的で平和的なデモとして開始されようと、デモ参加者の自由な行動は公安権力の阻止線を越えていくだろう。

大衆蜂起の政治とは、自然発生的に芽吹いた大衆蜂起が順調に育つよう適度に水をやり、陽当たりを加減する農民の仕事に似ている。大衆蜂起には、状況と無関係に爆発しかねないアナーキーなエネルギーが宿っている。エネルギーが有限である以上、もっとも効果的な時間と場所を選んで爆発するのでなければ、蜂起は潜在的可能性を残したまま中断を余儀なくされるだろう。

デモ／蜂起の自己組織化である自治／自律／自己権力の評議会運動は、必然的に国家として構成されなければならないのだろうか。ロシア革命の過程が示すように、国家にならなければデモ／蜂起は、外側からの圧力のため敗北するかもしれない。しかし国家になってしまえば、デモ／蜂起は内側から腐蝕され死滅する。ボリシェヴィズム国家のように露骨な形であろうと、西側の民主主義国家のように曖昧な形であろうと結果は同じだ。

フランス語のピュブリックとコミューンは、どちらも「公共（の）」と訳される。この場合のコミューンは自治体の基礎単位に通じ、かならずしも革命的コミューンを意味しないにしても。

フランス大革命では、流動する多様性の共存としてのコミューン的「共」は、憲法制定権力に一元化されパブリック的「公」に固定化されていく。共有地《コモンズ》は共有という所有形態が問題なのではない。誰でも立ち入ることができる、フリーな空間であるところに注目しなければならない。

パブリック的「公」が大衆蜂起のコミューン的「共」を簒奪し、フランス共和国の樹立にいたる。しかし樹立された共和国（パブリックな国家）は、絶対主義が発明した主権国家を最終的に完成したにすぎない。虚構的な主体でしかない国民に君主から主権が移ろうと移るまいと、いずれにしても国家主権とコミューン的「共」は原理的に対立せざるをえない。

国民議会に設置された公安委員会、パブリックなセキュリティ権力はギロチン政治の温床となる。公安委員会の継承者であるボリシェヴィキの秘密警察は、ギロチン政治のテロリズム体制をも超える絶滅収容所帝国を築きあげた。ソ連崩壊後の公共性論が、ボリシェヴィズムの総体的テロリズムにたいする批判意識から生じたことは疑いない。しかし公共性論が公共性論である限り、主権国家とパブリックなセキュリティ権力の罠から逃れることは不可能だろう。

パブリックなセキュリティ権力の基礎を築いたのは、フランス共和国に先行する絶対主義の主権国家だった。絶対主義国家が公共の安全、パブリックなセキュリティをさまざまに模索した点にかんしては、ミシェル・フーコー『生権力の誕生』などに詳しい。パブリックなセキュリティの実現をめざした絶対主義国家の、社会の管理術としてのポリツァイは、警察国家と福祉国家の実現を同時に追求するものだった。

フランス大革命時の公安委員会は、絶対主義的な主権国家によるパブリックなセキュリティ権力のうち、警察国家の側面を肥大化させたにすぎない。パブリックなセキュリティ権力には福祉国家の側面があり、これは社会的共和制や社会的国家として語られてきた。ボリシェヴィズムの警察国家や収容所国家を否定しても、主権国家が必然的に随伴する公安権力から逃れることはできない。社会主義の崩壊以降に流行しはじめた公共性論の無自覚性が、ここにある。

公共性論者の代表格と見なされてきたユルゲン・ハーバーマスが、NATOのコソボ空爆を支持したのも当然だろう。国家主権を超えてパブリックなセキュリティの範囲を実効化しようとすれば、NATOの「人道的介入」を擁護し、空爆を支持する立場にいたらざるをえない。

デモ／蜂起が主権国家の樹立に帰結することなく、パブリックなセキュリティ権力を拒否して、自治／自律／自己権力のネットワークに自己組織化する現実形態を、いまだ人類は見出しえていない。しかし、めざさなければならない方向がここにあることは歴然としている。

パリ・コミューンからアナルコ・サンディカリズムを経由し、ロシアやドイツやハンガリーの評議会運動にいたる、あるいは〈68年〉の大学コミューンや学生権力《スチューデント・パワー》にいたる経験は、敗北したとはいえ貴重なのである。先行する経験を学び教訓化することで、われわれは前に進むことができる。でなければ五野井のように、あるいはもろもろの公共性論者のように、デモ／蜂起を議会政治の補完物や潤滑剤に押しこめる結果に終わる。

ところで東浩紀は、フーコーの生権力論を参照して「国民国家の統治は膨大な量のデータ（無意識の可視化）がなければ立ち行かない。（略）しかし総記録社会の誕生は、そのデータの質と精度を決定的に変えてしまったように思われる。分析医が病者の無意識を丸裸にするように、情報技術はいま国民の無意識を丸裸にしつつある」（『一般意志2・0』）という。

しかし、精神分析は「病者の無意識を丸裸に」しうるのだろうか。もろもろの徴候をアナリストは、たんに「解釈」するにすぎない。あるいは、クライアントの自己解釈を手助けするに。アナリストとクライアントの協力で紡ぎあげられた解釈の真偽は、結果的にしか確認できない。もしも症状が消えれば、それは正しかったと見なされる。

あくまでも、見なしうるにすぎない点に注意しよう。服の下に裸があるように、意識の下に無意識が実体的に存在するわけではない。服を脱がせれば裸になるとしても、同じようにアナリストが「病者の無意識を丸裸に」することなどできない。そもそも精神分析の目的はクライアントの症状を緩和、できれば解消するところにある。クライアントの「無意識の真実」を究明するのが目的ではない。以上は精神分析の基本的前提である。

ルソーの「一般意志1・0」に、総記録社会が膨大に蓄積したデータベースという「一般意志2・0」を、その正否は事後的にしか明らかにならない点だ。

（正しくは）

東は対置する。しかし一般意志1・0と一般意志2・0には共通するところがある。精神分析と同様に、その正否は事後的にしか明らかにならない点だ。

ルソーの一般意志論は、歴史的には抵抗権や革命権を正当化する理論として活用されてきた。すでに存在する国家にたいし、それを認めない少数派が蜂起する。初発の時点で量的には少数派でしかない蜂起者は、蜂起の正当性をどのように主張しうるのか。たったいまは少数派でも、実は多数派、いや社会全体の普遍的意志を体現しているのだといわざるをえない。それは事後的に、かならず明らかになると。

こうした少数派の主張を理論化すれば、一般意志になる。たとえ全体意志に反していても、われわれが一般意志を体現しているのだと語ることで、抵抗権や革命権は実効化されうる。本当にそうなのかどうかは、事後的にしかわからない。少数派の主張する一般意志が、事後的に社会の普遍的な意志だったとされる例は、むしろ少数だろう。オウム真理教が蜂起に際して掲げた正当性は、関係者の思いこみにすぎないことが事後的に明らかとなったように。アメリカ革命やフランス革命は、事後的に正当化されたといえるかもしれない。とはいえ、この革命は普遍的なものだと信じなければ、すでにある法を踏み破ることなどできない。フランス革命でルソーの一般意志論が支持されたのには、こうした背景がある。

データベースに宿されているという、一般意志2・0の場合はどうだろう。たとえば社会学的な調査で集積されたデータは、それ自体で有意とはいえない。ある方向からの解釈を加えることで、はじめて有意な結論が導かれる。ネット上での発言や検索履歴、行動記録や購買記録などなど、膨大に集積された諸個人の言動をめぐるデータに集合的無意識が宿されているとしよう。としても個人的無意識と同じで、なんらかの解釈が加えられなければ意味は生じえない。「形態素解析やネットワーク分析などの手法を用いて」も、社会学者が使う重回帰分析と同じことで解釈は解釈にすぎないし、正否は事後的にしかわからない。たとえ正しかったと事後的に判断できても、数学的あるいは物理学的な「真」だと証明されたわけではない。精神分析療法が成功して、クライアントの症状が消えたという程度のことだ。

ルソーの一言半句に依拠して、一般意志は数学的存在である、あるいはモノであると東は結論する。しかし、諸個人の言動をめぐるデータがいかに膨大に蓄積されようと、それを物体のように客観的に計測するわけにはいかない。データから意味を引きだすのは解釈者であり、どのような解釈であろうと数学的・物理学的な「真」には原理的に達しえない。一般意志2・0は1・0と、あるいは精神分析と同様に解釈の産物でしかないだろう。集合的無意識の欲望なるものもまた、ある特定の観点から解釈されることで導かれる。仮に、モノのように実在するとしても、われわれは集合的無意識それ自体には触れることができない。

一般意志2・0を前提として、東が提起する「政府2・0」のほうはどうか。「政府1・0は一般意志の代行機関だった。しかし政府2・0は、意識と無意識、熟議とデータベース、複数の『小さな公共』と可視化した一般意志が衝突し、抗争する場として構想される」。

それは、あえて社会思想の言葉で（略）整理するならば、未来の社会が、大衆の利己的な欲望が市場を介して自動的に調整される「動物的」でリバタリアン的な社会でもなければ（アナキズム）、大衆の即時的な欲望が熟議によって弁証法的に国家理性へと昇華されるような人間的でリベラルな社会でもなく（それがヘーゲルからハーバーマスまでの哲学者たちの夢想だった）、むしろ、市民ひとりひとりのなかの動物的な部分と人間的な部分が、ネットワークを介して集積され、あちこちでじかにぶつかりあうようなダイナミックな社会になることを意味している。そこでは「政治」とは、その衝突する場すべての謂いとなるだろう。

間接民主主義に直接民主主義を対置するような発想と、東は無縁のように見える。デモのような形をとる直接民主主義より、もっと直接的な大衆の「行動」から民主主義を再構成しようというのが、東の基本的な発想であるとすれば。デモより直接的な「行動」とは、ようするに大衆の動物的行動であり、その無数の痕跡は膨大にデータベース化されている。東は「ポピュリズムでも選良主義でもない、ワイドショーでも密談でもない、その両者が組み合わされた新たな政治的コミュニケーション」を展望する。

とはいえ一般意志2・0論は、院内(熟議)と院外(データベース)を分割し、両者のダイナミックな「衝突」に新たな政治を展望する点で、論理構成としては丸山眞男を引用した五野井郁夫の見解と基本的に変わらない。

院内と院外の対立を一般化すれば、国家と市民社会の二重化ということになる。大衆的なデモ/蜂起が「代表者=選ばれた者」による諸党派の議会内抗争に還元され、旧体制に代わる主権国家の樹立に集約されたフランス革命は、未完の革命だった。フランス革命の挫折を批判したアレントが、別の可能性を見ようとしたアメリカ革命にしても。

市民革命は絶対主義国家の主権に挑戦しながら、その主権を引き継いだ共和国、パブリックな主権国家の樹立に終わる。結果として生じたのは、国家と市民社会が二重化する体制にすぎない。『一般意志2・0』

を構想した背景には、二〇一〇年代に入って歴然としてきた「民主主義の危機」があると、序文には記されている。「民主主義の危機」の最深の根拠は国家と市民社会の分裂にある。院外をデモからデータベースに置き換えても同じことで、この分裂を「政府２・０」構想は原理的に解消しえない。

　もろもろの評議会運動は、国家と市民社会の抑圧的な二重化を克服するための試行錯誤だった。あらゆるデモ／蜂起には、革命を主権の樹立で終わらせない意志が宿されている。院内と院外の対立に象徴される国家と市民社会の分裂が最終的に克服されるまで、全世界でこれからも長くデモ／蜂起は続けられるだろう。六月からの国会や首相官邸前の脱原発デモもまた、その一部であることは疑いない。

「終戦国家」日本と新排外主義

対米戦争による破局の必然的な反復として、福島原発事故を捉えた『8・15と3・11』で、筆者は戦後日本を「終戦国家」と特徴づけた。同様に『永続敗戦論』の白井聡は、「事あるごとに『戦後民主主義』に対する不平を言い立て戦前的価値観への共感を隠さない政治勢力（略）の主観においては、大日本帝国は決して負けておらず（戦争は『終わった』のであって『負けた』のではない）、『神洲不敗』の神話は生きている」（傍点引用者）と指摘している。

第二次大戦末期のドイツは本国の全土を戦場とし、首都ベルリンが陥落して戦争の最高責任者ヒトラーが自殺するまで継戦した。イタリアでは蜂起したパルチザンがムソリーニを処刑した。沖縄を犠牲に供しながら本土での地上戦、首都陥落、戦争遂行体制の完全崩壊を回避し、徹底した敗戦でなく曖昧な「終戦」を迎えた日本人の第二次大戦体験は、同じ枢軸国でもドイツやイタリアとは明白に異なっている。

たとえば日本では、一九四五年八月一五日は「終戦の日」と称されてきた。ポツダム宣言の受諾を伝える天皇の終戦詔書にも、降伏や敗戦という言葉は見られない。敵国への無条件降伏という究極的な敗戦は、戦争指導層の責任回避のため、「終戦」と言い換えられたのである。以来、今日にいたるまで政府やマスコミは第二次大戦の敗戦を「終戦」と称し続け、それに国民の過半は疑問を抱くこともなく従ってきた。

ただし国民の多くは、第二次大戦が日本の無条件降伏によって終結した事実を忘れたわけではない。いうまでもなく無条件降伏とは、徹底した敗戦を意味する。日本国民の常識である無条件降伏論を覆さない限り、事態を欺瞞的に曖昧化する終戦イデオロギーは維持しがたい。

本多秋五との無条件降伏論争に際して、江藤淳は次のように主張した。ポツダム宣言で無条件降伏が要求されたのは日本軍であり、日本国ではないのだから、日本は無条件降伏していない。また、ポツダム宣言は連合国が日本に降伏条件を明示し、この条件を受諾して降伏するかどうかの回答を求めた文書である。

とすれば連合国と日本の法的立場は対等であり、しかも日本は「天皇の国家統治の大権を変更するの要求を包含し居らざることの了解の下に」、ようするに国体に変更がないことを条件として受諾を回答した。こうした経緯からして日本の降伏は、連合国と対等の立場からする有条件降伏であり、ポツダム宣言には日本と連合国の双方を拘束する国際条約的な双務性がある。

日本国憲法で天皇は、主権者でなく「象徴」と規定された。江藤によれば、ポツダム宣言を受諾する条件だった「天皇の国家統治の大権」は易々と奪われ、国体は占領軍権力によって一方的に変更されたのである。交戦権を放棄した憲法九条にも、同じことがいえる。ポツダム宣言受諾の時点では対等だった日米関係が、占領下において一方的な支配／従属関係に変質した。

占領軍による国際条約違反の違法行為によって、有条件降伏は無条件降伏にすり替えられたという江藤の主張は、しかし根本的に顚倒している。江藤はもちろんのこと、本多など江藤の批判者たちもまた、無条件降伏要求の二〇世紀的な意味を正確に把捉しえていない。

ヴェストファーレン体制を出発点とするヨーロッパ公法秩序下の国民戦争は、ナポレオン戦争以降に完成を見る。ヨーロッパ公法秩序に属する主権国家間の利害対立を、国際法によって保護限定された武力行使で解決するシステムが国民戦争だった。諸国家のメタレヴェルを欠いた国際政治空間では、戦争によってのみ、非妥協的な国家間対立も新たな利害均衡点を見出しうる。

市民社会の国家に該当するようなメタレヴェルを欠如し、戦争を不可欠の要素として組みこまざるをえないヨーロッパ公法秩序の原理的な不安定性が臨界に達し、第一次大戦として爆発する。世界の再分割と覇権国の地位をめぐって開始された大戦は、国際政治空間にメタレヴェル、ようするに〈世界国家〉を析出するための世界戦争に転化する。

第一次大戦にはじまる二〇世紀の世界戦争は、帝国主義列強の勝ち抜き戦として展開されていく。第一次大戦ではイギリスとドイツが、第二次大戦ではソ連と同盟したアメリカが再起したドイツと戦うことになる。第二次大戦に続く米ソ冷戦は、二〇世紀の世界戦争の最終段階であり、核戦争なき第三次大戦だった。

世界戦争はまた絶対戦争でもある。戦争の絶対的な質は、戦場での機械化された大量殺戮とともに、前線(兵士)と後方(民間人)の区別を消失させた。戦略爆撃による民間人の大量殺戮は原爆投下にいたり、戦争の残酷性もまた極限化された。とはいえ世界戦争の絶対的な質は、軍事面にのみ限定されるわけではない。

さらに重要なのは、絶対戦争としての世界戦争が、対戦国の体制崩壊を目的化するという政治的な面にある。絶対戦争の論理に従って、第一次大戦ではロシア、オーストリア、ドイツ、トルコと四つの帝国が体制崩壊した。国民戦争は対戦国の体制崩壊を目的としない。もしも対戦国が国家として崩壊してしまえば、自国とのあいだに新たな利害均衡点を見いだすことも不可能になる。

そもそも敵の概念が一九世紀と二〇世紀では決定的に異なっている。国民戦争の対戦国は、国際法というルールを共有する「正しい敵」だったが、世界戦争では殲滅しなければならない敵、犯罪者に類比される絶対的な敵である。

国民戦争の対戦国が相互に「正しい敵」と見なしあうのは、戦争の原因が利害対立にあるからだ。利害をめぐって争う二国は権利として対等である。しかし複数の主権国家が併存する国際社会に、メタレヴェルとしての〈世界国家〉を析出するために戦われる世界戦争では、事情が根本的に異なっている。〈世界国家〉の構想をめぐる闘争である以上、世界戦争は必然的に理念をめぐる戦争とならざるをえない。

たとえば東アジアの支配権をめぐる利害対立からでは、世界戦争としての日米戦争は生じえない。欧米植民地主義からアジアを解放する東亜新秩序を日本は唱え、アメリカは侵略主義的なファシズム勢力の打倒を戦争目的として掲げた。利害をめぐる闘争であれば、新たな均衡点が見いだされうる。しかし理念的闘争に妥協の余地はない。闘争は絶対的な性格を帯び、いずれかの完全屈服まで終わることがない。

第二次大戦の枢軸国のような世界戦争の敗者は、戦勝国によって旧体制を破壊され、国内体制を強制的に再編成され、属国として新たな勝ち抜き戦に動員されるしかない。戦勝国に属したイギリスやフランスでさえ、第二次大戦後は目下の同盟国としてアメリカに半ば従属し、〈世界国家〉樹立をめぐる米ソ対決の前線に狩りだされていく。

カサブランカ会談でルーズヴェルトが提起した枢軸国への無条件降伏要求の、戦争思想としての二〇世紀的な画期性は明らかだろう。対戦国の体制破壊を目的化する世界戦争の絶対的な質を、戦争終結をめぐる国際法的な領域に導き入れる新たな概念として、無条件降伏論は提唱された。

対米開戦を決定した日本の戦争指導層は、この戦争が二〇世紀的な世界戦争であるという認識を端的に欠いていた。開戦した以上、ワシントンに日章旗が立つか東京に星条旗が立つか、結果はいずれかであるしかない。

しかし一般の国民はむろんのこと、戦争指導層でさえ二〇世紀という新時代の意味を捉えそこねていた。こうした歴史意識の致命的な貧困こそが、敗北必至の「無謀な戦争」を必然化したのである。世界史的にも最後の典型的な国民戦争だった日露戦争に、日米戦争という二〇世紀的な世界戦争を、戦争指導層は曖昧に重ねあわせていた。奉天会戦や日本海海戦に対応するような戦術的勝利によって、厭戦気分に流されたアメリカは敗北を認め、日本に有利な講和に応じるだろうという夢想的で非現実的な判断も、だから生じることになる。

国民戦争の水準で世界戦争を戦った日本に、無条件降伏の二〇世紀的な意味が正確に理解できたわけはない。八・一五を目前に戦争指導層は混迷を極め、最終的には「天皇の国家統治の大権を変更するの要求を包含し居らざることの了解の下に」ポツダム宣言を受諾する。

戦争終結の時点まで生き延びていれば、理念家ルーズヴェルトは最後まで日本国家に無条件降伏を要求したかもしれない。しかし新大統領に就任した実務家トルーマンは、有条件と無条件をめぐる法的解釈など無視して実利を取った。敗戦国の国家体制を完全破壊し、アメリカの従属国に変えることができれば、ようするに無条件降伏を実質化できれば、対日戦争の目的は達成される。

国家体制の崩壊によって無条件降伏したドイツと違って日本では、占領軍は直接統治でなく、旧来の国家機構を利用する間接統治を選んだ。とはいえ国家主権は実質的に剝奪された。日本の議会や官僚機構にはアメリカの占領政策の道具という役割が求められ、その限りで存在が許されたにすぎない。

象徴天皇条項と戦争放棄条項を含んだ戦後憲法の成立によって、対米戦争を支えた国家体制の破壊は法的な水準でも完成を見る。戦後憲法はマッカーサー草案の引き写しだが、これもまた世界戦争に敗北し、無条件降伏要求に屈したことの必然的な帰結にすぎない。たとえ「自主憲法」を制定したところで、構造的な対米従属から逃れることは不可能である。

サンフランシスコ講和条約にいたる交渉の進行過程で、日本が無条件降伏した事実を吉田茂首相が認めたのも、そうしなければ占領の終結と日本の独立に支障があったからだ。たとえ占領が終結しても国家主権の回復は限定的であり、以降もアメリカに従属し続けることを誓約しなければ、独立交渉は円滑に進まないと日本政府は判断した。

アメリカの占領政策は有条件で降伏した国でなく、無条件降伏国に向けられたものといわざるをえない。アメリカによる占領体制や占領政策は違法だ、約束が違うではないかと江藤は憤る。第二次大戦を戦ったドイツやソ連と同様、民主主義の旗手を自任したアメリカも、一九世紀までの国際法や国家間秩序など歯牙にもかけない、異様で苛酷な二〇世紀国家に変貌していた。すでに根拠を失った古い国際常識に依存して、いくら騙されたと憤ってみても負け犬の遠吠えにしかならない。

無条件降伏要求とは、対戦国の体制破壊を目的化する世界戦争の産物だった。対米戦争に敗北し無条件降伏した日本は、属国としてアメリカの冷戦体制に組みこまれていく。また敗戦から一〇年を経過し、経済的にも戦前水準を回復した時点で国民の大半は、対米従属が前提の「平和と繁栄」路線を選択した。軽武装・

経済優先の吉田路線を継承する自民党主流派（保守本流）の右には改憲再軍備派が、左には社会党に代表される護憲非武装派が存在したが、この両派はいずれも政治的に多数を占めたことはない。五五年体制が崩壊するまで国民の大多数は、対米従属による「平和と繁栄」路線の自民党主流派を支持し続ける。

ところで武藤一羊は、戦後日本国家は「相互に排除しあう三つの原理を矛盾したまま内部に組み込み、その使い分けと相互の葛藤を通じて成立する力関係の上に統治を成立させてきた」（「安部政権の自壊と戦後国家にとってのその意味」、『潜在的核保有と戦後国家』所収）とする。

三つの原理とは、「日米安保条約に体現されるアメリカ帝国への忠誠原理、憲法九条に代表される平和主義、そして日本帝国のアジア侵略と戦争の行為を正当化し、過去の栄光として復権しようとする帝国継承原理である」。第二の平和憲法原理が社会党など護憲非武装派に、第三の帝国継承原理が自民党右派の改憲再軍備派に、政治勢力として対応したことはいうまでもない。

『潜在的核保有と戦後国家』の巻末に収録された対談「戦後国家と原発批判の論理をめぐって」で、対談者の天野恵一による「対米依存原理こそが主導的な原理であって、それがむしろ平和憲法原理や帝国継承原理を拘束している」、三つの原理はたんに併存しているわけではないという見解に、武藤は次のように応じている。「僕が取り出したかったのは力関係以前に国家の正統化原理の問題で、戦後国家には明らかに次元を異にする三つの原理が内部化されていたとつかむ必要がある」。

どのような国家も自己を正統化する原理を必要とする。この観点から捉えるなら対米従属原理は、「自由と民主主義」を掲げソ連に対抗する西側陣営の一員として、日本の戦後国家の正統性を担保することになる。平和憲法原理は、世界平和を希求する平和国家としての正統性を。帝国継承原理の場合は、欧米の侵略から独立を守った日本、アジアを植民地主義から解放する指導者としての日本だ。

二〇世紀後半の米ソ冷戦下、資本主義による繁栄の実現という面を含めて、第一は国家の正統化原理として順当だった。第二は空想的だが、他国の反撥を惹き起こすわけではないし、諸外国の理想主義者による支持も期待できそうだ。問題は第三で、このような日本国家の正統化を容認する他国家は存在しえない。連合国に属したアメリカ、ソ連、中国はもちろん、日本に植民地支配されていた韓国や北朝鮮、第二次大戦期に日本軍に進駐された東南アジア諸国もまた。

自国内でしか通用しないそれは、正統化原理として最初から失効している。少なくとも一部の他者の承認を得ることができてはじめて、正統性は担保されうる。あらゆる他者から承認されるなら、正統性は完璧となる。この点からすれば「日本帝国のアジア侵略と戦争の行為を正当化し、過去の栄光を復権しようとする」第三は正統化原理として失格であり、アメリカをはじめとする旧連合国やアジア諸国の拒否と反撥のため日本国家の存立さえ脅かしかねない。

第三の帝国継承原理は、政治的な実効性が期待される正統化イデオロギーというより、国民的なコンプレックスの産物といわざるをえない。白井聡によれば、「敗戦の帰結としての政治・経済・軍事的な意味での直接的な対米従属構造が永続化される一方で、敗戦そのものを認識において巧みに隠蔽する（＝それを否認する）という日本人の大部分の歴史認識・歴史的意識の構造が変化していない、という意味で敗戦は二重化された構造をなしつつ継続している」。

白井が指摘するように、「敗戦そのものを認識において巧みに隠蔽する（＝それを否認する）という日本人の大部分の歴史認識・歴史的意識」は倒錯的である。世界戦争としての対米戦争に敗北した事実を見ようとしない、従って対米従属の必然性を正確に把捉しえない点で、帝国継承原理の改憲再軍備派はもちろん平和主義を原理とする護憲非武装派も倒錯している。

村山社会党の豹変からも明らかであるように、語る本人さえ信じていなかった非武装中立論の空想性は指摘するまでもないだろう。アメリカが日本の改憲再軍備を歓迎するのは、米軍の弾よけとして自衛隊を都合よく利用できる限りのことにすぎない。日本の核武装や政治的軍事的な対米自立化など、アメリカが許すわけはないという現実を見ることのない自民党右派もまた、主張の空想性という点では社会党と変わらない。では、対米従属のもとで「平和と繁栄」を追求してきた、日本国民の大多数はどうだろう。戦後日本がアメリカの属国であることを逃れがたい必然と見る点で、国民多数派の立場は左右の空想的なそれとは異なっていた。だから理念というほどのものは持たない自民党主流派を、政治的に支持し続けたのだろう。しかし、この潮流も「終戦」派であることに変わりはない。

日本の戦後政治の左右両派が、二〇世紀的な世界戦争の意味を把握しえないまま空想的な主張に耽っていたとすれば、対米従属を抵抗できない「運命」として受容したのが多数派だった。対米戦争という世界戦争に敗北した事実を正当に把握しえない歴史意識の欠如が、「終戦」という観念を曖昧に瀰漫させた点では、これも左右両派と変わらない。

「敗戦を否認しているがゆえに、際限のない対米従属を続けなければならず、深い対米従属を続けている限り、敗戦を否認し続けることができる。かかる状況を私は、『永続敗戦』と呼ぶ」。終戦国家を疑うことなく、白井のいわゆる永続敗戦体制に加担してきた点では、自民党右派、社会党、自民党主流派に体現された戦後日本国民の諸傾向は基本的に同根である。とはいえ、「敗戦」の否認という精神分析的症状が最も重篤なのは、いうまでもなく自民党右派や改憲再軍備派だった。

戦後憲法の「押しつけ」批判や無条件降伏批判と並んで、極東軍事法廷をめぐる問題もまた改憲再軍備派によって繰り返し争点化されてきた。日本はポツダム宣言を受諾したが無条件降伏したわけではない。それなのにアメリカは約束を破って戦後憲法を強制し、国体を変更した。さらに勝者による報復裁判で日本を有罪とした……。

対米戦争の軍事的敗北を事実として否定できない帝国継承原理派は、それでも戦争の正当性を主張する。しかし東京裁判否定論者は無条件降伏の場合と同様、またしても歴史意識の欠如を自己暴露するにすぎない。

この裁判で起訴理由とされた「平和に対する罪」の背後には、第一次大戦の惨禍を繰り返さないためになされた大戦間の試み、国際連盟の創設やパリ不戦条約の締結などがある。日本も批准したパリ不戦条約では、交戦権の行使が犯罪として禁止された。戦争は禁止されたのに、それでも戦争を起こした日本は「平和に対する罪」で裁かれなければならない。日米戦争で日本は「平和に対する罪」を犯したが、自衛戦争を戦ったにすぎないアメリカは無罪だというのが東京裁判の前提である。

国民戦争では、相互に「正しい敵」と見なしあう対戦国は対称的で平等だ。しかし世界戦争では、対戦国は非対称的かつ不平等となる。対戦国は侵略戦争をしかけた側と、それに自衛戦争で対抗する側に分割されるからだ。侵略国はルールを共有する「正しい敵」ではなく、国際的な犯罪者として打倒され、処罰されなければならない。

たとえ真珠湾への奇襲攻撃以前に宣戦布告がなされたとしても、アメリカは日本の戦争をパリ不戦条約違反の犯罪行為と決めつけたろう。宣戦布告なしの奇襲攻撃は、日本が第一次大戦以前の戦争法にさえ反した侵略国家だと非難するための、絶好の口実をアメリカに提供した。「平和に対する罪」とは、〈世界国家〉の秩序を脅かす犯罪行為を意味する。第二次大戦後の世界は、アメリカを基軸とする連合国＝国際連合の支配下に置かれるだろう。国際連合による新しい世界秩序は、国家間の利害対立を合法的な戦争で解消する一九世紀までのヨーロッパ公法秩序とは、存在する次元が歴史的に異なる。

こうした認識を前提として、国際政治空間のメタレヴェルに上昇したと信じた第二次大戦後のアメリカは、日本を「平和に対する罪」で告発した。ソ連による東側陣営の形成のため、アメリカは世界戦争の最終戦として冷戦を戦わざるをえなくなるのだが。

日米戦争に際して日本もアメリカもそうしたように、世界戦争の対戦国は自国の戦争を自衛戦争だと主張する。対戦国こそ侵略戦争をしかけてきたのだと。いずれの主張が妥当であるかは、軍事的な勝敗によって決定されるしかない。

当事者が相互的・対称的でなければ報復という発想は生じえない。二〇世紀の戦争裁判は、〈世界国家〉が国際的な犯罪者としての侵略国家を処断するのだから、報復裁判とはいえない。

無条件降伏、戦後憲法、東京裁判には、いずれも世界戦争の絶対的な質が宿っている。しかし帝国継承原理派は、これらを争点化することで二〇世紀戦争をめぐる歴史意識の欠落を自己暴露するばかりなのだ。改憲再軍備派の「かかる『信念』は、究極的には、第二次大戦後の米国による対日処理の正当性と衝突せざるを得ない」と白井は語る。

それは、突き詰めれば、ポツダム宣言受諾を否定し、東京裁判を否定し、サンフランシスコ講和条約をも否定することになる（もう一度対米開戦せねばならない）。言うまでもなく、彼らはそのような筋の通った「蛮勇」を持ち合わせていない。ゆえに彼らは、国内およびアジアに対しては敗戦を否認してみせることによって自らの「信念」を満足させながら、自分たちの勢力を容認し支えてくれる米国に対しては卑屈な臣従を続ける、といういじましいマスターベーターと堕し、かつそのような自らの姿に満足を覚えてきた。敗戦を否認するがゆえに敗北が無期限に続く――それが「永続敗戦」という概念が指し示す状況である。

このように岸信介や中曽根康弘に代表された歴代の自民党右派、改憲再軍備派は、国内と国外で発言を使い分ける二枚舌を本性としている。無条件降伏、戦後憲法、東京裁判の否定を政治的に一貫させるなら、サンフランシスコ講和条約を破棄して対米戦争を再開するしかない。いうまでもなく、これは対中戦争の再開でもある。

第二次大戦の再開とは、今度こそ本土決戦を戦って徹底的に敗北し徹底的に占領されることを意味するだろう。三島由紀夫を例外として戦後日本の右派に、こうした思想的一貫性と「筋の通った『蛮勇』」を見ることはできない。興味深いのが、二〇一二年尖閣危機の火付け役となった石原慎太郎だが。

一九八九年の東欧社会主義政権の連続倒壊によって、米ソ冷戦は終結する。翌年にクウェートに侵攻したフセインのイラクは、〈世界国家〉の新秩序を脅かす犯罪国家であり、これには戦争でなく国際的な警察行動で対抗しなければならない。二〇世紀の世界戦争に最終的な勝利を収めたアメリカは、諸国家のメタレヴエルに位置する〈世界国家〉として国連を活用しながら、多国籍軍を率いて湾岸戦争を戦った。一九九〇年代のアメリカ「独覇」時代は、二〇〇一年の9・11攻撃によって劇的な終焉を見る。アメリカによる〈世界国家〉樹立の構想は破綻し、一九世紀の国民戦争とも二〇世紀の世界戦争とも異なる世界内戦に二一世紀世界は突入していく。

冷戦の終結は、東アジアにも新たな環境を生じさせた。冷戦体制の国内形態だった韓国の軍事政権や台湾の国民党政権は、民主化闘争の高揚で打倒される。この時期の韓国からビルマにいたる民主化闘争の一環として、中国では天安門広場の占拠闘争が闘われた。

アジアの被害者による日本の植民地支配や侵略への批判を封じこめてきたのは、この地域の冷戦構造である。反共政権の圧力で沈黙を強いられてきた被害者は、民主化闘争の進展に支えられながら口を開くようになる。その代表例が「従軍慰安婦」とされた女性たちだった。

自民党主流派が経済主義だったとしても、自民党それ自体は改憲を党是とする右派イデオロギー政党である。帝国継承原理派がイデオロギー闘争の主要な舞台として選んだのが、学校と公教育の領域だった。文部省は南京大虐殺、沖縄戦での集団自決と住民虐殺など日本軍の残虐行為を教科書の記述から削除するよう要求し、公立学校では国旗国歌が強制された。

しかし冷戦構造が崩壊した東アジアでは、これまでのように日本の帝国継承原理派が国内向けのイデオロギー宣伝を続けることが困難になる。対ソ戦略の駒として有益である限りで、アメリカは改憲再軍備派による国内でのイデオロギー工作を黙認してきた。しかしポスト冷戦時代のアジア諸国は違う。中韓などアジア諸国と日本のあいだで歴史認識の対立が表面化し、外交的摩擦が深刻化した。「従軍慰安婦」問題や教科書問題や首相の靖国参拝問題の争点化は、その突出した事例だった。

一九九六年に「新しい教科書をつくる会」が結成される。「市民運動」を自称する新排外主義運動は、冷戦時代の右翼や改憲再軍備派の旧排外主義とは一線を画していた。二〇〇〇年代を通じてネット上では、若い世代を中心に排外主義的気分が蔓延していく。

冷戦構造の崩壊が、アジア諸国による日本の植民地支配や軍事侵略への批判を表面化させた。これに日本政府は、河野談話や村山談話など最小限の対応で身をかわそうと努める。ポスト冷戦期の新たな歴史条件に対応できない、旧世代の改憲再軍備派の政治家やイデオローグに代わって、保守市民運動が下から組織され影響力を発揮しはじめた。

冷戦の終結によって日本の戦後国家を正統化してきた第一の原理は、その力を大幅に弱めた。ヨーロッパと比較して東アジアでは、共産党が支配する中国や北朝鮮が残存するなど、冷戦構造の崩壊が不徹底だとはいえ。

「自由と民主主義」の正統化原理は9・11以降、イスラム原理主義勢力のテロ攻撃に対抗するものとして、ふたたび持ちだされた。しかし対テロ戦争は、アフガンでもイラクでも泥沼化していく。

世界内戦の二一世紀が露出するのと相即的に、日本でも新型の排外主義が台頭した。ユーチューブやニコニコ動画を活用しネット右翼の街頭化を促進したのは、二〇〇七年に結成された「在日特権を許さない市民の会」(在特会)などの「行動する保守」勢力だった。

在特会をはじめとする新排外主義の街頭勢力は、従来の右翼や民族派さえ眉を顰める差別語の連呼や品性下劣なヘイトスピーチによって存在感を発揮してきた。しかし冷戦期の右翼や保守派とは異なる新排外主義運動を、社会の表面に浮かんだ奇矯な泡粒、デマと憎悪で凝り固まった極小派にすぎないと無視するわけにはいかない。

岸信介から中曽根康弘にいたる旧世代から代替わりした、新世代の自民党右派である麻生太郎や安倍晋三は新自由主義に親和的で、郵政民営化に反対して離党した自民党右派とは立場が異なる。また麻生や安倍は、ネット右翼と新排外主義に秋波を送っている。

石原慎太郎による排外主義的策動の帰結としての尖閣国有化は、中国の反日暴動を挑発し日中を軍事衝突の瀬戸際まで追いこんだ。日本列島を澎湃として覆いはじめた排外主義的気分を前に、湾岸戦争やイラク戦争という他国の戦争に反対した新旧左翼の残党や護憲平和勢力は無力に口を噤み続けた。二〇一二年夏の尖閣危機に際してさえ大規模な集会もデモも呼びかけることなく沈黙を守った事実が、平和憲法原理の最終的な空洞化と崩壊を示している。

自民党は排外主義派に占拠され、衆院選で有力野党の地位を得た日本維新の会の石原慎太郎は、二〇一三年四月四日の朝日新聞のインタビューで「日本は周辺諸国に領土を奪われ、国民を奪われ、核兵器で恫喝されている。こんな国は日本だけだが、国民にそういう感覚がない。日本は強力な軍事国家、技術国家になるべきだ。国家の発言力をバックアップするのは軍事力であり経済力だ。経済を蘇生させるには防衛産業は一番いい。核武装を議論することもこれからの選択肢だ」と語った。とはいえ反米反中の石原路線が、新排外主義の中心を占めることは容易でないだろう。安倍自民は使い慣れた二枚舌を完全には放棄することなく、帝国継承原理を掲げた日本の政治再編、社会再編を加速するに違いない。

シャルリ・エブド事件と世界内戦

二〇一五年一月七日、風刺画の週間紙シャルリ・エブド本社を武装した覆面姿の男たちが襲撃し、編集長をはじめ新聞関係者と警官など一二名を射殺した。犯人はアルジェリア系フランス人の兄弟で、この事件はアメリカやヨーロッパで急増している「ホームグロウン」（9・11に代表される外からの攻撃とは違って、アルカイダやISと関係した自国民が内側から惹き起こすテロ）の最悪の事例として報道され、当事国フランスはもちろん全世界に衝撃をもたらした。

「犯罪」と「戦争」という対立的な二極が、シャルリ・エブド事件には内在しているようだ。フランス国民が国内で犯した殺人などの違法行為として把握するなら、この事件は明らかに犯罪である。銃による大量殺人はフランス犯罪史で稀有な事例とはいえない。

反面、9・11を起点とする反テロ戦争の「敵兵」として犯人兄弟を位置づけるなら、この事件は戦争の一部となる。「アラビア半島のアルカイダ」に指示されてシャルリ・エブドを攻撃したという犯人側の言葉が事実であれば、事件を起こしたアルジェリア系フランス人の兄弟はイスラム革命勢力が派遣してきた破壊工作員にほかならない。

「私はシャルリ」を合言葉とする一月一一日の三七〇万人デモにも示されたように、事件を「表現の自由」への暴力的攻撃として非難する世論が、当初は圧倒的に優勢だった。大革命以来の共和主義と普遍主義が国是のフランスでは、カトリック教会の影響力を排除するライシテ（非宗教化・脱宗教化）が共和国の核心的な原理とされてきた。フランスでは個人の私的領域で信教の自由が保障される反面、公共領域に宗教性を持ちこむことは厳重に禁じられる。国歌で神が歌われるイギリスや大統領が神に宣誓するアメリカとは、この点で決定的に異なる。

ムハンマドやイスラム革命運動の風刺画を掲載してきたシャルリ・エブドに、以前から「アラビア半島のアルカイダ」は攻撃宣告を発していた。これにシャルリ・エブド側は宗教批判の自由を対置して風刺画を掲載し続け、一月七日にいたる。襲撃事件を表現の自由、宗教批判の自由への許しがたいテロとして非難した圧倒的な世論には、シャルリ・エブドの風刺画を支持しない、むしろ眉を顰めていたような多数の市民の声も含まれていた。

シャルリ・エブド事件を機に、宗教批判を中心として表現の自由をめぐる主題が過剰に焦点化された背景には、フランスの共和主義的・普遍主義的伝統がある。宗教と国家の関係がフランスとは歴史的に異なり、多文化主義を受容しやすい政治原理と文化風土の英米などであれば、事態は違う方向に進んだろう。そもそも、あらゆる自由権がそうであるように、表現の自由も絶対ではありえない。ある自由を一方的に極端化すると、他の自由や他の権利と対立するのは必然だからだ。たとえば表現の自由（報道の自由や言論の自由）とプライバシーの権利は、しばしば対立関係に陥る。

ある自由と別の自由、ある自由を含む自由権と他の諸権利が対立した場合は、当然のことながら両者のあいだに妥協点が見いだされなければならない。国内外のイスラム教徒の大多数に信仰と尊厳を冒瀆されたと感じさせるような表現が、自由の名において全面的に正当化されるとは限らない。表現の自由には自制が求められるし、反ユダヤ主義や人種差別的な表現のように法的に規制されることもある。

シャルリ・エブド事件が提起した問題は、フランス国内ではライシテの強化という方向に集約されていく。事件は犯罪として処理され、構造的な防犯の必要性が力説されている。ようするに移民やその二世、三世を共和国市民として統合しえていない限界性が、この事件の核心にあるという社会的な反省だ。しかし、イスラム系移民への構造的差別を温存したままライシテのみを強化しても、根本的な解決策にはなりえない。

一月一一日の空前の大規模デモを支えたのは、表現の自由を擁護しテロに抗議しする市民の大群だったが、それとは異質の要素も混入していた。たとえばデモ参加者として写真撮影された各国首脳には、前年のガザ侵攻でパレスチナ市民を多数死亡させたイスラエルのネタニヤフ首相が含まれる。イスラエルによれば、ガザ侵攻はハマスへの反テロ戦争である。ネタニヤフのデモ参加が象徴したのは、シャルリ・エブド襲撃に抗議する市民を、国際的な反テロ戦争に動員しようとする意図だった。実際、大規模デモの翌日からフランス版反テロ戦争の火蓋が切られる。

一月一二日、フランス政府は一万人規模の軍を全国に配置して治安強化をはかる。一三日、フランス議会はＩＳへの攻撃続行を圧倒的多数で可決し、パルス首相は「フランスはテロとの戦争に突入した」と演説。一四日、原子力空母シャルル・ド・ゴールをＩＳ空爆作戦に投入するという決定、等々。

こうした流れの起点に置かれたシャルリ・エブド事件は、すでに国内の犯罪という域を超えている。事件の本質は9・11と同じくイスラム革命勢力による軍事攻撃であり、それには国際的な反テロ戦争で対抗しなければならない。ようするに、一月七日の襲撃事件は犯罪でなく戦争だという観点である。

シャルリ・エブド事件は犯罪であり、戦争でもあるという自家撞着的な論理が横行している。これを犯罪として否定する「表現の自由」派は、この論理ならざる論理のために否応なく反テロ戦争の支持と加担に巻きこまれていく。

国際法で戦争と犯罪は厳重に区別されてきたが、両者の二重化と異様ともいえる癒着は、9・11をめぐる反応にもすでに認められた。この攻撃を前にして当時のブッシュ大統領は、一方で「これはテロではない、戦争だ」と口走った。

9・11の報復としてアフガンに「反テロ戦争」をしかけたアメリカは、アルカイダ捕虜は兵士でなく犯罪《テロリ》者《スト》であるという理由で、戦時国際法の適用外とした。アルカイダがしかけてきたのは「戦争でなく犯罪《テロ》にすぎない」ことになる。

『例外社会』や『8・15と9・11』で筆者は、国民戦争／世界戦争／世界内戦という戦争形態の歴史的・段階的変化について検討した。すでに9・11で観察され、シャルリ・エブド事件でも反復された犯罪と戦争の混濁という二一世紀的な事態を論じるため、これまでの主張を要約しておきたい。

集団的で大規模な暴力行使としての戦争は、太古の時代から存在したろう。弥生時代の日本が戦乱の時代だったことは、文献資料からも考古学的調査からも実証されている。近代以前に世界各地で戦われていた無数の戦争に、歴史的な共通性や関連性を見いだすのは困難である。しかし大航海時代以降の、世界が世界化しはじめた時代から二一世紀の今日にいたるもろもろの戦争には、共通の歴史性が存在する。

一九世紀の国民戦争の時代、国際政治空間は市民社会に類比的なものとして了解されていた。市民社会を構成する諸個人が、国際政治空間では主権を有する諸国家である。エゴイズムを原理として衝突を繰り返す諸個人を、市民社会では国家が統御する。

しかし、市民社会の国家に該当するメタレヴェルの権力が、国際政治空間には存在しない。市民社会の諸個人と同様、諸国家の行動原理もまたエゴイズムだとすれば、メタレヴェルの権力なしに国家と国家の対立や抗争はいかにして解決されうるのか。

たとえば主権国家と主権国家が、外交交渉では解決しがたい致命的な対立関係に陥ったとしよう。国際政治の世界には国家よりも上位の権力は存在しない。国家を服従させうるメタレヴェルの立法機関も司法機関もない。国家という巨大な暴力装置による無秩序な暴力の解放を回避するため「交戦権」、すなわち主権国家による戦争の権利が要請された。

戦争という最終的な解決方法を相互に承認しなければ、決定的な利害対立は解消されえない。だから、主権国家はたがいに交戦権を認めあう。戦争法に従う主権国家間の合法的な戦争は、無秩序な暴力の混沌ではない。このような戦争において対戦国は、国家規模の無法者とは質的に異なるところの、戦争のルールを共有する「正しい敵」となる。

カール・シュミットによれば、決闘のような規則を戦争法として共有する「保護限定された戦争」が、主権国家間の近代的な戦争である。三十年戦争の収拾過程で確立された、戦争法に縁取られたヨーロッパの国際秩序（ヴェストファーレン体制）を、シュミットは「ヨーロッパ公法」による秩序と呼んだ。

市民革命によって国家主権が君主から国民に移行し、西欧では国民国家が形成されていく。一九世紀的な国民戦争とは、絶対主義王政の主権国家相互による保護限定された戦争の完成形態であり、国民経済や国民国家に対応する戦争でもある。しかし、日露戦争をもって一九世紀的な国民戦争の時代は終わった。この戦争のわずか九年後に勃発した第一次大戦は、最初の二〇世紀戦争となる。

新興ドイツが、イギリスやフランスという前世紀からの大国に挑んだ植民地再分割戦として、第一次大戦は開始された。アメリカと日本を含む列強諸国を二大陣営に分割した戦争は、ヨーロッパの全域を戦場として戦われていく。結果として第一次大戦は、国民戦争の枠を逸脱する世界戦争の地平を拓いた。

二〇世紀的な世界戦争の意味するところは、たんに戦場がヨーロッパ全域まで広域化し、列強諸国が例外なく参戦したという、戦争の「世界性」には尽くされない。機関銃、長距離砲、航空機、潜水艦から毒ガスにいたる新兵器が投入され、七〇〇万という未曽有の戦死者を出した事実も大きい。

新兵器による総力戦を遂行するために、いずれの陣営でも人的・物的資源が計画的に根こそぎ動員された。長距離砲や航空機や潜水艦など高度化されたテクノロジーによる新兵器が、前線／兵士と後方／民間人の区別を消滅させたのと相即的に、総力戦体制もまた戦場と市民社会を不可分のものとして一体化する。

第一次大戦で端緒的だった後方攻撃は、第二次大戦では大規模な戦略爆撃として全面化するだろう。生産設備や国民の戦意など、対戦国の戦争継続能力を攻撃目標とした戦略爆撃は、論理の必然として、民間人の無差別殺傷と市民社会の破壊にまでいたる。その極限が広島と長崎への原爆投下だった。

これらの諸点は、保護限定された相対的性格の戦争が、無制約な絶対的性格の戦争に変貌した事実を露骨に示している。二〇世紀戦争は空間の量的な規模として「世界」戦争だが、質的には「絶対」戦争である。

戦場での敵兵の大量殺戮や、ドイツ海軍による旅客船や貨物船への無差別攻撃など、民間人殺傷の全面化も戦争の絶対的性格を示すが、それ以上に決定的なのは戦争が対戦国を「殺害」するまで続いた事実だ。国家の「死」とは、戦争を遂行した国家体制の、立憲国家では憲法体制の全面的な解体を意味する。第一次大戦ではロシア、ドイツ、オーストリア、トルコの四大帝国が敗戦によって崩壊した。

主権国家間の利害対立に新たな均衡をもたらすための国民戦争では、対戦国の体制破壊など思いもよらない。対戦国を「殺害」してしまえば、交渉相手が消えてしまう。これにたいし、世界戦争は対戦国の体制破壊を最終目的とする。敗れた国家は国家主権を制限され、直接間接に交戦権を剥奪され、勝者に従属せざるをえない。さらに勝者が臨むだろう新たな戦争に、目下の同盟国として狩りだされていく。

このように国民戦争と世界戦争は、存在する歴史的水準が異なる。では、どうして国民戦争から世界戦争という新しい異様な戦争は生じたのか。この点についてE・H・カーは、一九三九年に刊行された『危機の二十年』で、次のような認識を示している。

大ざっぱな十九世紀的体制は、そのむしろ体制の欠除と言うべきものが現状を変革する効果的な一手段を合法とみなした点では論理的であった。その伝統的な方法を非合法としてしりぞけ、しかもこれに代る効果的な方策を何ら提供しえないことが、今日の国際法に、以前の国際法にはもとより、文明国家のどの国内法にも見られないほどに広大な範囲にわたる現行秩序の防波堤としての役割を求めているのである。

「大ざっぱな十九世紀的体制」とは、主権国家間の利害対立を保護限定された戦争によって解消するヨーロッパ公法秩序を意味する。メタレヴェルの権力を欠如したヨーロッパ公法秩序の構造的不安定性が、世界戦争を生じさせた。世界戦争とは国際社会にメタレヴェルの権力をもたらすための、いわば〈世界国家〉析出運動なのだ。

こうして二〇世紀世界は、列強と呼ばれた帝国主義国をメンバーとする勝ち抜き戦に突入する。世界戦争の最終勝者こそ、もろもろの主権国家をメタレヴェルから支配する国家、唯一の〈世界国家〉の地位を得るだろう。二〇世紀の世界戦争とは、〈世界国家〉を析出するための列強間の勝ち抜き戦だった。

唯一の勝者をめざす勝ち抜き戦が世界戦争として開始された以上、第一次大戦後も世界は第二、第三の世界大戦を迎えるだろう。七〇〇〇万の戦死者を出した第一次大戦の惨禍を上回るに違いない、第二の世界大戦を回避する努力がなされなかったわけではない。

たとえば一九二八年のパリ不戦条約では、戦争による国家間の利害対立の解決は禁止され、宣戦布告は違法化された。国家の交戦権を禁止しながら、国際社会の現状を変更するための効果的な方法を見いだしえなかった点に、カーは国際連盟やパリ不戦条約などの国際平和主義が挫折した根拠を見ている。

カーによれば、「国際法および条約の尊重が維持されるのは、国際法じたいが、自らを修正・改廃し得る有効な政治機構を認知するところまで進むことによってはじめて可能となる」。国際法を「修正・改廃し得る有効な政治機構」とは、事実上の〈世界国家〉だろう。

ようするにカーは、主権国家のメタレヴェルに位置する権力が析出されなければ、第一次大戦以降の危機を根本的に超えることはできないと考えた。この認識は妥当だが、挫折した国際連盟を超えるものとして、それを構想してもリアリティはない。〈世界国家〉はただ、メタレヴェルの権力をめざす列強の勝ち抜き戦を通じてのみ誕生しうる。

国際連盟に象徴される大戦下の国際平和主義は、たんに無力なのではないとカール・シュミットは主張した。戦争を違法化し国家から交戦権を剝奪する平和主義は、法に拘束されない残忍な戦争に帰結するからだ。「平和主義者が非平和主義者を相手にして、戦争に、『戦争に反対する戦争』にかりたてられる」(『政治的なものの概念』)だろう。

戦争の非合法化は、戦争の当事者を不均衡な二つの陣営に分割する。先に戦争をしかけた側と、しかけられた側だ。前者の戦争は正義に反する攻撃戦争(侵略戦争)であり、自己防衛のためにやむなく行われる後者の側に正義はある。

以上のような戦争思想が一般化すれば、まさに第二次大戦で実証されたように、いずれの側も自国の戦争を自衛戦争、敵国の戦争を攻撃戦争と主張することだろう。こうして戦争は、相互に「正しい敵」として承認しあう保護限定された戦争から、対戦国の双方が「絶対的な敵」、「犯罪者としての敵」を打倒し殲滅するための正義の戦争に転化した。

二〇世紀的な正戦論に導かれた世界戦争は、ホッブズがモデル化した自然状態=戦争状態よりも暴力的だ。たがいに争う狼たちは狼として平等だった。しかし二〇世紀的な正戦論では、攻撃戦争をしかけた側が「狼」で、自衛戦争を戦う側だけが「人間」なのだ。「狼」には権利などない。「人間」は戦争法を無視して、「狼」としての敵国民を完全な無権利状態に置き、無制約的な暴力を行使することが許される。

主権国家から交戦権を剝奪するという平和主義的理想は、その必然として絶対戦争の論理を極限化する。

戦争は「正しい敵」同士の、新たな利害均衡点を見いだすために必要な合法的形式ではなく、敵の絶滅を自己目的化した法外の暴力に転化する。

第二次大戦に際してドイツとソ連は、そして日本も数々の戦時国際法違反を重ねている。捕虜の処遇などの点で、相対的に国際法を遵守したように見えるアメリカもまた、自衛戦争の論理で正当化される暴力を無制約的に行使した。たとえば戦略爆撃による民間人の大量殺戮、その極限としての原爆投下、などなど。

カール・シュミットや、政治的立場は対極的ながらE・H・カーが語った二〇世紀戦争をめぐる洞察を、スターリンやヒトラーやルーズベルトなど第二次大戦の戦争指導者は共有していた。当面する戦争が一九世紀的な国民戦争とは質的に異なる、絶対的性格を帯びた世界戦争であることを認識し、いずれもが確信犯的に戦時国際法の精神を蹂躙した。ソ連とドイツにかんしては説明するまでもないだろうが、日系人収容所を建設し原爆を投下したアメリカにしても事情は変わらない。

世界戦争の論理に無自覚だったのは、日本の戦争指導層のみである。世界戦争としての日米戦争を、最後の国民戦争だった日露戦争に重ねあわせ、「一勝を博して講和に持ちこむ」以上の戦略もなく開戦に向けて流された日本は、致命的な惨敗を喫してアメリカの属国に転落した。世界戦争の敗北による日本の国際的地位は、七〇年後の今日も変わらない。

第二次大戦はドイツとアメリカによる、〈世界国家〉の地位を賭金とした闘争であり、他の諸国はいずれかの陣営に二分された。ソ連と同盟してドイツを倒したアメリカだが、第二次大戦後は最終戦に勝ち残った米ソによる覇権闘争の時代となる。米ソ冷戦は半世紀のあいだ続いた最終戦、いわば戦闘（熱戦）なき第三次大戦だった。

そして一九八九年に社会主義圏が崩壊し、九一年にはソ連も消滅して、最終的にアメリカが〈世界国家〉の樹立にむけて踏みだした。アメリカが〈世界国家〉になるとは、どういうことなのか。主権国家が領域内の暴力を独占したように、〈世界国家〉はもろもろの主権国家による対外的暴力行使を禁止する。アメリカ以外の国の武力行使は主権国家の権利の行使ではない、たんなる国際的犯罪行為になる。

これに近似した事態が一九九一年の湾岸戦争だった。イラクがクウェートに侵攻したとき、アメリカは国連を使って多国籍軍を編成し、イラクによる国際犯罪行為を鎮圧した。イラクの戦争は犯罪行為と、アメリカと多国籍軍の戦争は警察行為と見なされた。このように〈世界国家〉が支配する世界から戦争は消滅し、かつての戦争は犯罪となる。

湾岸戦争からの一〇年間、アメリカは「独覇」状態で〈世界国家〉の建設を推し進めた。しかしアメリカの〈世界国家〉化に、9・11という挑戦状が叩きつけられる。アルカイダやイスラム革命運動は主権国家ではなく、いわば民間団体である。このようにして民間団体が国家に戦争を挑むという、二一世紀的な新事態が生じた。

一九世紀の国民戦争、二〇世紀の世界戦争にたいし、9・11によって開始された二一世紀の戦争を「世界内戦」としよう。世界内戦はカール・シュミットが『パルチザンの理論』で、中国共産党の革命戦争を考察して生みだした概念だ。世界内戦では主権国家が特権的な主体ではなく、国家の軍隊と民間の軍隊が入り乱れて戦う。民間の軍隊にはゲリラ部隊に加え、イラク戦争でアメリカが積極的に活用した民間軍事会社も含まれる。

世界内戦は、国民戦争のように宣戦布告と講和条約の締結で時間的に区切られるのではない、起点も終点も不明確なまま際限なく続く戦争で、二〇世紀の世界戦争のように対戦国の体制崩壊が目的化されるわけでもない。さらに軍事的な戦闘だけでなく、文化や精神の領域までが戦場になる。もう戦争は、いつでもどこにでもある。このように二一世紀とは、世界の戦争化が進行しつつある時代なのだ。

国民戦争の時代はもちろん、世界戦争の時代でも戦争の主体は国家だった。中国革命やヴェトナム革命のように、国家ではない主体が戦争を戦う場合も例外的には見られたが、最終的には主権国家の樹立やそれへの統合に帰結した。

〈世界国家〉が誕生すれば、世界から戦争は消滅する。湾岸戦争で先駆的に示されたように、かつて戦争と呼ばれた大規模な武力行使であろうと、〈世界国家〉にたいする犯罪にすぎなくなるからだ。アメリカの〈世界国家〉化がイスラム革命勢力の抵抗によって頓挫しても、世界戦争や国民戦争の時代に戻るわけではない。戦争が主権国家の専権事項でなくなる度合いに応じて、戦争とテロ、戦争と犯罪の境界は無限に曖昧化していく。9・11をめぐるブッシュの矛盾した発言は、世界内戦の基本性格を無自覚的に反映していた。またシャルリ・エブド事件は、文化や精神の領域までが戦場となる二一世紀的な戦争のリアルを示している。二〇世紀の世界戦争でも前線と後方の区別は消失し、社会全体が戦争継続のために再編成される事態が生じた。もちろん文化も戦意高揚のために動員され、戦争プロパガンダ映画が大量に製作された。音楽や美術や文学も、もちろん例外ではない。

しかし世界内戦としてのテロ／反テロ戦争で文化は、外側から戦争に動員されるのではなく、戦争それ自体である。世界戦争の戦略爆撃でラジオ局が攻撃対象となるように、世界内戦では敵の兵士そのものとして文化産業従事者が殺害される。編集者であろうと風刺画家であろうとシャルリ・エブドの関係者は、世界内戦の兵士として殺戮された。

世界戦争に勝利したアメリカは、9・11による停滞を超えて〈世界国家〉建設を再開しようとしている。これを阻止しようとしているのが中国、そしてロシアだが、両国とも〈世界国家〉の地位に挑戦する条件を欠いている。

〈世界国家〉をめぐる闘争に参入するには、全世界に同意を求めることのできる普遍的理念、「世界理念」が不可欠である。たとえばアメリカのデモクラシー（経済的自由主義と、その政治形態としての民主主義）や、ソ連のコミュニズムのような。第二次大戦で米ソに敗退したドイツや日本にしても、一応は世界理念を掲げていた。ドイツの生存圏理論とアーリア人種による世界支配の主張、日本の八紘一宇と大東亜共栄圏など。ドイツと日本の敗北は、それぞれの世界理念の敗北だった。

その魅力は低下傾向にあるとしても、アメリカのデモクラシーは依然として世界理念である。しかしロシアはもちろん、中国でさえデモクラシーに対抗する世界理念を提示しえていない。国として巨大であろうと、大国主義的なナショナリズムに世界理念としての普遍性は認められない。

アメリカに対抗する新たな世界理念の萌芽としては、「カリフ制」が無視できない。イスラム革命運動からISが析出されてきたことの意義が、この点にある。西アフリカからインドネシアまでの広大な地域を版図とするカリフ制という主張は、域内域外の非イスラム教徒からは拒否されるとしても、〈世界国家〉に対応する世界理念ではある。イスラム革命勢力の軍事攻勢と、アメリカを主軸とする反テロ戦争の応酬が世界内戦の焦点に位置しているのも、この事実の必然的な結果だろう。

ISは権力主義的な統治技法から拷問の技術まで、バース党の人脈を経由してソ連コミュニズムの核心を学んでいる。この点でISを、イスラム・スターリニズムと規定することも可能だ。もちろんアメリカによる〈世界国家〉にも、イスラム・スターリニズムのそれにも人類の未来はない。ヨーロッパ公法秩序の廃墟に〈世界国家〉を樹立するという路線ではなく、世界内戦を終結させる〈世界国家なき世界社会〉の実現が求められている。

第 III 部

「歴史」化される六〇年代ラディカリズム

フランス大革命が歴史化されはじめた画期は、一八三四年にはじまるビュシェとルーの『フランス革命の議会史』刊行だろう。大革命を体験した同時代人の回想録は少なくない。フランソワ・フュレによればギゾやティエールの書物とならび、マルクスのフランス革命観に多大の影響をもたらした『フランス革命の議会史』は、歴史的な観点からする大革命時代の資料の集大成であり、個人的な体験記や回想録とは次元の異なる試みだった。ビュシェたちはどうして、大革命を歴史化しようと努めたのか。この年にイギリスでは、オーエンとドハーティを指導者とする全国労働組合大連合が、八時間労働を要求するゼネストを呼びかけ、参加者は五〇万人に達した。むろん、同じような動きはフランスでも進行していた。一八世紀の市民革命が一九世紀の労働者革命に変貌しつつある瞬間に、市民革命をめぐる過去は歴史化されはじめる。

『1968』の序章で小熊英二は、「過去の英雄譚や活劇物語として『一九六八年』を回顧することではなく、あの現象が何であったかを社会科学的に検証し、現代において汲みとれる教訓を引きだ」したいと述べている。六〇年代ラディカリズムを歴史化する試みは、本年刊行の『1968』を代表例として、この数年さまざまになされてきた。その背景には、日本社会の無視できない変動がある。小泉改革以降に格差化／貧困化として意識されはじめ、二〇〇八年九月のリーマン・ショックと世界的な大不況の到来によって加速された社会的変動の「現在」が、さまざまな論者による六〇年代ラディカリズムの歴史化を動機づけている。

小熊は『1968』のはじめと終わりに、「私には何もないの。それでは闘ってはいけないのでしょうか？」という、「一九六六年ごろ、一人の女子学生が発した」言葉を三上治『1960年代論Ⅱ』から引用し、「この言葉が一人の少女から発された四〇年以上前の地点から、私たちは再度出直すことをもとめられている」と結論する。しかし、六〇年代ラディカリズムの原動力に「何もない私」、「空虚な主体性」を見出す観点は、すでに同時代に提出されていた。たとえば全共闘学生に多く読まれた『叛乱論』で長崎浩は、「叛乱」の根拠として「行為の本質への飢餓」を論じている。

マルクス主義的な「革命」とは、帝国主義の全般的危機や「資本主義の死の苦悶」や、民衆の飢餓や貧困、圧政や戦争の危機などを背景として、革命党の権力奪取にまで激化した階級闘争を意味する。このような「革命」と区別する目的で、労働をはじめとする社会的行為の実質が剝奪され、生の意味を渇望する空虚な主体の集合的社会行動を、長崎は「叛乱」と呼んだ。マルクス主義的革命の主体は「階級」だが、叛乱のそれは「群衆」である。あの少女の言葉を『1968』が出発点とするのなら、六〇年ラディカリズムの渦中で試みられた、空虚な主体性の「叛乱」をめぐる当事者の思考の検証は、避けることのできない前提だろう。しかし『1968』の著者は、この不可欠な作業をなぜか回避している。本書で長崎浩が参照されるのは、差別問題の倫理主義化に距離を置く「年長のベテラン活動家」としてにすぎない。

小熊によれば、六〇年代ラディカリズムとは「高度経済成長にたいする集団摩擦反応」である。農業社会で育った若者たちが高度成長する都市社会に直面し、アイデンティティ危機に陥った。若者たちは集団的な「自分探し」に向かい、政治的に急進化した……。

農村共同体が崩壊し都市に流入した貧民プロレタリアが、一九世紀前半のフランスでは大革命からパリ・コミューンにいたる叛乱の基盤となる。すでに農村の過剰人口が枯渇していた第一次大戦後の時代、ドイツやフランスでは階級の群衆化が急激に進行し、ファシズム、コミュニズム、アナキズムが叛乱のヘゲモニーを争奪する「危機の二十年」(E・H・カー)が到来した。空虚な主体性を抱えこんだ群衆存在が、叛乱という大規模な社会的闘争を激発させる。群衆化が共同体の解体や農民の都市流入から生じようと、労働者階級のような都市的社会集団の亀裂や崩壊から生じようと、それは二次的な問題にすぎない。小熊の「六〇年代ラディカリズム＝高度経済成長にたいする集団摩擦反応」論では、次の三点が注目されている。

一つめは、日本がまだ発展途上国だった高度成長期に幼少期をすごしたベビーブーム世代がもつ根底の文化や性規範が、高度成長後のものとはおよそ異なるものであったこと。二つめは、そうした彼らが高度成長の果実である大衆消費文化や都市に、激しい反発と憧れのアンビヴァレンスを抱いたこと。三つめは、大挙して大学に進学した彼らが、マスプロ教育の実情に幻滅し、アイデンティティ・クライシスや生のリアリティの欠落に悩み、自傷行為や摂食障害といった先進国型の「現代的不幸」——それは餓えや戦争といった発展途上国型の「近代的不幸」とはまったく異質なものだった——に直面し始めていたことである。

たしかに小熊は、六〇年代ラディカリズムの空虚な主体性に注目している。しかし第一、二点を重視した「高度経済成長にたいする集団摩擦反応」論では、それも共同体の解体や農民の都市流入による群衆化と類比的に把握されてしまう。だが第一、二点はともかく第三点には、「高度経済成長にたいする集団摩擦反応」論に回収されえない内容が含まれている。前二者は農業社会（過去）と都市社会（未来）に引き裂かれた主体のアイデンティティ危機（現在）だが、後者は都市社会あるいは成熟した市民社会に内在する困難だからだ。伝統的な農村、あるいは一九五〇年代までの貧しい日本に育った少年少女たちが、高度成長する六〇年代の都市社会に巻きこまれてアイデンティティ危機に直面しても、それは一過性のものにすぎない。大多数は都市社会のリアルに適応し、日米安保体制下の「平和と繁栄」や、その帰結としての大衆消費文化を謳歌するようになる。

小熊は全共闘世代の「集団転向」に批判的だが、もしも六〇年代ラディカリズムが第一、二点を中心的な根拠としていたなら、大多数の全共闘学生が就職しサラリーマン社会に順応したことに不思議はない。だが、高度に資本主義化された都市社会の必然である第三点の結果としての空虚な主体性は、小熊が非難するような意味では「転向」しえない。高度資本主義社会を生きる限り、空虚な主体性による生の意味への渇望は癒されようがないからだ。一九七〇年代以降の空虚な主体性の行方をめぐって、筆者は『例外社会』の第二部で論じている。

第一、二点と第三点からは、それぞれ質的に異なるラディカリズム主体が想定される。これにかんして小熊は、地方出身と大都市出身、一九六九年入学以前と以降、党派と無党派などの分類との関連で論じている。

ただし、この場合でも重点は前者に置かれていて、中上層ミドルクラス出身者を主役にしたアメリカやフランスの新左翼運動とは異なり、ワーキングクラス上層やミドルクラス下層出身の学生に担われた全共闘運動や新左翼運動には、「文化革命」の要素は希薄だと強調する。しかし性行動やファッションを含んだ文化受容の点で、小熊も認めるように六八年、六九年頃には、ラディカルな青少年のあいだで無視できない切断が生じていた。

空虚な主体性による六〇年代ラディカリズムは、ドイツやフランスで「危機の二十年」に蔓延した行動的ニヒリズムに類比的である。六〇年代ラディカリズムの思想的ヘゲモニーは第一、二点に規定された層でなく、「アイデンティティ・クライシスや生のリアリティの欠落に悩み、自傷行為や摂食障害といった先進国型の『現代的不幸』（略）に直面し始めていた」第三点から生じた層にあった。むろん大都市出身などの指標は、たんに相対的な傾向を示すにすぎない。第一、二点でなく第三点、「地方出身／六九年以前入学／党派」でなく「大都市出身／六九年以降入学／無党派」に軸心を置いた歴史化であれば、「高度経済成長にたいする集団摩擦反応」論とは異なる六〇年代ラディカリズム像が導かれたはずだ。

七〇年代以降の高度資本主義社会に着地してアイデンティティ危機を克服しえた、違う角度からいえば消費社会に向けて「転向」しえた第一、二点を根拠とする主体ではなく、あくまでも第三点にかかわる主体の経験こそ二一世紀の今日に通じうる。『叛乱論』に代表される同時代の思考は、まさに第三点にかかわる主題を論じていたのだが、先にも触れたように『１９６８』の著者は、この点にほとんど関心を示していない。小熊の議論が「近代的不幸」と「現代的不幸」の、機械的な二分法に陥るのも当然の結果といわなければならない。

この時代の若者をおおっていた「閉塞感」「空虚感」「リアリティの欠如」は、それ以前の政治運動や労働運動、平和運動を支えていた、飢餓や貧困からの脱出、戦争の恐怖といったものとは、およそ異質なものだった。それは、貧困や戦争といった「近代的不幸」しか知らない当時の大人たちには理解不能な、ぜいたくな悩みとしかみえない、高度成長で大衆消費社会に突入しつつあった日本社会で出現した、新種の「現代的不幸」だった。そしてこの新種の「生きづらさ」が、「あの時代」の叛乱の背景になってゆくのである。

ここで小熊は「高度経済成長にたいする集団摩擦反応」論を半ば放棄し、農業社会(過去)と都市社会(未来)に引き裂かれた主体のアイデンティティ危機(現在)ではなく、都市社会それ自体が不可避に生じさせる空虚な主体性、「この新種の『生きづらさ』が、『あの時代』の叛乱の背景になってゆく」と述べて、第一、二点にたいする第三点の優位性を承認しているように見える。しかし、六〇年代ラディカリズムを第三点の優位性のもとに検討しようという方向も、農村や狭義の戦後(一九五〇年代までの貧しい日本)を「近代的不幸」に、六〇年代以降を「現代的不幸」に重ねる発想に規定され、不徹底なまま終わらざるをえない。

マルクス主義的に累積された分厚い意味の皮膜を、方法的に削ぎ落とし終えてはじめて、叛乱がなんであるのかも見えてくる。「たとえどんなに地域的でとるにたりないものであっても、叛乱は近代そのものへの叛乱なのだ。近代世界がその根拠を失わないかぎり、近代の根拠にかかわるものとして叛乱はつねにある。(略)叛乱の歴史は、権力の展望なき永遠の叛乱の連鎖であったし、これからもまたそうであろう」(『叛乱論』)。

どのような社会的闘争も「要求」を掲げて闘われる。たとえば一八四八年二月革命に勝利した貧民プロレタリア勢力は、パリで「労働権」を要求して蜂起し、六月には軍隊による鎮圧と虐殺の嵐のなかで壊滅した。完全雇用を達成した第二次大戦後の「ゆたかな社会」は、四八年六月の蜂起者の「要求」を実現したといえるだろうか。飢餓や貧困や戦争の巨大な圧力は既成の共同体や階級などの制度的社会集団を解体し、人々は急激に群衆化する。そしてコミューンやサンディカやアソシアシオンに集団形成した群衆は、たとえば飢餓からの解放を要求して社会的闘争に突入する。しかし、しばしば闘争は当初の要求を超えてしまう。パンをめぐる具体的な要求は、叛乱の集団形成の過程で、飢餓や貧困が原理的に解消されたユートピアをめぐる集合的な「夢」と「暴力」の大波に呑みこまれていく。

たとえば失業は人からパンだけでなく、社会的存在としての意味をも剝奪する。大戦間のドイツでナチズムが勝利したのは、大量失業によって失われた生の意味を大衆に提供しえたからだ。ナチスを政権に押し上げたドイツ国民は、結果として、再軍備による経済回復によってパンのほうも保障されたわけだが。

いったん満腹すれば、パンの要求は満たされる。しかし、生の意味を求める渇望に終わりはない。既成の共同体や階級に繋がれ制度化されていた生の意味が、ある瞬間に失効し、意味への欲望はアナーキーに逸脱しはじめる。たとえ叛乱の集団形成が、小熊のいわゆる「近代的不幸」やパンの要求から開始されたように見えようと、それは必然的にユートピアの「夢」を激成してしまう。絶対性を帯びた「夢」はまた、ユートピア的「暴力」を喚起するだろう。共同体は人間存在に本質的な暴力性を、たとえば供犠や祝祭のようなかたちで封じこめているが、共同体の崩壊と群衆化は、同時に暴力の解放でもあるからだ。大戦間のドイツで見られたように、近代化された共同体である階級の場合でも、この間の事情は変わらない。

叛乱の経験を思考する場合、「近代的不幸＝パン」と「現代的不幸＝意味」の二分法は成立しえないし、前者を狭義の戦後や農村に、後者を六〇年代以降の豊かな都市社会に重ねるわけにもいかない。狭義戦後の最後の時期に闘われた「近代的不幸＝パン」をめぐる三井三池闘争でさえ、ユートピアの「夢」と「暴力」に憑かれて極点まで突進した事実は疑いえない。

「高度経済成長にたいする集団摩擦反応」論や、「近代的不幸」と「現代的不幸」の二分法の結果、『1968』は六〇年代ラディカリズムからユートピア的叛乱の要素を脱色してしまう。空虚な主体性、意味への渇望、群衆による叛乱という一連の問題系が本書では、「自分探し」という平板な言葉に置き換えられ、「直接行動で機動隊とぶつかれば、自傷行為と同様に、とりあえず肉体的な充足感は得ることができた。その束の間の『現代的不幸』からの脱出感を求めて、彼らはゲバルトに走った」とされる。個室でのリストカットと街頭の騒乱を同一視する小熊には、ユートピアの「夢」と「暴力」に導かれた叛乱の集団形成など視野の外なのだろう。本書ではべ平連や市民運動が評価されるが、その活動家がアメリカの公民権運動に学んだ非暴力直接行動もまた、権力の暴力に意図して身をさらす戦術という点で、ユートピア的「暴力」の一形態である点には無自覚といわざるをえない。

『1968』の六〇年代ラディカリズム論は、空虚な主体性と群衆化、生の意味への飢餓、叛乱的な集団形成、ユートピアの「夢」と「暴力」などの問題系を正確に捉えきれていない。また、叛乱の「政治」をめぐる問題系にかんしても同様である。本書では、全共闘運動に先行する慶應、早稲田、中央大学などの大学闘争が評価される。一九六五年の慶大闘争を肯定し、六九年の東大闘争を評価しない根拠は、前者の政治的「勝利」と後者の玉砕的な「敗北」主義にある。小熊が想定する「政治」とは、いわば諸利害の合理的調整にすぎない。であれば慶大闘争は「勝利」し、東大闘争は「敗北」した、前者は政治的に賢明であり、後者は無能だったという結論が導かれざるをえない。小熊の東大闘争論が明らかにするのは、引き際が肝心という程度の通俗的な「政治」理解である。

小熊の平板な政治観を、叛乱の集団形成やユートピアの「夢」と「暴力」の観点から批判することは容易だが、しかし、それだけで問題は終わらない。社会的闘争を要求実現のための「圧力」とし、政治は利害調整と妥協のための技術にすぎないとする小熊的な政治観を、修正主義＝社会民主主義として攻撃した二〇世紀マルクス主義＝ボリシェヴィズムの政治観が、あの時代にも強固に存在していたからだ。

小熊によれば、東大当局による六項目受諾（一九六八年一一月）の拒否と、六九年一月の安田講堂攻防戦が東大闘争の転機をなした。それ以前は慶大闘争以来の大衆的な大学闘争だったが、六八年一二月以降の東大闘争は、セクトによる政治闘争化とノンセクト院生を中心とした「自己否定論」によって、敗北の道を転げ落ちていく。引き際が肝心だという政治観からすれば、当然ながら以上のような結論になるだろう。

六〇年代ラディカリズムの全過程を振り返れば、上昇から下降への転換点は一九六八年一〇月二一日の新宿闘争に見出される。東大闘争の場合は、六八年一一月二二日の東大・日大闘争勝利全国総決起集会。いずれも退路を断った巨大なバリケード戦を、可能なあらゆる闘争手段を総動員して最後まで闘い抜くべきだった。たとえ徹底した敗北に終わろうと、偉大な社会的闘争と叛乱の集団的記憶は、後続する世代に伝説として刻印されたに違いない。六〇年安保の集団的記憶が、六〇年代後半の社会的闘争を準備したように。

10・21新宿闘争や東大の11・22闘争を徹底的に闘うには、第三の「政治」が不可欠だった。小熊が理解する政治でもボリシェヴィズムのそれでもない、叛乱の「暴力」を浄化しつつ最後の極点にまで導くための政治が。しかし勝利したのは、社会民主主義的政治でも叛乱の政治でもなく、ボリシェヴィズム党派の政治だった。

ボリシェヴィズムの教科書でもあるレーニン『なにをなすべきか』で絶対化された二つの教条が、一九六八年秋期に頂点を迎えた大衆ラディカリズムを自己閉塞に追いこんだ。第一は政治闘争至上主義、第二は中央闘争至上主義である。レーニンによれば、個別資本を対象とする労働者の経済闘争は、専制政府打倒の政治闘争に高められなければならない。また職場別、地域別の個別闘争は国家権力を標的とする中央闘争に集約されなければならない。経済的な要求による闘争、地域的に分散化された闘争が、権力奪取をめざす全人民的政治闘争に転化しうるのは、革命党による系統的な宣伝暴露など、意識的な戦術の行使による。

新左翼党派の原型はブントで、いうまでもなくブントは一九六〇年安保闘争の主役だった。政治闘争＝中央闘争の優位性という神話は、議会主義の裏返しにすぎない六〇年安保経験を、条件も背景も異なる『なにをなすべきか』という権威で固定観念化した結果、あのようにも蔓延したのだろう。レーニン主義の権威による六〇年安保経験の絶対化が、社会的闘争の大衆的潜勢力を抑圧し、六〇年代ラディカリズムの可能性を閉塞させた。10・21新宿も11・22東大も、七〇年安保闘争（具体的には佐藤首相訪米阻止・安保条約自動延長阻止）という政治闘争に向けて勢力を温存するため、党派主導で不発に追いこまれた。

レーニン主義的な政治闘争／経済闘争や中央闘争／地域闘争は、いうまでもなく知識人／大衆、党／階級の二分法と不可分の関係にある。六〇年安保の主役だったブントは、議会主義化した共産党に代わる「真の前衛党」をめざして結成された。国会を焦点とした六〇年安保闘争の固定化された記憶は、自己絶対化という思想的腐敗を必然化するレーニン主義の党組織論とも表裏をなしていた。

東大闘争の「敗北」は、妥協の必要性に無知な政治判断の稚拙性に由来しているのではない。小熊のような観点は、レーニンのいわゆる経済闘争に東大闘争を矮小化するものにすぎない。むろん、個別的な経済闘争にすぎない東大闘争を七〇年安保をめぐる政治闘争に動員し、その先に妄想された中央権力への攻撃とボリシェヴィキの党派による権力奪取のため、11・22を不発に追いこんだ党派勢力もまた叛乱の集団形成に敵対していた。

ボリシェヴィズム的な政治闘争＝中央闘争至上主義の、極端に空想的な帰結として赤軍派は結成された。しかし連合赤軍事件の場合には、全共闘的な自己否定論とも無関係ではない問題がある。『１９６８』の著者が、東大闘争敗北の思想的な産物として批判する自己否定論は、「私には何もないの。それでは闘ってはいけないのでしょうか？」という切実な問いの、ある意味では必然的な帰結だった。

東大全共闘の自己否定論とは、主体性の空虚を隠蔽する日常的皮膜を、みずから剝ぎとることを意味する。高度経済成長の一九六〇年代には、魂の空虚を覆い隠すにたる社会的贅肉が分厚く存在していた。東大生としての既得権になど意味はない、否定すべき実質など皆無だという直感が、あのようにも自己否定を執拗に語らせた。豊かな生活、安定した将来という贅肉を「自己否定」することなくして、魂の空虚と意味への渇望さえ自覚しえないという「不幸」が、思想的には支離滅裂な自己否定論をもたらした。

自己否定論には、ユートピアの「夢」と「暴力」が活動家の人格や内面にまで追いつめられた結果という面もある。叛乱の退潮や集団性の解体は、ユートピアの「夢」を完璧に理想的でなければならない自己像にまで縮減し、現実の私に制裁としての暴力を加えることが倫理的＝革命的であるという思想的倒錯を、当時の活動家の多くにもたらした。日本帝国主義の特権的国民としての「私」に、この倫理主義的暴力が向けられると、「血債思想」が生じる。極点でそれは、東アジア反日武装戦線のように逮捕投獄と処刑を決断した爆弾闘争ともなる。

連合赤軍の連続「総括」死にかんして、小熊は「追いつめられた非合法集団のリーダーが下部メンバーに疑惑をかけて処分していたという点では、偶然ではなく普遍的な現象である。（略）あのような状況と立場に置かれれば、その人間のもっている特徴が醜悪な形態で露呈してしまうということだった」と語る。

だがそれは、「〈理想〉を目指す社会運動」が陥る隘路などという問題とは、無関係だと筆者は考える。ましてや、連合赤軍事件の総括ができないかぎり、安易に社会運動をおこすべきではないなどという発想は実りがない。（略）感傷的に過大な意味づけをしてこの事件を語る習慣は、日本の社会運動に「あつものに懲りてなますを吹く」ともいうべき疑心暗鬼をもたらし、社会運動発展の障害になってきた。

『テロルの現象学』の著者として、このような後続世代の発言を見過ごすわけにはいかない。小熊が語るように、もしも連合赤軍の死者が敵前逃亡者として「処刑」されたのなら、あの事件がもたらす不気味に淀んだ印象は綺麗に拭い去られるだろう。空虚な主体性と意味への飢餓から生じる群衆叛乱の、あるいは「〈理想〉を目指す社会運動」の「隘路」が、連合赤軍事件には紛れもなく凝縮されていた。ユートピア的叛乱が革命国家の総体的テロリズムに逢着した歴史的事例は、フランス大革命やロシア革命からカンボジア革命にいたるまで枚挙にいとまがない。ユートピアの「夢」と「暴力」には、頽落と腐敗の可能性が内在している。にもかかわらずユートピア的叛乱が不可避であるとしたら、それは意識的に浄化され続ける以外ない。

もしも連合赤軍事件が、あるいは三菱重工爆破事件や内ゲバ戦争が「日本の社会運動に『あつものに懲りてなますを吹く』ともいうべき疑心暗鬼をもたらし、社会運動発展の障害になってきた」とすれば、それは困難な思想的課題に目を塞いだ思考停止の結果にすぎない。連合赤軍事件はイタリアの赤い旅団や西ドイツ赤軍のテロリズム的自壊と同時代の出来事であり、その背後にはソ連の収容所群島からカンボジアの大量虐殺にいたる二〇世紀マルクス主義＝ボリシェヴィズムの総体的テロリズムが黒々と横たわっていた。

ボリシェヴィズムはユートピア的叛乱に寄生し、その弱点につけこんで総体的テロリズムの最悪の制度となる。だから問われたのは「叛乱」とマルクス主義的「革命」を切断する作業であり、とりあえずボリシェヴィズムの前衛党論、政治闘争論、プロレタリア独裁論などを徹底的に批判することだった。この避けられない思想的主題を回避した者たちが、「連合赤軍事件の総括ができないかぎり、安易に社会運動をおこすべきではないなどという発想」に足を取られたにすぎない。小熊が批判する「一九七〇年パラダイム」や、もろもろの文化左翼もまた、叛乱とテロリズムの問題を回避したところから生じた。

社会主義の崩壊以降、9・11以降、そして新自由主義以降の時代に六〇年代ラディカリズムを歴史化し、いまに通じる教訓を得ようとするなら、『1968』とは異なる発想と方法が必要だろう。二〇世紀的に空虚な主体性は、主体の断片化と散乱化に帰結した。生の意味への飢餓もまた、そのあり方は大きく変貌している。六〇年代的な絶対自由主義の理念では、グローバル化した世界に対抗できない。そして二一世紀の現在も、イスラム圏ではユートピアの「夢」と「暴力」が荒れ狂っている。どのような形であれ、それが二〇一〇年代の日本に波及してくることは不可避だろう。六〇年代ラディカリズムからユートピアの「夢」と「暴力」を削除するような歴史化に、これらの諸問題を繰りこんだ別の歴史化が対置されなければならない。

大審問官とキリスト

最初に『カラマーゾフの兄弟』を読んだのは中学三年生で、コーリャなど作中に登場する子供たちと同じような年頃だった。一四歳の少年は、「大審問官」の章をどんなふうに読んだのだろう。

ドストエフスキイの後期長篇では『悪霊』が一番の好みで、一〇代のうちに三回は繰り返し読んだ。『悪霊』のように面白い小説を書きたいというのが、わたしが小説家をめざした初心である。しかし国も時代も違うし、この小説の背景をなしている貴族社会も戦後日本には存在しない。

どうしたものかと悩んでいたときに読んだのがS・S・ヴァン・ダインの『僧正殺人事件』で、この作品には『悪霊』と共通するものを感じた。探偵小説で『悪霊』のような小説を書けばいいのだと思った中学生は、十数年後に『バイバイ、エンジェル』で作家になる。

探偵小説でドストエフスキイのような観念小説を書くという発想は、いまも基本的に変わらない。そういえばドストエフスキイを継承する意図で『死靈《しれい》』を書いた埴谷雄高も、「新青年」時代からの探偵小説マニアだった。

『悪霊』には「善人」も改悛した「悪人」も登場しない。キリーロフとシャートフには「善人」らしいところもあるが、二人ともピョートルに利用されて悲惨な最期をとげる。いまでいう「中二病」の真っ最中のことで、幼稚な読者は、小説の結末で反省してしまう『罪と罰』のラスコーリニコフや究極の「善人」である『白痴』のムイシュキンの人物像には不満だった。

その章が「肯定と否定」と題されているように、唯物主義と無神論の申し子である否定的人物イワンが肯定的人物のアレクセイと対話し、弟を論破するため兄は劇詩「大審問官」の構想を語りはじめる。ラスコーリニコフやスタヴローギンやイワンなどの否定的人物に魅力を感じていた少年なのに、大審問官の人物像には反撥した。

学校というディシプリン権力と衝突を重ねていたから、人類の教師＝管理者を自任する大審問官が気に喰わなかったのだろう。否定的人物イワンはラスコーリニコフやスタヴローギンと同様、「偉大なる憤怒」(ウォリンスキー)を魂に刻まれた反抗者だが、イワンが創造した大審問官は秩序の擁護者で、わたしのような中学生が好感を抱くわけがない。

それからしばらくして、「大審問官」に触れた埴谷雄高のエッセイを読んだ。ウォリンスキーの『偉大なる憤怒の書』の翻訳者でもある埴谷によれば、ドストエフスキイは世界史の軸心が轟音を立てながらロシアに移動しつつあり、反ツァーリの革命は新たな独裁権力に帰結するだろうことを予感していた。簡単にいえば、大審問官＝スターリン説である。高校を中退してぶらぶらしていた少年は、なるほど、と納得した。

わたしの「大審問官」理解は長いこと、埴谷雄高や『革命について』のハンナ・アレントと大枠で一致していた。民衆に向けられる大審問官の憐憫《ピティ》とキリストの共苦《コンパッション》をアレントは対立的に捉え、憐憫こそ革命をテロリズムに押しやる元凶だと批判している。わたしは『テロルの現象学』(一九八三年)と『例外社会』(二〇〇九年)で二度にわたって「大審問官」を検討したが、いずれも大審問官の存在には否定的だった。

神山睦美の『大審問官の政治学』を読んで興味深く感じたのは、大審問官を外側から否定することなく、むしろ肯定的に向きあおうと努める著者の姿勢だ。大審問官がスペインのアンダルシア地方セヴィリアの住人であることに、神山は注目する。コルドバ、グラナダ、セヴィリアを含むアンダルシア地方は、一六世紀の世界システム(『資本論』では世界商業)の中心地だった。新大陸から極東までを包括する世界システムの中枢に、ドストエフスキイは大審問官を置いた。

一六世紀に確立された絶対主義王権は、東西インド貿易による世界システムの形成と相補的な関係にある。ミシェル・フーコーによれば、生権力は絶対主義王権の官房学を原型とする。絶対主義王権の生権力を象徴する存在こそ、神山によればドストエフスキイが描いた大審問官である。『テロルの現象学』では大審問官の政治性を論じたが、四半世紀後の『例外社会』では大審問官の社会性に注目した。ようするに生権力としての大審問官である。

神山の読解では、大審問官はホッブズのリヴァイアサンでもある。人間は本性的に弱くて卑しい存在だから、放置すればパンを争奪し相互絶滅にいたりかねない。この必然性を回避しようと、人間の本源的暴力性を一身に引き受ける悲劇の人物として、神山はリヴァイアサン=大審問官を捉えようとする。だから共苦《コンパッション》するキリストさえ、物語の最後では大審問官の老いた唇に接吻して夜の巷に立ち去るのではないか……。

しかし神山は、多くの『リヴァイアサン』読者と同じ遠近法的錯視に陥っているようだ。絶対主義王権を打倒したピューリタン革命後の動乱期に、ホッブズは『リヴァイアサン』を構想した。ホッブズが体験した一七世紀イギリスの戦争状態は、絶対主義権力の弱体化や崩壊の結果である。戦争状態が先行し、相互絶滅を回避するためリヴァイアサンが誕生するわけではない。

それでも大審問官とキリストを対立的にでなく、むしろ相補的に捉えようとする神山の発想は示唆的だ。神は世界の悲惨を見過ごしているというヨブ的主題を前提として、イワンは「大審問官」の物語を語りはじめる。大審問官が理解するキリストは、人間たちに自由な意志で愛されることを望んだ神であり、いわば自由の象徴である。無神論者のイワンは、市民革命と自由の理念を劇中のキリストに託した。大審問官の前でキリストが無言を貫くのは、主権にまで構成された革命は新たな抑圧に転化することを知っているからだろう。

往々にしてキリストに象徴される自由への渇望と、大審問官による権力は循環的である。「神が存在しなければすべてが許される」という信念から、間接的に父フョードルを殺害したイワンは物語の結末で発狂する。この青年の精神的危機は、すでに「大審問官」の物語で暗示されていた。大審問官を前に沈黙するキリストの社会的対応物を、どうしても見出すことができないイワンもまた、人間の本性を誤って捉えていたといわざるをえない。

大審問官を否定する雄弁なキリストが、ジャコバン独裁のような主権に構成される革命を寓意するとしたら、沈黙するキリストは主権に構成されない革命、永続する大衆蜂起としての自由を意味するだろう。もしも「人民の意志」党のテロリズムをモデルに『カラマーゾフの兄弟』の続篇が書かれたなら、ドストエフスキイは大審問官（抑圧）とキリスト（自由）の循環性をめぐる主題を新たに展開したに違いない。

永田洋子の死

二〇一一年二月五日、連合赤軍事件の首謀者として死刑を宣告されていた永田洋子が獄中死した。一九六〇年代後半のヴェトナム反戦や全共闘運動の体験を、部分的ではあれ共有する者として思うところは少なくない。革命観念の倒錯やコミューン主義の病理をめぐり、これまでも筆者は連合赤軍事件を批判的に検証してきた。永田の死に際して、この種の議論を繰り返すまでもない。あらためて思うのは、少し違うところにある。

永田洋子が学生運動をはじめた翌年、一九六八年に日本は西ドイツを追い越して世界第二の経済大国になる。また本年の二月一四日には、GDPで日本が中国に抜かれたという報道がなされた。日本が世界第二の経済的繁栄を謳歌した四三年のうち、三九年を永田は獄中で生きたことになる。

敗戦直後の評論「堕落論」で坂口安吾は、「戦争は終わった。特攻隊の勇士はすでに闇屋となり、未亡人はすでに新たな面影によって胸をふくらませている」と書いた。この「堕落」を自覚的に徹底化しなければ、日本の精神的再生はないだろうと。戦後日本人の「堕落」は二〇〇万という戦死者、戦災死者を裏切って生き延びたところにある。しかし安吾の警告は無視され、戦後日本人は右も左も「堕落」を自己欺瞞的に隠蔽し忘却し、ひたすら経済的繁栄を追い求めてきた。とはいえＧＮＰ世界第二位が達成された年はまた、街路や大学での大衆蜂起が頂点に達した年でもある。

『われらの時代』や『万延元年のフットボール』など六〇年代の大江健三郎作品を読むと、この時期の大衆ラディカリズムの精神がよくわかる。「平和と繁栄」の戦後日本社会が分泌する閉塞感、不全感、不快感が青年たちを行動的ニヒリズムによる叛乱に駆りたてた。戦後日本の「堕落」に無自覚な大学教授たちの戦後民主主義、護憲平和主義に闘争の矛先が向けられたのも当然だった。

エジプトのムバラク政権崩壊にも見られるように、先進諸国から新興国、途上国までの全世界で街頭政治と大衆蜂起のリアリティは失われていない。日本の異様なまでの平穏さは、連合赤軍事件が左翼運動や反体制運動の息の根を絶った結果だともいわれる。しかし、こうした議論は原因と結果を取り違えている。

永田洋子が逮捕された翌年には第一次オイルショックが世界を襲い、西側先進諸国では第二次大戦後の高度成長が終熄する。イギリス、ドイツ、フランスなどが今日にいたる構造的不況と若年失業率の増大に苦しみ続けるなか、日本のみが安定成長を維持しえた。日本の左翼運動を衰退させたのは、国際的にも類を見ない「平和と繁栄」の特異な持続力にほかならない。

この頑強きわまりない壁に直面し、六〇年代後半の大衆ラディカリズムは力の限界を露呈して、七〇年代に入るや急速に退潮した。こうした流れに路線の過激化、銃による武装闘争で応えようとしたのが連合赤軍だった。多くの犠牲者を出した〝総括〟という連続リンチ殺人には、革命観念の倒錯がはらまれている。とはいえ、市民社会から離脱する以外に革命観念は保持しえないという地点にまで連合赤軍を追いつめたのは、一九八〇年代の高度消費社会で絶頂を迎えるだろう「平和と繁栄」の戦後日本だった。山岳アジトに追いあげられた連合赤軍は、コミューン主義の病理を露呈して自滅する。

一九九〇年代の後半以降、長きにわたる日本の経済的繁栄も翳りを見せはじめた。「失われた一〇年」が語られ、格差化と貧困化が社会問題化する。一時代の終わりを象徴的に示したのが、世界第二の経済大国という座からの転落だろう。オイルショックをも乗り越えた「平和と繁栄」から、軍事衝突をふくむ国際的緊張と経済的衰退にいまや時代は移り終えた。「平和と繁栄」に徹底敗北した永田洋子は、連合赤軍を自滅に追いこんだ戦後日本の衰亡を見届けて息絶えたことになる。

日本の経済的衰退と永田洋子の死は、六〇年代ラディカリズムの精神の最終的な終焉を象徴してもいる。就職第二氷河期に苦しむ若者たちのあいだから、二〇世紀後半の「平和と繁栄」でなく、二一世紀的な「戦争と貧困」に対抗する思想と運動が生成しうるのかどうか、すでに還暦をすぎた六〇年代ラディカリズム世代は注視している。

吉本隆明の死

吉本隆明氏の訃報に、しばし茫然とした。同世代の多くと同じように、わたしにとっても吉本氏は理念的な「父」のような人だったから。もう三〇年も前のことになるが、はじめて「文藝」で対談できたときは本当に嬉しかった。

その対談では吉本氏から、『テロルの現象学』を読んだが笠井君は主知主義ではないか、と批判された。吉本氏は「知」の権力性を「大衆の原像」で相対化しようとする。しかし知は知、観念は観念で、それを外側から批判することなどできない。権力的な知や観念は、内側から自壊するように仕向けるしかないというモチーフで書かれた『テロルの現象学』だが、吉本氏には大衆を見くだす主知主義の書に見えたようだ。

わたしが影響を受けた「マチウ書試論」や「転位のための十篇」に典型的な、荒野で叫ぶ預言者を思わせる観念的屹立への意志は、吉本思想では傍流だったのだろう。知や観念など「おためごかし」にすぎないと思う大衆の、凡庸な幸福が一番だと考えていた点で吉本氏は思想的に一貫していた。

いま、ここで、餓えることなく快適に暮らしていければ文句はないと大衆は思う。六〇年安保に連帯した吉本氏だが、全共闘運動には距離を置いていた。吉本用語でいえば、一九六八年の運動で「大衆の自立」は達成されていたのに、この事態を吉本氏は看過した。いい加減に過激な学生大衆の運動には冷淡だった。大衆が自身の幸福に抜きがたい反感を抱くことなど、想像外だったのだろう。

大衆が大衆のまま、幸福であることを耐えがたいと感じる。たんにハッピーであればいいという大衆の位相から離脱すると、「知識人」にならざるをえない。この図式を吉本氏は最後まで疑わなかった。息子としての吉本氏の「大衆の原像」は中野重治「村の家」の孫蔵のような「父」だったが、ある時点から消費社会を楽々と泳ぎ回る「子」たちに置き換えられた。いつも自信満々に見えた吉本氏だが、おのれの内側に思想的根拠があるのかどうか根本的に不安だったのだろう。

西欧の先進文化を自分の根拠として疑わず、それをもって日本の大衆を小馬鹿にする半端なインテリに対して吉本氏の批判は有効だったし、破壊力もあった。しかし「おフランス」のイヤミ（赤塚不二夫）が笑いの対象になった全共闘世代にとって、吉本氏の丸山眞男批判はすでに常識だった。

全共闘運動に続く、連合赤軍事件への吉本氏の冷たい侮蔑には違和感を覚えた。たんなる馬鹿だという批判はもっともだろう。しかし、場合によっては自分もたんなる馬鹿になるかもしれないという想像力が、吉本氏の連合赤軍論には希薄だった。青年時代の吉本氏だって、たんなる馬鹿として日本の戦争に入れ込んだことがあったのに、どうしてそうなるのか。革命戦争を信じて倒錯した青年を、対米戦争の正義を信じたことがある中年が他人事のように断罪する光景は異様だった。

「馬鹿」でない吉本氏は明らかに「知識」の側に立っている。しかし無思想かつ無責任に過激化するような大衆は、思想的に繰り込むべき大衆ではないのか。太平洋戦争の開戦に快哉を叫んだ大衆は思想的に「繰り込む」べきなのに、どうして連合赤軍の過激化した大衆を馬鹿の一語で片づけられたのだろう。

一九七〇年前後の時点で吉本氏の思考とは、すでに齟齬が生じていた気がする。八〇年代に入って、それは無視できないものとなった。どうしても納得できないと思ったのは、『マス・イメージ論』以降の仕事で、吉本氏が八〇年代のバブル資本主義を「歴史の無意識が産んだ最高の制度」として肯定しはじめてからだ。吉本・埴谷論争をめぐっては、埴谷雄高の微温的な血債主義に加担する気はないが、としてもバブル万歳とはいえない。

一九八〇年代の高卒「アンアン」少女には想像力が及んだのに、どうして六〇年代の日大全共闘を無視できたのか。東大全共闘が丸山眞男研究室を占拠したとき、それを吉本氏は歓迎したが、学生は吉本の知識人批判に煽られたわけではない。吉本氏による全共闘評価がこの一点だったことはやはり寂しい。

高度消費社会に陶酔した者と、それに抜きがたい反感を抱いた者は基本的に同一なのだ。わが身を省みても大衆とはそういうものだと思う。前者のみを「繰り込むべき」大衆と見なし、後者を冷淡に無視する吉本氏には少なからぬ違和を感じた。

晩年のインタビューで吉本氏は、ますます経済状態は悪くなる、大衆の生活は窮迫していくだろう、はっきりいえることはこれだけだと語っていた。「最高の制度」としての資本主義も土台から崩れはじめたわけで、この主題をめぐる新たな考察を期待していたのだが、なすべき作業はわれわれに残されたといわざるをえない。

第 IV 部

ラディカルな自由主義の哲学的前提

1

ドストエフスキイの『悪霊』でスタヴローギンは、極限的な愛他主義を実行するため哲学的自殺を構想しているキリーロフに、「たとえば、かりに自分が何か悪事を働いたとする、というより、むしろ恥になるようなこと、つまり恥辱になるようなことをしたとする、それも非常に醜悪な、しかも……滑稽なことで、世間の人が千年も忘れずにいるどころか、千年も唾を吐きかけつづけるようなことをしたとする、と、ふいにこんな考えが浮かぶのですよ。〈こめかみに一発打ちこめば、それできれいさっぱりじゃないか〉とね。そうなったら世間の人がなんです、千年も唾を吐きかけられるのがなんです、そうじゃありませんか?」と問いかける。

ここでスタヴローギンは、倫理や正義の成立根拠を問題にしている。どのような反倫理的行為を犯しても、〈こめかみに一発打ちこめば、それできれいさっぱりじゃないか〉。ようするにスタヴローギンは、私の死という絶対性の前で、倫理や正義は必然的な根拠をもちえないと暗示しているのだ。「きみはそれが新しい考えだと称されるんですか？」と反問するキリーロフに、さらにスタヴローギンは、おなじことを少し違う比喩で語る。

「かりにきみが月に住んでいたと仮定してみる」相手の言葉には耳をかさず、自分の考えをつづけるようにして、スタヴローギンはつづけた。「そしてそこで、滑稽で醜悪な悪事のかぎりをつくしてきたとする……きみはここにいても、月では名前がもの笑いの種にされ、千年もの間、いや永久に、月のあるかぎりきみの名前に唾が吐きかけられるだろうことを確実に知っているわけです。ところが、きみはいまここにいて、こっちから月を眺めている。だとしたら、きみが月でしでかしたことや、月の連中がきみに唾を吐きかけるだろうことが、ここにいるきみになんのかかわりがあります、そうでしょうが？」

私と倫理にまつわる難問は、死という絶対的な鏡を立てない場合でも、決して消えさるわけではない。スタヴローギンは愛他主義者たろうとするキリーロフが、私（地球）と世界（月）のあいだに横たわる深淵の存在を看過しているのではないかと、執拗に問いかける。スタヴローギンの懐疑は、たとえば「実存」の思想の起点をなすものと見なされてきた。しかしスタヴローギンの懐疑の背景には、近代的な主観的観念論に不可避的な罠がある。

たしかに私は「地球」にいるが、「月」とは、闇の天空の彼方に浮かんだ小さな光球にすぎない。それは朝になれば消えるし、あるいは見えるときでも満ちたり欠けたりして、形状さえも定まらない。ようするに「月」とは、実在性の疑わしい対象の比喩なのだ。月（世界）が、そのように存在の疑わしいものであるなら、どうして倫理など問題になりうるだろう。「悪事」とは、私と他者のあいだに生じる出来事である。他者が存在するためには、まず世界が存在しなければならない。近代の哲学者は私と世界、主観と客観の分裂を、「真」の成立可能性の問題として把握した。それを「善」の、ようするに倫理の可能性という形で直裁に摑んだところに、二〇世紀に通じるドストエフスキイ思想の現代性がある。

デカルト的懐疑はコギトに帰着する。「『私は考える、ゆえに私はある。』Je pense, donc Je suis. というこの真理は、懐疑論者のどのような法外な想定によってもゆり動かしえぬほど、堅固な確実なものであることを私は認めたから、私はこの真理を、私の求めていた哲学の第一原理として、もはや安心して受け入れることができる、と判断した」（『方法序説』）。

そこからデカルトは、不可疑かつ確実なものとして、世界を合理的に再構成する。還元の過程から構成の過程への逆転を保証するのは、むろん神の存在である。しかしデカルトの方法を前提としても、神の存在証明は恣意的でしかない。とすれば還元の極点であるコギトは、もはや世界に到達しえないという結論になる。

スタヴローギンは、他と共有不能である死の経験の固有性において、私と世界の深淵を暗示しようとした。この論理には、幾分か実存主義的なところがある。しかしスタヴローギンは、さらに第二の比喩を提出する。私＝地球に存在する者は、世界＝月と越えることのできない深淵で隔てられているのだと。ようするにスタヴローギンとは、神の存在証明を欠如したデカルト主義者である。

デカルトはコギトから世界を合理的に構成しようとしたが、神の存在証明という支点を奪われた哲学者には、もはや不可疑である主観性から客観的な世界を構成することができない。ふたたび懐疑論が、そして不可知論が結果として生じるだろう。神の存在証明を失ったデカルト主義は、論理的な必然として不可知論を産出せざるをえない。不可知論の罠を回避しようとする哲学者は、欺瞞的な仕方でデカルト的二元論を反復することになる。

思惟と延長とは、それぞれ知性的実体の本性と物体的実体の本性とを構成するものと見ることができる。そして、その場合には、思惟と延長はそれぞれ、思惟する実体そのもの、延長をもつ実体そのもの、つまり精神と物体、としてのみ考えられるべきであり、このようなしかたでこそ、それらは、最も判明に認識されるのである。

（『哲学の原理』）

デカルトはアリストテレス＝スコラ哲学の伝統において、実体の概念を使用している。ようするに実体とは神である。「『実体』という語でわれわれの意味するところは、存在するために他のいかなるものをも必要としない、というふうに存在するもの、にほかならない。そして実際、まったく何ものをも必要としない実体としては、ただ一つのもの、すなわち神しか考えることができない」。思惟と延長の、あるいは主観と客観の二元論にはデカルトの場合、両者を吊り支えるものとしての実体＝神が不可欠である。神の存在証明を拒否した哲学者たちは、おのれを神の位置に置いたといわざるをえない。デカルト的二元論の欺瞞的反復とは、こうした事態を意味している。近代の哲学者たちは、あらかじめ世界を主観と客観に分離した上で、いかにして主観と客観が一致しうるのかを問う。近代哲学が、主に認識論として展開された所以である。カントにおいて頂点をきわめた近代認識論は、しかし、循環論の産物にすぎない。主観と客観を対項的に配置しているのは、はたして何者なのか。それは哲学者である。厳密にいえば哲学者の主観である。哲学者の主観は、客観と対項的に配置される主観のメタレヴェルに位置している。哲学者は二種類の主観性を曖昧に同一視する結果として、認識論的な「真」を可能ならしめているにすぎない。

メタレヴェルの主観性を保持しようとするなら、主観と客観の対項的措定さえもが恣意的でしかないと懐疑しなければならない。近代的な哲学者たちは、コギトの明証性を欺瞞的に援用することで、恣意的でしかない主観と客観の二元論を必然化する。それが作意の産物であることは、重ねて指摘するまでもないだろう。主観と客観を対項的に措定するメタレヴェルの主観性において、両項の一致は事前に権利づけられている。ようするに対項的な主観と客観は、メタレヴェルの主観性において、はじめから一致することが保証されているのだ。この証明が循環論でしかないことは、もはや明らかだろう。

廣松渉は『マルクス主義の地平』で、近代的な主観と客観の対項的措定から、観念論（「世界はことごとく意識内容である」）と実在論（「世界は、主観から独立に客観的に実在する」）が対極的に生じるとした。「観念論的な立場は、常人のいう〝外界〟や〝他者〟の安定的存立を否むものではない。感性的諸性質の〝背後〟に〝想定〟されている『事物そのもの』という〝形而上学的実体〟を卻《しりぞ》ける〝だけ〟である。感性的経験に与えられているがままの樹木は依然として窓の外に、数メートルの距離をおいて〝ある〟。この限りでは観念論は常識から何一つ奪うものではない。しかしながら、この立場では〝他人〟の存在を認めるといっても、事物の実体性を排去した手続きを踏むかぎり、〝他人〟も〝意識内容〟以上のものではなく、主観的観念論が整合的な帰結となる」。こうした主観的観念論の空想性を非難するところから、その対極に客観的実在論が生じる。

この実在論的な立場においては、意識内容は知覚をも含めて、主観的な歪みを混入されているにしても、この歪曲は原理上は矯正していくことが可能であり、従って、客観的実在の実相を把捉することが可能だとされる。この立場では、意識内容は、それが客観を正しく投影しうる限りで、いわば客体そのものの実相を透視する通路となる限りで意味をもつのであって、意識内容に変様を加える〝精神なる実体〟なり〝純粋作用〟なりは、客観を把捉する原理的可能性という場面では括弧におさめうるものとなる。というよりも、むしろ、意識内容が一義的な仕方で客観的実在に依属していると唱える場合に、この立場が最も徹底した客観的実在論の形態に至る。

観念論を「主観を以てズブエクトゥーム＝ヒポケイメノンとする」立場、実在論を「客観を以てズブエクトゥーム＝ヒポケイメノンとする」立場であると廣松は規定しているが、それには疑義がある。近代的な二元論において、「自ら真に存在しつつ他をよって在らしめるもの」は、二項対立における主観でも客観でもない。主観と客観を対項的に措定しているメタレヴェルの存在である。ようするに実体＝神、あるいは実体＝神の立場に身を置いた哲学者にほかならない。メタレヴェルの主観は二項対立における主観と曖昧に同一視されうるが、おなじ二重化を客観にたいして遂行することには、方法的な無理があるからだ。

日本の主体性唯物論は、メタレヴェルの主観性（哲学者の意識）を客観性の、ようするに物質の意識であると見なした。その原形はルカーチの階級意識論にある。レーニンの『唯物論と経験批判論』に由来する二〇世紀マルクス主義の哲学は、「客観を以ってズブエクトゥーム＝ヒポケイメノンとする」近代的な実在論、客観主義にすぎないが、主体性唯物論はメタレヴェルの主観を客観と同一視する曲芸的な操作において、たんなる客観主義の枠からは逸脱している。

だがそれは、すでにルカーチにおいて明瞭であるように、精神を物質に置き換えた上でヘーゲルの客観的観念論の図式を模倣しているにすぎない。そのようにして物質に看板を替えた疑似ヘーゲル的精神は、プロレタリアートの階級意識を体現する革命党の理論家の意識に、亡霊のように宿ることになる。しかし、これが恣意的な概念操作による哲学的詐術にすぎないことは明らかだろう。近代哲学における基本は、あくまでもメタレヴェルの主観を対項的に措定された主観に二重化するところにある。デカルト的な二元論を前提とする以上、観念論の優位性は揺るぎえない。

その点にかんして廣松は「近世哲学の大前提を一たん認めてしまえば、主観的観念論を論破することは論理的に不可能であるが、しかし、哲学史上、そこまで徹底して主観的観念論を唱えた哲学者は、存在しない」としている。主観に外的な実在を否定したバークリーでさえ、意識内容の背後は虚無であるとまで主張しない。そこに他の意思、他の精神の存在を想定するのである。バークリーの場合には、それが神として把握される。それでも廣松の断定は、哲学史的な事実に反するといわなければならない。「そこまで徹底して主観的観念論を唱えた哲学者は」、たしかに存在したのだ。それは、むろん現象学者フッサールである。

スタヴローギンの懐疑において『悪霊』の作者ドストエフスキイは、倫理や正義の成立根拠を問おうとしている。むろんドストエフスキイには、歴史的な先行者がいる。たとえばプラトンは、「ギュゲスの指輪」の比喩で、おなじような問いを発したともいえるだろう。どのような悪行も絶対に処罰されないという保証が与えられているとき、たとえば魔法の指輪で透明人間になれるとしたら、そうした場合でも人間は倫理性を保持することができるだろうか。

倫理の不可能性の根拠として、スタヴローギンが死の絶対性を想定するとき、死とはプラトンが引用した「ギュゲスの指輪」と等価的である。透明人間を処罰することができないように、死者もまた処罰をまぬがれうるのだから。しかし、おなじことが月と地球の比喩で語られるとき、問題はデカルト以後という様相を呈することになる。なにもギュゲスは、外的世界の存在を懐疑しているわけではない。もしも外的世界の拘束が私におよばないなら、私は倫理性から無限に逸脱しうることを示す事例として、プラトンはギュゲスの挿話を引用している。

しかしスタヴローギンは、倫理性が不可能である根拠として、私と世界が絶対的に隔てられているという事態を提示するのである。アテネの都市社会の現実が、伝統的な共同体の規範を土台から解体しているという認識において、プラトンはギュゲスの挿話を引用したに違いない。しかし、デカルト以後の時代はスタヴローギンに典型的な、神の存在証明を欠如した奇形のデカルト主義者を生み出した。スタヴローギンは歴代の哲学者のように、主観と客観を対項的に措定するメタレヴェルの主観性の前提化を、欺瞞であるとして拒否する。スタヴローギンには、私と世界を往還することが禁止されている。しかも、そうした事態の問題性は真理というよりも、むしろ倫理の成立根拠において鋭角的に問われざるをえない。

スタヴローギンの問いに真正面から答えることなしに、われわれは決して倫理的たりえないだろう。神の存在証明を欠如した、壊れたデカルト主義者スタヴローギンとは、二〇世紀人の正確な似姿にほかならない。

2

前出の著書で廣松渉は、近代的人間観の特徴を次の三点に整理している。第一に、「人間が社会・国家に対するsubjetumとして考えられていること。（略）『社会・国家』はあくまで諸個人を俟ってはじめて存在するものであり、たかだか第二次的に形成される存在体であって、それは諸個人の営みの『独自成類的な総合』sytese sui generisにすぎないとされる」。第二に、「人間の本源的な同型性isomorphismが想定され、しかも語の優れた意味でのindividumuとして人間が考えられていること。（略）諸個人が個性的な諸特徴をもち、体軀、容貌、性格、等々において現象的にはいかに相違しようとも、或る本質的な性格において〃人格的〃に相等だという了解」。第三に、「人間がhomo sapiens et faberとして了解され、かかるものとして『自由な主体』とされていること。（略）近代的人間において、人間がhomo sapiensとしてとらえられるとき、この智恵はベーコン的な『知は力なり』であり、『自然はその法則に従うことによってのみ却って支配しうる』のであって、人びとはホモ・サピエンスたることにおいてそれを保証される」。

要約すれば「社会に先行する人間」、「同型的・同質的な人間」、「理性人＝労働人としての人間」の三点になる。しかし『環境倫理学のすすめ』で加藤尚武は、そうした近代的人間観（廣松のいう「ベーコン＝ホッブズ的な『自由な主体』」）は地球環境の有限性のもとで、もはや成立しえないと主張している。加藤によれば、「近代の個人主義・自由主義を基礎づけた思想家は、宇宙が無限だという世界像をもっていた」。これはフッサールが『ヨーロッパ諸学の危機と超越論的現象学』で論じているように、ガリレイの測地術が濃淡のある不均質な中世的空間を、ローラーで均すように近代的に均質化したという事例や、その哲学的概念化であるデカルトの延長を念頭においた指摘として理解できる。ニュートン的世界像も、むろんデカルトの延長概念を前提にしている。

自由主義は無限の空間が存在しないと成り立たない。だから地球環境問題によって、近代から始まる産業と商業を中心とする文化全体を見直す必要が出てきたのである。「無限の空間のなかで自由に資源を消費し、自由に廃棄する」という意味での自由は制限されざるをえない。

個人主義と自由主義の原則は、個人と個人は互いに独立しているということである。例えば、自分の所有物は自分で勝手に処置していい。その原則は「他人への危害を生み出さない限り、個人の行動に法的な干渉をしてはならない」という他者危害排除の原則に集約される。（略）私が、狭い部屋でタバコを吸うのは「他人への危害」になるだろう。それでは部屋がどのくらい広ければいいのだろう。無限に広くないといけないはずである。私が廃油、鉱滓、炭酸ガス、放射性廃棄物を捨てることができるのは、他人との無限の距離が存在する場合に限られる。「他人への危害が生み出されない限り、個人は自由だ」という個人主義・自由主義の原理が、実際に応用できるためには、無限の空間がなければならない。

加藤尚武の批判は、近代的な自由主義思想の全体に向けられているように見える。しかし、その直接的な対象は、環境倫理学が生命倫理学に対置され主張されていることからも窺われるように、リバタリアニズムと呼ばれる現代の自由主義思想である。環境倫理学は「人間だけでなく、生物の種、生態系、景観などにも生存の権利がある」と近代的な権利概念の拡大をめざし、反対に生命倫理学は「脳死者、植物状態の患者、胎児、アルツハイマー病の患者、昏睡状態にある人の生存権や自己決定権の縮小を正当化する」、ようするに権利概念の縮小を試みようとしている、等々。

一九世紀以降、自由主義思想の主流派の地位を保持してきた功利主義は、加藤の批判では基本的に無視されている。「最大多数の最大幸福」を理念とする功利主義は、南の諸国の開発独裁政権を正当化するかもしれないが、おなじ論理でフロンや炭酸ガスの排出の強制的削減をも主張しうるだろう。また自由の倫理学に関心をもたない、シカゴ学派やオーストリア学派の自由主義経済学も無視されている。それと重複するが、フリードマンやハイエクのような帰結主義的な自由主義原理の正当化論もまた。

ようするに加藤は、自由を自然権で正当化する現代自由主義の論者を念頭において、その批判を展開している。加藤の文中に、『アナーキー・国家・ユートピア』で自然権的リバタリアニズムの基礎を築いたノージックの名前が登場しないのは、ノージックがロックの自己所有論や、自然権にもとづく他者危害排除の原則を忠実に継承しているからだろう。

たしかにノージックもまた、廣松が整理した近代的人間観を、ホッブズやロックと共有しているように見える。しかし、リバタリアニズムの倫理学的探究を近代的人間観の枠内に位置づけてしまう見解は、安直であるとしかいえない。古色蒼然たる自然権の思想が、一九七〇年代において突然の復活を遂げたという事実には、アナクロニズムの一語では片づけることのできない歴史的な根拠がある。

壊れたデカルト主義者スタヴローギンの思想は、シャートフの民族主義、ピョートルの革命主義、そしてキリーロフの人神論に分化され、それぞれに徹底化された。決して世界に到達しえない私は、その実存論的な空虚を過剰な観念で埋めざるをえない。ある意味でドストエフスキイは、哲学的にはハイデガーとルカーチに体現された、二〇世紀におけるナチズム（民族主義）およびボリシェヴィズム（革命主義）の誕生を予言していたともいえる。そしてナチズムやボリシェヴィズムと世界戦争を遂行した古典的自由主義は、功利主義の二〇世紀的形態であるアメリカニズムに変貌したのである。アメリカニズムは実存論的な空虚を、競争者のように過剰な観念で充塡するのではなく、過剰消費の夢で埋め合わせようとした。フォード主義による大量生産と大量消費のシステムが、それを支えるケインズ主義の巨大国家が、そのようにして必然的に誕生する。

ナチズム、ボリシェヴィズム、アメリカニズムの三者は、かつて人類が目撃したことがないまでに、圧倒的に巨大化した国家において共通する。それはまたナチズムおよびボリシェヴィズムにおいて、市民的自由の最終的剝奪の体制である絶滅収容所国家として完成された。

二〇世紀の異様に過酷な、徹底化された国家主義との思想的対決が要求されている。それはまた、社会主義国家から福祉国家に至る諸々の集産主義的理念との対決を意味するだろう。諸個人の上に、なんらかの「社会的実体」を仮構する抑圧的理念を打破しなければならない。ノージックは『アナーキー・国家・ユートピア』で、たとえば次のように述べている。

自分自身の善のためには、ある程度の犠牲も甘受するような社会的実在などは存在しない。存在するのは、自分自身の個々の生活をもっている個々の人々だけである。これらの人々の内の一人を、他の人々の利益のために利用することは、彼を利用し、他の人々に利益を与えることである。

しかも二〇世紀の国家主義にたいする批判は、なによりも倫理学的でなければならない。経済学的・政治学的な批判では、要求されている課題に応えることはできないだろう。シカゴ学派やオーストリア学派の自由主義経済学は、自由の倫理的根拠を明らかにしえない。市場における資源の適正配分と生産の効率化という観点においてしか、経済学者は自由に関心を持ちえないのである。それらは、せいぜいのところ功利主義的あるいは帰結主義的にしか、諸個人の自由を正当化しえない。しかもアメリカニズムの対抗者として登場したナチズムやボリシェヴィズムは、私と世界のあいだに横たわる無限の空虚を人工的に充塡するために、過剰な観念を倒錯的な倫理主義として産出した。

主観的観念論の罠を、なによりも倫理問題として把握したドストエフスキイの『悪霊』を、ここで思い出す必要がある。ルカーチの『歴史と階級意識』やハイデガーの『存在と時間』に、壊れたデカルト主義の運命を打破しうる可能性を読んで熱狂した青年の大群が、ボリシェヴィズムやナチズムに殺到したのである。

危機に際して、ふたたびルカーチやハイデガーに仮構された民族や階級という社会的実在。それは壊れたデカルト主義者の空虚を、倒錯した倫理主義的観念で埋めることになる。社会的実在という観念は「自分自身の個々の生活をもっている個々の人々」を蹂躙し、世界戦争と強制収容所に象徴される、自他破壊的な集団行為と抑圧的な国家体制を必然化する。民族や階級、国家や社会をスローガンとして掲げる集産主義的な倫理の倒錯に対抗するには、功利主義的に拡散し空洞化した自由主義の倫理学は無力でしかない。二〇世紀の国家主義にたいする政治学的批判は、倫理学的批判に基礎づけられなければならない。

道徳哲学が政治哲学の背景と境界とを設定する。人々がお互いに対してなしてよいことやいけないことが、人々が国家機構を通じてなしてよいこと、あるいは国家機構を設立するためになしてよいことに限定を加える。強制可能な道徳的禁止こそが、国家の根幹をなす強制力のあらゆる正統性の源泉なのである。

以上のようにノージックは主張している。ソ連軍による「プラハの春」の圧殺からカンボジア虐殺事件まで一九七〇年代を通じて、一方では社会主義体制の抑圧性が次々と暴露された。冷戦体制において東側と対峙するアメリカもまた、他方ではソ連を凌駕する抑圧的な巨大国家に成長し終えた。この時代に、古典的自由主義とは異なる現代自由主義の思想潮流がアメリカで成立し、さらに功利主義的あるいは帰結主義的な自由の正当化とは異なる自由主義の倫理学が追求されたことには、たしかな時代的必然性が見られる。

リバタリアニズムは「ベーコン＝ホッブズ的な『自由な主体』」、総じて近代的人間観の時代錯誤的な復活をめざすものではない。理性において精神的に、労働において実体的に世界を所有しうる主体、ようするに私と世界のあいだに虚無を抱え込むことのない充実した近代的主体の運命は、すでに壊れたデカルト主義者スタヴローギンにおいて予告されていた。二〇世紀の歴史は、ドストエフスキイの予言を克明に実現したにすぎない。ノージックの最小国家論や、ロスバードの無政府資本主義に代表される自然権論的なリバタリアニズムは、ナチズム、ボリシェヴィズム、アメリカニズムを生んだ空虚な主体性の必然性を、あるいは壊れたデカルト主義者の大量発生を思想的前提としている。

おなじ時期にフランスでは、国家と近代的人間にたいする批判が多様な角度からおこなわれ、ポストモダニズムとして世界的に流布された。ポストモダニズムの、たとえばドゥルーズに代表されるアナキズムとリバタリアニズムとを、同時代的なものとして把握する観点が求められている。それはまた、レーガノミックスと真正面から対決しえないまま、リバタリアンとしての主張をリベラリズムないしコミュニタリアニズムの方向に修正しはじめたノージックの動揺と、社会主義の終焉から急激に影響力を失いはじめた反体制ポストモダニズムの限界性を、二重のものとして把握する観点をもたらすだろう。そうした立場からリバタリアニズムを批判的に再構成するためにも、論点を主観的観念論の罠という主題まで戻さなければならない。

3

廣松渉は「近世哲学の大前提を一たん認めてしまえば、主観的観念論を論破することは論理的に不可能であるが、しかし、哲学史上、そこまで徹底して主観的観念論を唱えた哲学者は、存在しない」と述べていた。廣松の言に反してフッサールは、独我論にまで徹底化された主観的観念論の立場をとる。少なくとも、そこから出発しようとする。

『デカルト的省察』でフッサールは、『省察』を「これから哲学をはじめようとするすべての人に必要な省察の模範を示している」と賞賛しながらも、デカルト的還元の不充分性を次のように批判する。コギトを幾何学に代表される演繹的科学の哲学的基礎や、合理主義的世界構成の出発点と見なすという偏見と同様に、「次のような見解も決して自明なものとみなしてはならない。それは、われわれの必当然的な純粋自我によって、あたかも世界のうちにあるもののうちで、哲学的に思惟する自我にとって疑うことのできない唯一のものとしての、世界の最後の一小部分を救い出したかのように考え、そしていまや問題は、自我に本来そなわっている諸原理に従って正しく推論を進めることによって、世界のその他の部分を推論することである、と考えるような見解である」。フッサールは次のように続ける。

ところが、不幸にもデカルトは、そのような偏見をもって、目だたないが、しかし実は致命的な転換を行っている。そのため自我は、思惟実体、すなわち孤立した人間の精神あるいは霊魂とされ、そして因果律に従う推論のための転換点とされている。要するに、そのような転換を行ったことによってデカルトは、不合理な先験的実在論の父となったのである。

デカルト的還元は思惟実体や、孤立した精神あるいは霊魂という実在性を残してしまう。「世界の最後の一小部分を救い出」そうとする形而上学的願望が、そうした不徹底性の根拠にはある。判断中止においては、たとえばデカルトやフッサールという哲学者の人称的な私はむろんのこと、「わたしの自然的で人間的な自我、およびわたしの心的生」の全体が還元される。そのようにして「先験的、現象学的自己経験の領域」がもたらされる。

フッサールの批判を先の文脈に置き直せば、デカルト的コギトとは二種類の主観性の曖昧な混合物でしかないということになるだろう。還元の終点で見出された思惟を実体と見なすことは、延長と対項的に把握される思惟と、そのような二項対立を措定するメタレヴェルの主観、すなわち実体的な思惟を二重化することにほかならない。ようするにデカルト的な還元では、あらかじめ外的世界の実在性が担保されている。従ってデカルトは、「不合理な先験的実在論の父」とならざるをえない。

デカルトを賞賛しながらも、フッサールは哲学的先行者としてはヒュームに従い、合理主義から経験主義に立場を移行させているともいえる。「先験的、現象学的自己経験の領域」とはヒュームの主観的世界「人間とは、思いもつかぬ速さでつぎつぎと継起し、絶えず変化しつづけるさまざまな知覚の束あるいは集合に他ならぬ」（『人性論』）を思わせるところがある。それでもヒュームは、フッサールのような独我論的徹底性を欠いている。知覚による観念の連合という経験主義的なシステムによって、「自然は、絶対的な抑制できぬ必然性によって、呼吸し、感じとるのと同様、判断するようにわれわれを規定している」。

このようにしてフッサールは、世界を世界の意味に還元する。もはや意味の背後には、それを実体的に支えるなにものも存在しない。近代の主観的観念論はフッサールの判断中止において、最終的な極点に達する。フッサールは独我論の立場に立つと宣言しているのだが、それは不可知論や懐疑論を正当化するためではない。生半可な不可知論や懐疑論を根絶するためには、廣松渉さえ「近世哲学の大前提を一たん認めてしまえば、主観的観念論を論破することは論理的に不可能である」と認めているように、最も徹底的な主観的観念論である独我論から、哲学的には出発せざるをえないと主張しているにすぎない。この点について竹田青嗣は、現象学は「方法的独我論」の立場をとると指摘している。ところで廣松は、どのようにして主観的観念論の「外」に出る権利を、哲学的に担保することができたのだろう。フッサールは次のように続ける。

純化されたデカルト的省察の歩みが、哲学するものに要求する現象学的判断中止は、客観的世界に存在の妥当性を認めることを禁止し、その存在妥当性を判断領域から完全に排除する。したがってそれは、客観的に把握されたあらゆる事実の存在妥当性と同様に、内部経験に与えられた事実の存在妥当性をも排除する。それゆえ判断中止の中にふみとどまって、自己をもっぱら、あらゆる客観的妥当性や根拠に対する妥当根拠として定立する省察的自我としてのわたしにとっては、心理学的自我は存在しない。したがって、心理学的意味での、あるいは精神的物理的人間の構成要素としての、心的現象は存在しない。

「自己をもっぱら、あらゆる客観的妥当性や根拠に対する妥当根拠として定立する省察的自我としてのわたし」。この「わたし」は、近代の認識論哲学を根本から転倒するものである。フッサール現象学では存在妥当性の意味が、決定的に転換されている。ようするにフッサールは、主観にあらわれる対象物が客観的に存在するかどうか、そのように問うことは無意味であると結論したのだ。

方法的に独我論の立場を選んだ以上、対象物の客観的存在性（存在妥当）の是非を問うことには、もはや意味がない。では存在妥当の可能性は、最終的に奪われてしまうのだろうか。不可知論や懐疑論の泥沼に、哲学思索は足をとられてしまうのだろうか。そうではない。対象物が客観的に存在しているかどうか、それは原理的に「不可知」である。しかし、意識にあらわれる対象性（ノエマ）にかんしては、直観の根源的明証性において「不可疑」であるかないかを、私は確定することができる。フッサールは方法的独我論の立場を選ぶことから、存在妥当性を「可知性」の概念から「不可疑性」の概念に転換したともいえる。

還元は、フッサールにおいてはフッサールという、笠井においては笠井という「この主観」を対象とする。むろん社会的人格性や心理的実在性もまた還元されるから、最後に残された超越論的主観性の領野からは、もはや固有の名前は剝奪されている。であるにせよ、それが概念的な主観性一般であるともいえない。超越論的主観性とは深い意味で、最後まで私の意識なのだ。方法的独我論においては、だれにも適合可能な一般的な主観性は排除される。それは私が客観と対項的に措定する概念にすぎないのだから。読者である私は、与えられたフッサールの記述を、もう一人の私から提出された認識や観念として了解するわけにはいかない。私の現象経験にあらわれるノエマ的対象性として、たとえば『デカルト的省察』という書物がある。その書物の外形からはじめて、『デカルト的省察』における言説の意味までを、厳密に私の世界に位置づけるという手続きなしに、私は書物を読み、了解することはできない。

現象学はアトミズムではない。アトミズムは、それ以上は分割不能である最小単位を想定するが、同時に見出された単位が同型的・同質的なものとして複数併存しているという了解をも、その本質的な内容としている。その場合にフッサールは、むしろモナドという言葉を使用している。

現象学では意味の重畳としてあらわれる意識の外部に、どのような実在性も仮定しない。だから、いかにして主観と客観は一致しうるかという種類の、「真」の根拠を探究する作業は、哲学の課題にはならない。しかしそれは、自堕落な懐疑論や不可知論を許すものではない。私は私の意識の内部において、さまざまな対象性と出会い、その存在の不可疑性を確定することができる。目の前のコップが意識に不可疑性としてあらわれるなら、私はコップが「ある」ことを確信する。本当に「ある」のかどうかという種類の認識論的な問いは、無意味でしかない。

わたしは二〇歳の頃、幾つかの哲学的クイズを考案して、哲学趣味のある友人に回答を求めていた。そのひとつに、「なぜバークリーは、わざわざ走ってきた馬車をやり過ごしてから、おもむろに道路を横断するのだろうか」という設問がある。むろんバークリーは、主観的観念論者の人物的比喩である。凡百の不可知論者や懐疑論者でも、問題はおなじことだ。そのときわたしは、たぶん「可知性」と「不可疑性」の現象学的な区別にかんして、相手に問いただしていたのだろう。不可知論者は、馬車が客観的に実在するかどうかは「不可知」であるにせよ、疾走する馬車の存在の「不可疑性」は了解している。だから、決して道路に飛び出したりはしない。というよりも、自殺や事故死を覚悟しているのでなければ、原理的に飛び出すことができない。廣松氏にもこのクイズを出したことがあるが、面白くもなさそうな顔をしていた。

ところで『ドイツ・イデオロギー』では、「われわれがそこから出発する諸前提は、けっして手あたり次第のものでもなければ、教条でもない。それは空想のなかでしか無視しえないような現実的諸前提である。それは現実的諸個人であり、かれらの行為とかれらの物質的生活諸条件——既成のものであれ、かれら自身の行為によってうみだされたものであれ——である。それゆえ、これら諸前提は純粋に経験的な方法で確認されうるものである」と主張されている。「最初のうちは、純粋でほんもののヘーゲルのカテゴリー」である実体や自己意識、のちに「より現世的な名前で卑俗化され」、類、唯一者、人間、等々として「かれらが自立化させた意識の所産」などに比較すれば、マルクス＝エンゲルスの「生きた人間的諸個人」は、幾分か現実的な思索の前提であるように思われる。それでも「生きた人間的諸個人」なるものは、現象学的な妥当性を欠いている。それは不可疑性ではない。あるいは、それが不可疑性として構成されるには、直観の根源的明証性から出発して、延々たる行路が要求されるだろう。『ドイツ・イデオロギー』の著者は、そうした手続きを無視している。むろん、手続きの有無に問題があるのではない。

哲学者も喰わなければ餓死するのだという事実性を振りかざした、客観的実在論の書として『ドイツ・イデオロギー』が読まれたことには根拠がある。総じてマルクスの思想が、マルクス＝レーニン主義の「棍棒主義」に帰結したことには、必然性があるといわなければならない。認識論的には俗流反映論に帰結したマルクス＝レーニン主義は、理論的に超えることのできない主観的観念論に、最後には「棍棒」を対置せざるをえない。棍棒が実在するかどうか、殴られてみれば主観的観念論者にも判るだろう、と。マルクスの思想が総体的テロリズムの観念的倒錯に帰着した根拠のひとつには、「生きた人間的諸個人」なるドクサを、哲学的思索の出発点に据えた無自覚性がある。

4

ところで廣松渉は、「観念論は常識から何一つ奪うものではない。しかしながら、この立場では〝他人〟の存在を認めるといっても、事物の実体性を排去した手続きを踏むかぎり、〝他人〟も〝意識内容〟以上のものではなく、主観的観念論が整合的な帰結となる」と注釈していた。問題は現象学的不可疑性として、他者がどのように構成されうるかにある。

他者問題はフッサールにも、難問として意識されていた。どうやらフッサールは、現象学は独我論であるという通俗的な非難に、反論する必要性を感じていたようだ。それは「わたしが、現象学という名称のもとで一貫して自己解明を行うかぎり、わたしはいつまでも孤立しているのではないであろうか。それゆえ、客観的存在に関する問題を解決しようとし、かつみずからすでに哲学として現れようとしている現象学は、先験的独我論という烙印を押されるべきではないであろうか」というような自問にも見られる。

そこに至るまでの記述で、すでに無秩序な現象性の総体としての超越論的主観性の世界から、「体験の同一な極としての自我」は析出され終えている。「自我は、自己を、単に流動的な生として把握するばかりでなく、あれこれを体験する自我として、すなわち、あれこれの意識作用を同一のもの、、、として生き抜く自我としても把握するのである」。むろんフッサールは、超越論的主観性の外部に他者の存在を、実体的なものとして構成しようというわけではない。それでは現象学的方法の、最大の前提を放棄するに等しい。主観的世界の「同一的な極」である自我＝私と同型的・同質的なものとして、はたして他者の存在は妥当であるだろうか。

わたしの自我は、みずからの固有領域の内部において、「他我経験」といわれる経験によって、まさしく他我を構成することはいかにして可能であるか、したがってわたしの自我は、構成された他我を他我の意味を構成する具体的な自我自身の具体的内容から排除する（存在の）意味をもって、しかも何らかのしかたで、自我の類似者として構成することはいかにして可能であるか、という問いが立てられなければならない。

以上が、フッサールの提起している問題である。しかし残念ながら、感情移入をめぐるフッサールの議論には、さほどの説得力がない。知覚、とりわけ視覚偏重であるフッサール現象学の方法的な一面性が、他者論において集中的にあらわれている。フッサールの志向性を、ハイデガーは「配慮」と、それをさらに竹田青嗣は「欲望」と言い換えた。竹田説には、快（エロス）をめざす志向性＝欲望というニュアンスがある。しかし現象学的な世界構成の原点は、苦にあると想定するべきではないだろうか。快は、反＝苦として原初的に定義される。この点にかんしては「痛覚の現象学」（『探偵小説論序説』所収）

というエッセイで多少とも言及しているが、主観において世界は「ある／ない」という視覚的な解読格子というよりも、「よい／わるい」という解読格子において第一次的にあらわれる。それは味覚や嗅覚を想定すれば、容易に納得できることだろう。味覚的な直観は、「ある／ない」として一般には与えられない。味覚は「うまい／まずい」として、ようするに「よい／わるい」として世界を了解する。

私にたいして世界は、はじめから価値論的にあらわれる。不可疑性の根拠である原的な直観は、まず苦痛（わるいもの）として与えられる。知覚直観における苦痛の本源性は、そこにおいて通常のノエマ－ノエシス構造が、なお未成立である事実からも窺えるだろう。

他者論は、苦（知覚直観としては痛覚）の根源的明証性において基礎づけられなければならない。超越論的主観の世界に登場する一現象にすぎない他者が、私と同様の独立した自我である、従って他者は他者で、私の超越論的主観性と同様の一箇の世界を生きている、そこでは私も他者の世界にあらわれる一現象にすぎないというふうな複雑きわまりない確信は、どのようにして生じうるのか。他者は感情移入においてではなく、苦痛をもたらす暴力的存在として私の前にあらわれるから、他者として構成されうるのではないか。

この主題について、徹底的に思考した哲学者はヘーゲルである。ヘーゲルは無前提に「生きた人間的諸個人」なるものから出発するわけではない。経験主義者と同様に、まず感覚的経験を記述の出発点とする。『精神現象学』の冒頭に置かれた「意識」の章は、「感覚的確信　このものと思いこみ」、「知覚　物とまどわし」、「力と悟性、現象と超感覚的世界」の順で展開され、次の「自己意識」の章に至る。「自己意識」の「自己自身を確信する真理」の節では、フッサール現象学に即していえば、主観的な現象世界の「同一性の極」である自我の構成が論じられている。

自己意識は感覚的世界や知覚的世界から反照したものであり、本質的には他在から帰ってきたものである。自己意識は、自己意識としての運動ではあるが、自己自身としての自己自身を、自己から区別するにすぎないのである。そこに区別があるにしても、それはそのまま他在として廃棄されている。区別が現に在るのではない。自己意識は、「自我は自我である」という同語反復にすぎない。

しかし、「私は私である」というような同義反復的な自己意識は空虚である。意識は、精神の概念としての自己意識に到達しなければならない。「この転回点に立って意識は、感覚的此岸の多彩な仮象と超感覚的彼岸の空しい夜から出て、現在という精神的真昼に歩み」出すことができる。そのためには、「異なった、自分だけで（自覚的に）存在する自己意識という形での、二つの自己意識の対立が、完全に自由であり、独立でありながらも、両者が、すなわちわれわれである我と、我であるわれわれとの両者が一つであるという、この絶対的実体が、何であるかという経験」を通過しなければならない。そこでヘーゲルは、有名な主と僕《あるじしもべ》の弁証法を展開することになる。

ヘーゲルの論理では、「自己自身を確信してはいるが、他者を自分のものとしては確信していない」私は、まだ「自己についての自分自身の確信」の真理をもたない、とされる。だから私は、「自らを自己の対象的な姿の全き否定として」示さなければならない。「自己の対象的な姿」とは、意識にあらわれた他者、しかしまだ他者として承認されていない他者を意味する。私は、そのような他者を否定しなければならない。そこで次のような結果が生じる。

行為が他方の行為である限り、各人は他方の死を目指している。だがそこにもまた、自己自身による行為という第二の行為もある。というのも、他人の死を目指すことは、自己の生命を賭けるということを含んでいるからである。そこで、二つの自己意識の関係は、生と死を賭ける戦によって、自分自身と互いとの真を確かめるというふうに規定されている。つまり、両方は戦におもむかねばならない。なぜならば、共に、自分だけであるという自己自身の確信を、他者においてまた自分達自身において、真理に高めねばならないからである。

ヘーゲルは「自由を保証してもらうためには、生命を賭けなければならない」と結論する。引用からも明らかであるように、ヘーゲルの記述は俯瞰的である。しばしば、私と他者を第三項から等分に見下ろしている。たとえば「他方の行為」と「自分自身による行為」を対比するという具合に。近代的な観念論に不可避である隠蔽された第三項、メタレヴェルの主観性の存在がヘーゲルの場合には、弁証法的論理操作において顕在化されているともいえる。しかし隠蔽されているにせよ、弁証法的に顕在化されているにせよ、第三項的立場の導入は拒否されなければならない。

ヘーゲルの記述は、以下のように現象学的に整合化されるべきだ。私は無規定で空虚な自我に真理をもたらすため、他者を承認するのではない。あるいは他者に承認を求めるのでもない。それが死をもたらす存在であると予想される結果、私は他者と生死を賭けた闘争関係に入らざるをえないのである。私が闘争に勝利すれば、他者は消滅する。私の主観的世界は、従来のまま保持されるだろう。他者が屈服すれば、私は主となる。ヘーゲルが指摘するように、私は他者から承認されるだろうが、依然として主観的世界は従来の状態と根本的な差異をもたない。問題は第三の場合である。私が屈服するとき、私は僕となる。私は承認されることなしに、他者を主として一方的に承認せざるをえない。

では相互承認は、どのように可能ならしめられるのか。奴隷が反乱を起こし、主人の権力を打倒しても問題は変わらない。主と僕の位置関係が逆転するにすぎないからだ。そこでヘーゲルは、労働という契機を導入する。僕は僕であるために、主に奉仕し、労働しなければならない。奴隷の労働を享受するにすぎない主人の場合は、この契機においても状態に変化は生じないが、奴隷の場合には違う結果となる。労働とは「妨げられた欲求であり、保留された消失である」。

> 労働している人にとっては、対象は自立性をもっているのだから、対象に対する否定的関係は対象に形式を与えることになり、永続させることになる。この否定的な媒語、言いかえれば形式を与える行為は、同時に個別性であり、意識の純粋な自分だけの有である。そこでこの意識は労働しながら自分の外に出て永続の場に入る。だからこのため、労働する意識は、自己自身としての自立的存在を、直観するようになる。

「恐れと奉仕一般、乃至形成という二つの契機」を労働において統一する僕は、「即自且つ対自的に在るという意識に達する」。即自・対自的意識とは、ようするに相互承認の意識にほかならない。

ヘーゲル的な労働疎外論の検討は後回しにして、とりあえず私と他者が相互承認の状態に達したとしよう。

他者が私に脅威として出現したとき、私も他者に脅威として感じられていたのだという了解は、この時点で事後的に可能となる。ヘーゲルのように第三項的立場から、論点を先取することは不都合である。

それでもヘーゲルの相互承認論には、フッサールの感情移入による他者論を補足しうるものがある。私の主観的世界に登場する他者は、ノエマ的対象性であるかぎりにおいて、他の対象物と基本的に変わるものではない。主観的世界の「同一性の極」として自我が構成され、それが身体性の了解にまで達しているとしよう。鏡で見る外見的な私と、視覚的に同型的な物体が視界にあらわれたとしても、それを第二の自我であると判断できる根拠はない。精巧な人形かもしれないのだ。

ただし、それが脅威として出現するとき、事態は根本的に変化する。言語や表情、その他において具体的な水準にまで構成された私と、現象的には同型的である対象が、私に死を賭けた闘争を挑む。そこに、他者が他者として権利化されざるをえない根拠もまた生じる。事後的に、それが精巧なアンドロイドであることが判明したとしても、その瞬間に私は対象を、一個の他者と見なしたに違いない。少なくとも、他者として了解するために必要な、決定的な端緒を与えられていた。

5

近代的な政治思想の創始者であるホッブズもまた、他者による暴力の必然性を本源的なものと見なした。自然状態とは「各人の各人に対する戦争状態」である。ホッブズは主観的世界において、どのように他者が構成されるのかを問題にしているわけではない。しかし、自然法を主題化することにおいてホッブズは、社会形成の過程と倫理の成立根拠を問いただしている。それは、私と他者の相互承認の論理を追求する哲学的作業に対応するものだ。

戦争状態の必然性、あるいは承認をめざす闘争の必然性に社会形成の原点を見たヘーゲルは、ホッブズを起点とする近代的な政治思想に棹さしているように見える。例えば『哲学史』では「単純な、まだ実現されていない概念の状態にある精神は抽象的な即自態であり、そしてこの概念すなわち即自態はもちろんその実在性の構成に先行しなければならない。これこそは自然状態として理解された当のものである。われわれは自然状態という仮構から出発するのに慣れているが、もちろん自然状態は精神の、理性的意思の状態ではなく、動物相互間の状態である。ホッブズがきわめて正しく指摘したように、万人の万人に対する闘いが真の自然状態である」と述べられている。

自然状態から平等な相互契約による国家の成立を論じるホッブズに、ヘーゲルは批判的な立場をとる。それは初期の『近代自然法批判』から、後の『法哲学』まで一貫している。契約は本質的に相互的だ。しかし自然状態において、相互的な主体は存在しえない。契約において生じる相互的主体が、なぜ事前に、相互的行為である契約の主体たりうるのか。ホッブズの理論は、相互的な主体の成立根拠を明らかにするものではないと、ヘーゲルは批判する。さらに人倫の最高形態である国家は必然性であり、本質的に恣意的な契約においては根拠づけることができない。闘争から秩序が生じるとしても、それはホッブズが想定したような、対等の相互契約による秩序ではない。自然状態は、主と僕の支配関係という秩序をもたらす以外ではない。この支配関係の一時代を通過してはじめて、労働と教養の蓄積において僕は、相互的主体による法的状態を達成することになるだろう。

ホッブズは『リヴァイアサン』で、自由を「外的障害の不在」として定義し、自然権を「彼自身の力を彼自身の自然、つまり彼自身の生命の保全のために用いることであり、したがって彼自身の判断と理性において、彼がそのために最も適当な手段とおもうあらゆることをなす自由である」とした。ようするに自然状態において、自然法は存在しえない。相互的な自然権の行使が、「万人の万人に対する戦争状態」としての自然状態をもたらす。無制限な自然権の相互的放棄による戦争状態の終結が、「他の人々が彼に対してもつことを許すと同じだけの自由を他の人々に対してもつことで満足すべき」理性の戒律を、ようするに自然法の秩序を可能とする。ホッブズ的な観点からは、所有権は自然権に属さないという結論が導かれる。所有権は契約の締結のあとに、自然法による秩序において確立される。

自然状態を戦争状態と見なさないロックの場合には、ホッブズのように自然権と自然法を、契約以前と以後に振り分ける論理は生じない。ロックは所有権を自然権として把握する。自然権としての所有権では、労働が大きな意味をもつ。自己の生命や身体を支配する権利は、契約以前の自然権である。労働が身体的能力の行使である以上、その結果として生産された財を支配する権利、ようするに所有権もまた自然権と見なされる。

自然状態を戦争状態と見る点で、ヘーゲルはホッブズを継承している。しかし社会契約論の立場は拒否される。また労働を重視する点では、ロックに影響されているといえるかもしれない。しかしヘーゲルの労働観とロックの労働観には、決定的な相違がある。ロックの労働観は独立生産者をモデルにしているが、ヘーゲルのモデルは奴隷の比喩が使われるにせよ、意味するところは近代的な賃労働者なのだ。

ヘーゲル的な主と僕の弁証法と、その労働論はマルクスに基本的に継承された。初期マルクスの労働疎外論は、ヘーゲル労働論の単純な焼き直しである。プロレタリアートは否定的な行為である労働において、形《ビ》成《ルドゥング》＝教養をなし、最後には即自・対自的な普遍性の世界に到達する。ヘーゲルが精神（法哲学的には国家）とする普遍性を、マルクスは共産主義と呼び替えたにすぎない。マルクスは法的状態の到来である政治的解放を社会的解放と区別するが、ヘーゲルにも市民社会と国家の区別がある。ヘーゲルが空間的に差異化するところで、マルクスは両者を時間的に差異化した。奴隷による労働と教養の獲得過程を、マルクスは「プロレタリアートの階級形成」と呼んだ。

　ところでマルクスは、『ドイツ・イデオロギー』で「シュトラウスからシュティルナーまでことごとくのドイツの哲学的批判は、宗教的諸観念の批判にかぎられている。（以下抹消――［その批判は］《あらゆる悪からの世界の絶対的救済者であることを主張して登場した。宗教はこれらすべての哲学者たちに敵対する諸関係の最終的原因として、主敵としてみられ、あつかわれてきた》）」と青年ヘーゲル派を批判している。「世界はだんだん広い範囲において聖典化されていったが、とうとう最後に尊敬すべきかの聖マックスが、それを一括して［en bloc］聖化し、それで一切がっさいを片付けてしまうことができた」。

　ヘーゲル体系の解体過程の最後に登場したシュティルナーは、あらゆるものを宗教的だとする青年ヘーゲル派ふうの批判を極限化し、「それで一切がっさいを片付け」たとマルクスはいう。それでもヘーゲル体系の残骸が残らず綺麗に処分され、世界は清潔な虚無に還元されたとはいえない。『唯一者とその所有』で、「私の力は、私の所有である。私の力は、私に所有をあたえる。私の力は、私自身であり、その力によって私は私の所有である」と宣言したシュティルナーは、ヘーゲルが弁証法的に相互還元した主観と客観を分離し、ふたたび客観的世界を私の個体的な生に還元したのである。

私は権利を要求するものではなく、従って、いかなる権利も承認する必要がない。私は自分に克ちとりうるものを克ちとるのであり、私が克ちとりえぬものに対しては私は何らの権利もなく、だから失効することのない権利などを誇示したり、それで自らを慰めたりするはずもない。（略）権利があたえられてあるかないか――そんな事は私には何のかかわりもない。私に力ありさえすれば、私はすでにしておのずから権利権能をそなえているのであり、いかなる他者の権利授与も必要としないからだ。

このように主張するシュティルナーは、問題をホッブズ的な自然状態と自然権の水準に、無自覚にも退行させたのだろうか。しかしマルクスも認めているように、シュティルナーの「唯一者」は、ヘーゲル体系の最終的解体の産物にほかならない。近代哲学は私と世界を主観と客観に分離し、しかる後に両者を、さまざまな方法で一致させようと作意してきた。その完成形態としてヘーゲル哲学がある。ヘーゲルは、それまで欺瞞的に隠蔽されていた第三項を弁証法的に顕在化し、認識論的に二項を一致させるのではなく、主観と客観を実在的および観念的に統合したのである。シュティルナーの「唯一者」は、以上のような全過程を前提として提出されている。

「ベーコン＝ホッブズ的な『自由な主体』」とは、近代的な充実した主体である。しかし「唯一者」は、世界と往還する道を奪われて衰弱した私、空虚な私なのだ。「唯一者」が意気軒昂としているように見えるのは、たんに外見にすぎない。あるいはシュティルナーのレトリカルな演出の結果である。「唯一者」を、壊れたデカルト主義者として把握しなければならない。あるいは一切が許されているとの信念のもと、決闘で平然と他人を殺し、少女強姦までも犯したと暗示されている、前半生のスタヴローギンとして。シュティルナーが思想的洞察においてドストエフスキイに劣るといわざるをえないのは、私と世界の分裂が分裂病的な精神的荒廃に帰結するという必然的な結末に、ほとんど無自覚だからである。スタヴローギンの死は、あらゆる意味を剥奪されている。死に直面することは、労働と教養の遍歴過程の開始を告げるわけではないし、むろん実存の本来性を開示するわけでもない。

それでも『唯一者とその所有』は、無視できない重要性をもつ著作だ。ヘーゲルが近代的な哲学の構図を止揚、正確にいえば清算した以降の著作である結果、ここでは認識論的な探究はなされていない。だが記述における「私」には、近代哲学において最初ともいえる独自性が認められる。「私の事柄を、無の上に、私は据えた」と記述されるとき、この「私」は、マックス・シュティルナーという個人以外の何者も意味していない。要するに読者は、この「唯一者」から、強奪と殺戮の権利宣言を聞かされることになる。シュティルナーの演説を感心して聞いているわけにはいかない。読者もまた、その被害者とされかねないのだから。

ホッブズは自然状態を理論的に仮定したが、その記述は、無制限の自然権をもつ諸個人のメタレヴェルからなされている。同型的・同質的な人間の空間的併存が、暗黙に前提化されているのだ。相互絶滅を回避するために諸個人は、社会契約に応じざるをえないとホッブズは結論する。しかし相互絶滅の必然性を語るところのホッブズは、すでに鳥瞰的な第三項の立場から事態を静観している。戦争状態の修羅場に投げだされているとき、当事者には目前の敵を打倒する以外の道はない。「万人の万人に対する戦争状態」としての自然状態には、第三者的な調停者もまた存在しえないのである。

6

帰結主義的に自由を正当化する論者とは異なって、ノージックはロック的な自然権と所有権を原点に、自由の概念を倫理学的に基礎づけようとする。一九七〇年代における、古典的な自然権思想の突然の復活には、すでに述べたような時代的背景がある。功利主義的に拡散し、アメリカニズムに帰結した古典的自由主義では、二〇世紀における自由の倫理的正当化を実現しえない。そもそもアメリカニズムは、ナチズムやボリシェヴィズムと競合する抑圧的な巨大国家のイデオロギーなのだ。

『財産権の理論』で森村進は、『統治論』から次の四箇所を引用して、ロックの基本的発想を要約的に紹介している。「［自由の状態では］人は自分の身体（Person）や所有物（Possessions）を処分する無制約の自由を持つ。（略）すべての人は平等で独立しているのだから、誰も他人の生命、自由、所有物を損なうべきではない」。「すべての人は自分の**身体**への**所有権**（Property in his own Person）を持っている。それに対して、彼以外には誰も何の権利も持たない。彼の身体の**労働**（Labour of his Body）と彼の手の**仕事**（Work of his Hands）は、まさしく彼のものである」。「人は自分自身の主人であり、自分自身の身体とその行動あるいは労働の**所有者**（Proprietor）であることによって、自分自身の中に所有の大きな基礎を持っている」。「人は生まれながらにして、その財産（Property）、つまり生命、自由、資産（Estate）を守る権限を持っている」。その上で森村は「ロック『統治論』、特にその第二篇第五章に見いだされる私的所有権正当化論には次の四つの別々の根拠が混在している」として、それを次のように整理している。

①価値の創造――自分の労働によって価値を創造した人は、その価値のある物を所有する権利がある。たとえば荒れ地を開拓し穀物をまいて収穫した人は、その穀物にも、また自分が肥沃なものにした耕地にも、所有権を持つ。②功績（desert）――労働はつらく苦しいものだから、労働した人は自分の苦労に応じた財産をその報酬として受けるに価する（deserve）。③人格の拡張――自然の資源に自らの労働を投入した人は、その対象物を自己の人格が拡張したものとして正当に所有する。この説は「労働を混入する（mixing his labour）」というロックの表現にうまく合うように思われる。④生存と繁栄――各人が生存・繁栄するためには、また全体として人類が繁栄するためには、人が自然の資源を専有できなければならない。この説は、前の三つの説が労働した人の自然的（前制度的）な権利に訴えかけるのとは違って、帰結主義的なものである。

以上四点において、「今日の自然権論タイプのリバタリアニズムが重視するのは、①価値の創造と③人格の拡張（もっと正確には自由権の拡張）である。それは②功績はとらない。またそれは④生存と繁栄を無視するわけではないが、私有財産と自由市場が人々の幸福に資するという主張を、経済学的なリバタリアンほど重視するわけではない」と森村は結論している。

ノージックはヘーゲルと同様に、ホッブズ的な社会契約論を退ける。自然法的な所有権が、社会契約の結果として確立されるとは想定しない。しかしノージックが依拠したロック的な自然権論は、はたして所有権を、そうじて自由な秩序における権利＝正義を倫理学的に基礎づけることができるだろうか。あるいは主体の相互承認の論理を明らかにしうるだろうか。ロック＝ノージック的な「価値の創造――自分の労働によって価値を創造した人は、その価値のある物を所有する権利がある。たとえば荒れ地を開拓し穀物をまいて収穫した人は、その穀物にも、また自分が肥沃なものにした耕地にも、所有権を持つ」や「人格の拡張――自然の資源に自らの労働を投入した人は、その対象物を自己の人格が拡張したものとして正当に所有する」という観点は、古典近代的な「ベーコン＝ホッブズ的な『自由の主体』」を、無自覚に前提化しているのではないか。

スタヴローギン的問題を倫理学的に正面から引き受け、壊れたデカルト主義の必然性を所与として自由の倫理学を構想するという課題に、ロック＝ノージック的な自己所有権論は、はたして応えることができるだろうか。ロックの社会的主体とは、経験的主観の外部にデカルト的な延長を実体性として仮構する、ロック的な認識論的主体に照応している。現象学的な認識論批判の立場を、その方法的独我論を共有しながら、社会思想の方法として再構成することが要求されている。

ロック的な「価値の創造」と「人格の拡張」を焦点とした労働概念を、ヘーゲルもまた共有している。違うのは、それら形成《ビルドゥング》＝教養の肯定的契機にたいして、「恐れ」という否定的契機を二重化する点だろう。労働における「恐れ」の契機の重視は、ヘーゲルがホッブズ的な自然状態を継承した結果である。闘争に敗れて屈服した者は、死を「恐れ」る。それは支配者である主への「恐れ」を通じ、主のために遂行される労働にも刻まれざるをえない。ロック的な独立生産者の労働イメージであれ、ヘーゲルやマルクスの賃労働者の労働イメージであれ、対象化行為としての労働に自由の根拠を見いだそうとする発想自体が、私と世界の調和的な往還関係を前提にしている。自由は私と世界の、あるいは個と共同の最高の一致として把握され、それはヘーゲルの場合、市民社会を止揚した国家において空間的に実現される。またマルクスにおいては、時間的に共産主義として実現される。ヘーゲルもマルクスも、論理の構造は同型的といわなければならない。

しかし『法哲学』には、ヘーゲルの思惑から逸脱するようなアイディアも散見される。たとえば、第一部の「抽象的な権利ないし法」で記述されている所有論および交換論である。「贈与なくして所有なし」というヘーゲルの観点は、交換における社会形成の可能性を暗示するものだ。労働にたいして交換を優位とする社会形成論は、ホッブズ的な社会契約論や、ロック的な自己所有論や、そしてヘーゲル的な労働による社会形成論とは原理的に異なる観点を可能ならしめる。

その詳細は、あらためて論じることにしよう。ラディカルな自由主義の哲学的前提にかんしては、現象学的社会思想を方法論とする、交換論による相互的主体や倫理および正義の基礎づけ、さらに古典的自由主義ともヘーゲル＝マルクス主義とも相違する新しい社会形成論の展望として、本稿でも発想の概略は示しえたものと思う。

あとがき

本書『テロルとゴジラ』は、小説や映画やアニメなどの文化表象関連と政治論を含む社会思想関連の文章を集めた評論集だ。こうした種類の著作を、わたしは『黙示録的情熱と死』のあと二〇年以上も出していない。本書に収録した文章では、『国家民営化論』の原理的な輪郭を提示した「ラディカルな自由主義の哲学的前提」が、もっとも早い時期に書かれている。

社会主義が崩壊しマルクス主義が失効しても、あるいは崩壊し失効したからこそ、その廃墟の上に二一世紀的な自由と解放の思想を築かなければならない。マルクスが否定した古典的自由主義にとりあえず立ち戻り、それを能動的に読み替えるところから始めようというのが、ベルリンの壁崩壊の一九八九年から九〇年代前半までの基本的な構えだった。そうした作業の第一歩が、ノージックのロック解釈を参照しながら「ラディカルな自由社会」の構想を素描した『国家民営化論』である。

新書という刊行形態にも規定されて、『国家民営化論』では原理的な考察が充分ではない。以降はラディカルな自由主義の哲学的基礎づけに集中するつもりだったが、意に反して、こうした方向での仕事は第Ⅳ部「ラディカルな自由主義の哲学的前提」一篇で終わる。ヒレル・スタイナー『権利論――レフト・リバタリアニズム宣言』を一読し、あらためて「ラディカルな自由主義の哲学的前提」の続きを書くべきではないかと思った。自然権によるリバタリアン的理論とアナキズム労組CNTのリベルタリオ的実践を重ねて把捉できるような観点が、依然として求められている。

『国家民営化論』（一九九五年）と『例外社会』（二〇〇九年）のあいだの時期に刊行した長篇評論および評論集は、『探偵小説論』連作や『ミネルヴァの梟は黄昏に飛びたつか？』連作をはじめとして、ほとんどが探偵小説論の関連書だ。とはいえ、『黙示録的情熱と死』や『国家民営化論』で探究した諸問題に興味を失ったわけではない。社会主義の崩壊に終わった二〇世紀という時代の意味を、探偵小説の窓から捉えようとしたのが『探偵小説論』連作だった。『例外社会』で正面から論じられる世界戦争と例外国家、大量死と行動的ニヒリズムなどの問題系は、この時期の探偵小説をめぐる思考から生じている。

『ミネルヴァの梟は黄昏に飛びたつか？』連作は、探偵小説をめぐる状況論が中心である。わたしの関心はしだいに、探偵小説ジャンルと不可分なサブカルチャーやオタクカルチャーに移行していく。サブカルチャーという窓から、到来した二一世紀という時代の意味を読み解こうとしたからだ。本書の第Ⅰ部に収めた「セカイ系と例外状態」や「群衆の救世主《セレソン》」は、こうした時期に書かれている。書き下ろしの表題作「テロルとゴジラ」が示すように、二一世紀的な文化表象を社会思想的に論じる作業は、これからも継続することになるだろう。

「セカイ系と例外状態」の執筆は二〇〇九年だが、この機会に読み返して、時代的リアリティの急激な変貌をあらためて確認することになった。「社会契約を破棄し、社会にパルチザン戦争をしかけた宅間」のような人間の形をした例外状態が、一〇年代には群生するだろうと予見したのだが、本年七月の相模原障害者施設殺傷事件には、さらに深刻化した事態が禍々しく露呈されている。

事件の犯人である犯罪史上類を見ない大量殺人者に、社会から離脱し社会に敵対するという、宅間守のような例外人の自覚はない。社会の側に立った自分が、社会のために社会の「敵」を抹殺したと信じこんでいる。社会の不全性を補塡する肯定的行為として、宅間以上の大量殺戮は正当化される。

相模原事件の犯人は、社会の「敵」としての例外人ではない。いまや日本社会それ自体が、自由な諸個人の紛れもない「敵」に転化し終えた事実を、この人物の存在と行為は歴然と示している。『例外社会』で予見した例外状態の社会化は、すでに実現されているのではないか。

本書の第Ⅰ部が文化表象と社会思想を重ねて論じた文章とすれば、第Ⅱ部の評論は二〇一一年以降の政治情勢と大衆蜂起をめぐる政治論で、第Ⅲ部には書評やエッセイ類を収めた。

探偵小説を通じての二〇世紀論、サブカルチャーを通じての二一世紀論という迂回路を辿り終え、今後は新たな領域での仕事に集中したいと考えている。『テロルの現象学』の続篇『ユートピアの現象学』に向かうため、評論の領域では今後、第Ⅱ部の「デモ／蜂起の新たな時代」を出発点とする仕事が優先されていくだろう。

二〇一六年一一月

初出一覧

第I部

「テロルとゴジラ」（書き下ろし）

「3・11とゴジラ／大和／原子力」（『3・11の未来――日本・SF・創造力』所収、作品社、二〇一一年）

「セカイ系と例外状態」（限界小説研究会編『社会は存在しない――セカイ系文化論』所収、南雲堂、二〇〇九年）

「群衆の救世主《セレソン》」（限界小説研究会編『サブカルチャー戦争――「セカイ系」から「世界内戦」へ』所収、南雲堂、二〇一〇年）

第II部

「デモ／蜂起の新たな時代」（「情況」二〇一二年一二月別冊号掲載、情況出版）

「『終戦国家』日本と新排外主義」（初出時タイトル「『終戦国家』日本と新たな排外主義」で「atプラスVol. 16」掲載、太田出版、二〇一三年）

「シャルリ・エブド事件と世界内戦」（『戦争思想２０１５』所収、河出書房新社、二〇一五年）

第III部

「『歴史』化される六〇年代ラディカリズム」（「小説トリッパー」二〇〇九年一二月号掲載、朝日新聞出版）

「大審問官とキリスト」（「一冊の本」二〇一二年一月号掲載、朝日新聞出版）

「永田洋子の死」（初出時タイトル「『平和と繁栄』に敗北した永田洋子――その死と重なった日本の経済的衰退」で「毎日新聞」二〇一一年二月一七日夕刊掲載）

「吉本隆明の死」（初出時タイトル「土台から崩れはじめた資本主義――大衆は思想的に『繰り込む』べきではなかったか？」で「図書新聞」二〇一二年四月一四日号掲載）

第IV部

「ラディカルな自由主義の哲学的前提」（「情況」一九九六年八・九月合併号掲載、情況出版）

笠井潔（かさい・きよし）
小説家・批評家。一九四八年、東京都生まれ。『バイバイ、エンジェル』で作家デビュー。同時期に書かれていた総括の書『テロルの現象学』（一九八四年、新版二〇一三年）は世間に衝撃を与えた。現象学を駆使する名探偵・矢吹駆が活躍する連作（通称〈矢吹駆シリーズ〉）を書き続ける一方、一九九〇年代以降は、本格ミステリの興隆にかかわる。二〇〇三年、『オイディプス症候群』（二〇〇二年）、『探偵小説論序説』（二〇〇二年）で、本格ミステリ大賞の小説部門と評論・研究部門をダブル受賞。共著に、押井守との対談『創造元年１９６８』（二〇一六年）。

テロルとゴジラ

二〇一六年一二月二〇日　初版第一刷印刷
二〇一六年一二月三〇日　初版第一刷発行

著　者　笠井　潔
発行者　和田　肇
発行所　株式会社作品社
〒一〇二-〇〇七二　東京都千代田区飯田橋二-七-四
電話　〇三-三二六二-九七五三
ファクス　〇三-三二六二-九七五七
振替口座　〇〇一六〇-三-二七一八三
ホームページ http://www.sakuhinsha.com

装幀　小林　剛
本文組版　大友哲郎
編集協力　田中元貴
印刷・製本　シナノ印刷株式会社

ISBN978-4-86182-606-1　C0095　Printed in Japan
© Kiyoshi KASAI, 2016
落丁・乱丁本はお取り替えいたします
定価はカヴァーに表示してあります

新版
テロルの現象学
観念批判論序説
笠井 潔
刊行時大反響を呼んだ作家の原点。連合赤軍事件とパリへの“亡命”という自らの《68年》体験を綴りながら、21世紀以降の未来に向けた新たなる書き下ろしとともに、復活！

虚構内存在
筒井康隆と〈新しい《生》の次元〉
藤田直哉
貧困にあえぐロスジェネ世代…、絶望の淵に立たされる今、高度電脳化世界の〈人間〉とは何かを根源から問う。10年代本格批評の誕生！　巽孝之氏推薦！

増補新版
「物質」の蜂起をめざして
レーニン、〈力〉の思想
白井 聡
フロイト、バタイユ、ネグリ、廣松渉らとの格闘を通じ、鮮やかに描き出された「レーニンを超えるレーニン」。現代思想の臨界点を突破し、いま、ここに未知の「唯物論」が誕生する。

全南島論
吉本隆明
幻の主著「南島論」の全論跡を網羅した待望の決定版。国家論、家族論、言語論、歌謡論、天皇制論を包摂する吉本思想の全面的革新を目指した新「南島論」。解説＝安藤礼二

創造元年1968
笠井潔×押井守
文学、メシ、暴力、エロ、SF、赤軍、ゴジラ、神、ルーザー、攻殻、最終戦争…。“創造”の原風景、1968年から逆照射される〈今〉とは？半世紀を経たこの国とTOKYOの姿を徹底的に語り尽くす。

3・11の未来
日本・SF・創造力
笠井潔／巽孝之 編
小松左京、最後のメッセージ。豊田有恒、瀬名秀明、押井守ほか、ＳＦ作家ら26名が、いま考える、科学と言葉、そして物語……。

共同体の救済と病理
長崎 浩
戦争、テロ、大震災……時代の危機のなかで反復される不気味な「共同性」への欲望を撃つ。

革命の哲学
1968叛乱への胎動
長崎 浩
60年安保闘争から、1968年世界革命、70年代全共闘運動まで、反抗と叛逆の時代の主題「革命」を思想として歴史に位置づける。